Mia Cooper
Emily & David – Wo mein Herz auf dich wartet

Montlake

Das Buch

Mit dem Bus durch Kanadas wilden Westen – es sollte eine Traumreise werden. Doch dann lässt Emilys Freund sie ohne Geld mitten in den Rocky Mountains sitzen. Ihr bleibt nichts anderes übrig, als einen Job auf einem Campingplatz anzunehmen, um über die Runden zu kommen. Von Männern hat sie genug. Dass David, der attraktive Eigentümer des Campingplatzes, ihr von Anfang an eindeutige Blicke zuwirft, ignoriert sie. Erst als ein heftiger Sturm ihr Leben bedroht, stellt Emily fest, dass der Frauenheld auch eine ganz andere Seite hat …

Die Autorin

Mia Cooper, geb. 1982, verbrachte während ihres Paläontologiestudiums immer wieder Zeit im Ausland, unter anderem auch im Westen Kanadas, der sie nachhaltig beeindruckte und zu ihren ersten Liebesromanen inspirierte. Bei Montlake ist bisher ihr Titel »Joanna & Matt – Wo mein Herz dich spürt« erschienen. Mia Cooper arbeitet als Produktmanagerin und Prozessberaterin in der Softwarebranche und lebt mit ihrem Mann und drei Katzen in einem kleinen Holzhaus im Schwarzwald.

MIA COOPER

EMILY & DAVID

Wo mein Herz auf dich wartet

ROMAN

Montlake

Deutsche Erstveröffentlichung bei
Montlake, Amazon Media EU S.à r.l.
38, avenue John F. Kennedy, L-1855 Luxembourg
März 2020

Umschlaggestaltung: zero-media.net, München
Umschlagmotiv: © Prisma by Dukas Presseagentur GmbH / Alamy Stock P
© STUDIO FIRMA / Stocksy United © Roman Samborskyi /
Shutterstock © Taiga / Shutterstock © naKornCreate /
Shutterstock © Blaise Hayward/ Getty © Julia Korchevska / Shutterstock ©
Vasya Kobelev /
Shutterstock © nubenamo / Shutterstock
Lektorat und Korrektorat: VLG Verlag & Agentur, Haar bei München,
www.vlg.de
Gedruckt durch:
Amazon Distribution GmbH, Amazonstraße 1, 04347 Leipzig /
Canon Deutschland Business Services GmbH, Ferdinand-Jühlke-Straße 7,
99095 Erfurt /
CPI books GmbH, Birkstraße 10, 25917 Leck

ISBN 978-2-49670-369-6

www.montlake.de

Kapitel 1

Noch bevor unser Roadtrip begonnen hatte, wusste ich, dass er nicht so laufen würde, wie ich es geplant hatte. Rückblickend bereue ich jedoch nicht eine Sekunde dieses Abenteuers, denn es hat mich hierher, an diesen besonderen Ort und zu diesem besonderen Menschen, gebracht.

Der Ärger begann schon damit, dass wir uns nicht auf eine Route einigen konnten. Ich wäre wahnsinnig gern nach Arizona gefahren und hätte mir den Grand Canyon und die rote staubige Landschaft angesehen. Kyle jedoch wollte Kanada nicht verlassen, und so einigten wir uns nach vielen ungemütlichen Gesprächen auf die kanadischen Rocky Mountains. Damit konnte ich gut leben. Als jemand, der an der Ostküste in Neuengland aufgewachsen war, hatte ich noch nicht viel vom rauen und wilden Westen unseres Landes kennengelernt. Es wurde also Zeit. Außerdem – so redete ich mir ein – war es immerhin Kyles Campingbus, mit dem wir die Reise unternehmen würden, also hatte seine Stimme ein wenig mehr Gewicht.

Doch damit nicht genug. Ich war also beim Reiseziel eingeknickt und hatte meine Wünsche zurückgestellt. Als es dann aber an die detaillierte Planung ging, war selbst meine Geduld erschöpft. Der Platz im Bus war, besonders mit zwei Reisenden, natürlich begrenzt. Ich hatte mir im Vorfeld bereits etliche Gedanken darüber gemacht, wie wir unsere Vorräte so platzsparend wie nur möglich mitnehmen konnten. Kyle machte mir einen Strich durch die Rechnung. Seine Gitarre, die umfangreiche Fotoausrüstung und das faltbare Schlauchboot waren seiner Meinung nach wichtiger als ein Grundvorrat an Nudeln, Reis, Linsen, Dosenessen, Müsli und Schokoriegeln. Die Bettunterkonstruktion aus Holz, die wir wenige Wochen zuvor noch mühsam geplant und dann wenig fachmännisch eingebaut hatten und die für Vorräte geplant gewesen war, sollte nun also den ganzen Firlefanz beherbergen, von dem Kyle glaubte, er wäre auf einer Reise unverzichtbar.

Nur mit Mühe und Not konnte ich ihn davon überzeugen, das Schlauchboot daheim zu lassen und stattdessen die dringend notwendigen Vorräte einzupacken. Die Gitarre ließ er sich nicht ausreden. Wir stolperten zwar tagtäglich darüber, und ich schwöre, es gab einen Moment, da wäre ich vor Wut beinahe absichtlich draufgetreten. Die Kamera konnten wir glücklicherweise zwischen Bandnudeln und grünen Linsen verstauen.

Ich dachte, damit die größten Meinungsverschiedenheiten geklärt zu haben, doch da hatte ich mich zu früh gefreut. Kyle erwies sich in unglaublich vielen Einzelheiten als beratungsresistent. Die Strecke, die uns quer durch die Rockies führen sollte, war ohnehin schon sehr abenteuerlich. Sein Bus war betagt – ein roter VW Baujahr 1987 mit zu vielen Kilometern Laufleistung, um noch als zuverlässig zu gelten, und jeder Menge Rost an den unmöglichsten Stellen, ganz zu schweigen von den wenigen PS unter der Haube. Trotz dieser bekannten Fakten und dem jederzeit laut und deutlich hörbaren Schnauben des Busses ließ Kyle es sich nicht nehmen, ihn die abgelegensten und unwägbarsten Straßen hochzujagen. Kyles Beweggründe waren die einmaligen und unbekannten Fotomotive, die er am Ende dieser kaum passierbaren Straßen vermutete. Ich hatte ihm nie sagen wollen, dass seine Bilder trotz seiner hochklassigen und schweineteuren Spiegelreflexkamera mittelmäßig blieben. Sie waren nicht schlecht, doch ihm fehlte das Quäntchen Talent, das semiprofessionelle Schnappschüsse von wirklich guten Fotos unterschied.

Dieses Prinzip zog sich durch. Wollte ich eine kurze Pause an einer der wenigen Tankstellen, die wir passierten, einlegen, um etwas Kaffee nachzutanken und auch dem Bus etwas Pflege zukommen zu lassen, konnte es Kyle nicht schnell genug weitergehen, um noch vor Anbruch der Nacht ein angeblich nie zuvor abgelichtetes Waldstück zu fotografieren. Wollte ich mal zwei Tage am Stück an einem besonders schönen Flecken verbringen und einfach mal die Füße hochlegen, ein Buch lesen und etwas Leckeres zu essen kochen, vereinbarte Kyle ein spontanes Treffen mit anderen Busreisenden über eine spezielle Gruppe in den sozialen Medien. Und so mussten wir gestresst weiterhetzen, um den Termin zu halten. Sah ich die Notwendigkeit, einen Wasch- und Einkaufstag einzulegen, da die Vorräte bedenklich zur Neige gingen und unsere Kleidung bereits roch, als wären wir seit Monaten und nicht erst wenige Wochen unterwegs, da konnte es ihm nicht abgelegen genug sein.

Ständig stellte ich fest, dass unsere Wünsche und Befindlichkeiten diametral entgegengesetzt waren. Ich wollte Ruhe, Kyle wollte Trubel. Ich brauchte Zivilisation, Kyle wollte Abgeschiedenheit. Hinzu kam mein Gefühl, keine echte Argumentationsgrundlage zu haben. Es war sein Bus, und obwohl wir bereits seit fast einem Jahr eine Beziehung führten, ließ er es mich oft spüren, dass er immer das letzte Wort haben wollte und ich nur wenig Mitspracherecht hatte. Sein Bus, seine Regeln, wie er immer wieder erwähnte.

In Woche fünf unseres Abenteuers eskalierte es dann. Den Abend verbrachten wir noch in trauter Zweisamkeit an einem der zauberhaftesten Orte, die wir bislang gesehen hatten – an einem türkisfarbenen See hoch in den Bergen. Offiziell gab es keinen befahrbaren Weg zum Lake Touma, doch das war Kyle egal. Unerbittlich hatte er den Bus selbst die engsten Pässe hochgetrieben, während ich mich verkrampft an den Sitz klammerte. Jederzeit erwartete ich, dass der Bus mit einem müden und entmutigenden Pfeifen den Geist aufgab und wir mitten im Nichts feststeckten. Doch wir schafften es tatsächlich bis auf das Hochplateau des Sees, und die einzigartige Landschaft vor unseren Augen besänftigte mich für den Moment.

Wir verbrachten den Abend an einem Lagerfeuer in völliger Einsamkeit. Das Feuer warf einen roten Schimmer auf Kyles Gesicht. Er saß neben mir, die Gitarre in der Hand, und zupfte gedankenverloren eine einfache Melodie. In Momenten wie diesen vergaß ich beinahe, wie oft ich dieses Instrument schon verflucht hatte. Unverhohlen betrachtete ich ihn. Zweifelsohne: Er sah gut aus, das Paradebeispiel des lässigen und sportlichen California-Boys. Lange blonde Haare, die er sich im letzten Jahr zu Dreadlocks hatte filzen lassen. Sie fielen ihm in einer dichten Kaskade über den Rücken. Sein schlanker, aber definierter Körper zeichnete sich durch das Shirt ab, und die blonden Härchen auf seinen Armen schimmerten im Feuerschein. Er fing meinen Blick auf und lächelte mir zu, wobei seine perfekten weißen Zähne zu sehen waren. Er hätte Werbung für Zahnpflege machen können.

Ja, er war wirklich jemand, dem die Mädels hinterherblickten, und auch ich ertappte mich dabei, dass ich ihn gern ansah. Und dennoch: In den letzten Wochen hatte sich etwas vor dieses makellose Bild geschoben. Eine Dissonanz, wie ein falscher Ton, der ein ganzes Musikstück kaputtmachen konnte, oder ein falsches Wort zur falschen Zeit. All die Diskussionen, die Streitereien mit ihm, sein Unvermögen, auch meine Wünsche zu berücksichtigen … es zeigte mir überdeutlich, dass wir im Grunde nicht füreinander gemacht waren.

Sicher, die Beziehung war bisher gut gewesen und der Sex definitiv nicht von der schlechten Sorte. Doch unser Trip führte mir eindeutig vor Augen, dass Kyle ein Typ Mensch war, mit dem ich auf Dauer nicht glücklich werden konnte. Dazu war er zu egoistisch, zu sehr auf sich selbst bedacht, immer nur seine Außenwirkung im Kopf. Er war nicht authentisch. Manchmal hatte ich das Gefühl, er spielte die Rolle des Sonnyboys und den alternativen Weltenentdecker nur und war doch letztendlich ein in den gesellschaftlichen Konventionen gefangener junger Mann. Was nicht schlimm gewesen wäre, wenn er nicht zwangsweise ein anderes Bild von sich transportiert hätte. Wie die »Free Tibet«- und »Peta«-Aufkleber auf seinem Bus … Weder interessierte Kyle sich für Tiere – außer als gut durchgebratenes Patty auf einem Burger –, noch wusste er genau, wie es zu den politischen Verstrickungen zwischen der Volksrepublik China und Tibet gekommen war.

Unsere Nacht am Ufer des Lake Touma verbrachten wir ohne größere Differenzen und schliefen eng aneinandergekuschelt auf dem schmalen Bett im Bus ein. Ich erwachte in der Früh, da es mich fröstelte. Es war Ende August, der Sommer hier oben neigte sich bereits dem Ende zu, und so langsam machte sich der Herbst bemerkbar.

Die Tür zum Bus stand sperrangelweit offen, kein Wunder, dass mir kalt war. Kyle saß vor den Überresten des Lagerfeuers und hatte den kleinen Espressokocher auf den Campinggaskocher gestellt. Ich notierte mir im Kopf, dass wir dringend Gaskartuschen nachkaufen mussten. Ich hatte erst vorgestern festgestellt, dass wir die letzte Kartusche angebrochen hatten. Warum Kyle den Kaffee nicht über einem richtigen Feuer erhitzte, erschloss sich mir nicht. Wir hatten den Espressokocher genau deshalb ausgesucht, weil er feuerfest war.

Der Duft von frisch gebrühtem Kaffee drang mir verlockend in die Nase. Ich strich mir die verwuschelten Haare nach hinten und griff nach der Fleecejacke, die ich gestern Abend nachlässig auf den Boden geworfen hatte.

»Mmm, das riecht gut«, kommentierte ich mit schlaftrunkener Stimme aus dem Bus heraus. »Machst du mir bitte auch eine Tasse? Ich sterbe für einen Schluck Kaffee.«

Kyle wandte sich zu mir um. »Sorry, Babe, ich befürchte, das war der letzte Rest.« Bedauernd drehte er seinen Emaillebecher mit der Öffnung nach unten, um mir zu demonstrieren, dass er soeben den letzten Rest selbst getrunken hatte. Ich schluckte meinen aufkeimenden Ärger mühsam hinunter. Wie typisch! Es passierte nun schon zum dritten Mal auf unserer Reise, dass der Kaffee zur Neige ging und Kyle zufälligerweise immer derjenige war, der den letzten Rest abbekam.

Ich unterdrückte einen Fluch, dann sagte ich: »Okay, wärst du dann so nett und würdest mir Wasser für eine Tasse Tee aufsetzen? Tee müssten wir noch haben.«

Nun verzog er bedauernd das Gesicht, was ihm das Aussehen eines leidenden, aber hübschen Märtyrers verlieh. »Doppelsorry, Babe.« Er griff nach der Kartusche und schüttelte sie leicht. »Auch leer. Wir müssen wirklich dringend einkaufen.«

Ich konnte ein Stirnrunzeln nicht unterdrücken und auch nicht den scharfen Ton in meiner Stimme. »Und das hätten wir nicht schon gestern machen können, als wir durch diesen kleinen Ort gefahren sind und du partout nicht anhalten wolltest?«

»Hey«, sagte er abwehrend und hielt beide Hände hoch, als würde ich eine Waffe auf ihn richten. »Ich meine doch nur, dass es jetzt langsam an der Zeit wäre.«

Ich verdrehte die Augen, griff nach der zerfledderten Landkarte, die unser treuer Begleiter seit Wochen war und suchte unsere Position. Ah, hier war Lake Touma und – Gott sei Dank – nur wenige Meilen weiter war ein kleiner Ort eingezeichnet. Clearwater Creek. Dort würden wir sicherlich alles Notwendige finden. Wir müssten nur den wahnwitzigen Weg zurückfahren und dann einer kleinen Landstraße folgen.

»Okay, ich habe etwas gefunden. Clearwater Creek, nördlich von hier.« Ich hielt die Karte hoch und deutete mit dem Finger darauf.

Kyle sah mich und die Karte uninteressiert an. »Ich wollte eigentlich lieber Richtung Süden fahren. Dort soll es einen Wasserfall geben, der …«

»Das ist mir völlig egal«, unterbrach ich ihn wütend. »Der nächste Ort im Süden ist …« Ich fuhr mit dem Finger auf der Karte demonstrativ langsam besagten Weg entlang. »… mindestens vierzig Meilen entfernt. Wir brauchen Vorräte und Gas und vielleicht auch mal wieder einen Waschsalon. Clearwater Creek ist gleich um die Ecke, also kein großer Umweg.« Ich hatte die Arme verschränkt, die Karte dabei unter den Arm geklemmt und blickte ihn unnachgiebig an. Ich hatte noch keinen Kaffee gehabt und selbst die Aussicht auf einen warmen Tee, geschweige denn später ein warmes Essen, war alles andere als rosig. Sollte er jetzt wagen, einen Streit mit mir vom Zaun zu brechen, dann würde es ein Donnerwetter geben.

Glücklicherweise zuckte er nur gleichgültig mit den Schultern und wandte sich wieder von mir ab. Seltsamerweise löste das in mir eine erneute Welle der Wut aus. Ignorierte er mich etwa?

»Hey«, sagte ich. »Ich glaube, wir sollten mal reden.« Ich registrierte, wie genervt ich mich anhörte. Auch Kyle schien mitzubekommen, dass ich nicht nur plaudern wollte. Er drehte sich zu mir um und verschränkte die Arme vor der Brust. Seine Bereitschaft zur Konfrontation war eindeutig.

»Was?«, blaffte er zurück.

Ich musste an mich halten, um nicht zurückzuschrecken. Sein Tonfall war kalt und spiegelte den Ausdruck in seinen Augen wider. Dennoch wollte ich nicht klein beigeben. Auf Dauer konnten wir unseren Trip auf diese Art und Weise nicht fortsetzen, ohne uns gegenseitig an die Gurgel zu gehen.

»Hör mal … was soll denn dieser Tonfall jetzt? Ich würde gerne gesittet mit dir sprechen. Irgendwie habe ich das Gefühl, dass ich meine Bedürfnisse immer hinter deinen zurückstecken muss.«

Kyle hatte seinen Mund zu einem höhnischen Lächeln verzogen, das mir fast den Mut genommen hätte, weiterzusprechen. Aber nur fast.

»Ich meine … klar, es ist dein Bus und glaub mir, ich finde es so großartig, dass wir diese Reise zusammen unternehmen. Aber ich finde es … manchmal sehr unfair, wie du mich behandelst. So als hätte ich hier keine Mitspracherechte.«

Kyle schwieg immer noch, das Lächeln wie festbetoniert auf seinem Gesicht. Warum erwiderte er nichts?

»Verstehst du, was ich meine? Mein Vorschlag gestern zum Beispiel, dass wir mal wieder dringend einkaufen müssten … den hast du einfach ignoriert, und jetzt stehe ich hier ohne Kaffee. Ohne Gas.« Kurze Pause, aber immer noch keine Antwort. »Warum hast du den Kaffee nicht einfach mit mir geteilt, Kyle?«, fragte ich, deutlich leiser nun. Sein Schweigen irritierte mich. Übertrieb ich etwa?

Schließlich eine Reaktion von ihm. Er zuckte mit den Schultern. Dann sagte er: »Ich bin halt der Fahrer und brauche den Kaffee, um wach zu werden.«

Mich durchfuhr erneut diese kaltheiße Wut. »Ach ja? Du weißt, dass ich dich jederzeit ablösen könnte beim Fahren! Ach halt, richtig.« Ich schlug mir gespielt mit der Hand gegen die Stirn, als würde mir ein erhellender Gedanke kommen, und funkelte ihn an. »Du lässt mich ja nicht ans Steuer. Ich könnte ja was kaputtmachen.«

Erneut dieses Schulterzucken, das mich allmählich zur Weißglut trieb. »Sorry, Babe, aber du bist eine Frau. Autofahren liegt einfach nicht in euren Genen.«

Ich schnaubte unkontrolliert auf. »Ernsthaft jetzt? Das ist dein Argument?« Ich verschränkte nun ebenfalls die Arme vor der Brust. »Ich fahre, seitdem ich achtzehn bin, unfallfrei. Und glaub mir, so oft wie du den Motor in den letzten fünf Wochen abgewürgt hast …«

Ich ließ den Satz unvollendet, konnte aber auch so sehen, wie sich zornige Röte auf Kyles Wangen breitmachte. War ich zu weit gegangen? Es war mir dermaßen egal. Was bildete er sich nur ein?

»Mein Bus, meine Regeln«, wiederholte Kyle sein Credo mit zusammengepressten Zähnen. »Wenn es dir nicht passt, kannst du dich ja nach einem anderen Reisepartner umsehen.«

Und damit drehte er sich wieder um und machte mir unmissverständlich klar, dass die Diskussion für ihn beendet war. Ich ballte die Hände zu Fäusten und atmete tief durch. Das konnte ich nicht einfach so stehen lassen, ich würde es später noch mal ansprechen müssen. Jetzt allerdings versuchte ich, meiner Wut Herr zu werden und irgendwie in diesen grandios fehlgestarteten Tag zu finden.

Ich zog mich an und spulte meine hygienische Morgenroutine ab.

Mein Frühstück bestand aus einer Schale kalter Milch mit Müsli sowie, in Ermangelung anderer Getränke, einem Becher Wasser. Welch großartiger Start in den Tag!

Kyle hatte in der Zwischenzeit schweigend unsere Utensilien im Bus verstaut und machte ihn für den anstehenden holprigen Weg startklar. Wir schwiegen uns die nächste halbe Stunde weiterhin an. Ich unterbrach die Stille nur, um ihm den Weg zu weisen, ansonsten hielt ich meine Klappe. Ich war dünnhäutig und genervt, und mir fehlte meine übliche morgendliche Ration Koffein.

Irgendwann hatten wir den Weg aus den Bergen hinunter in ein kleines Tal geschafft. Der Ort Clearwater Creek war bereits am Horizont zu sehen, und ich atmete innerlich erleichtert auf. Wenige Sekunden später war ich dann plötzlich hellwach. Wir waren soeben an einem Schild vorbeigefahren, das auf einen Campingplatz zwei Meilen weiter hinwies. Ein Campingplatz! Das bedeutete die Aussicht auf eine warme Dusche. Was würde ich nicht alles tun, um mal wieder richtige Körperpflege zu betreiben. Ich wies Kyle mit einem kurzen Ellbogenstupser darauf hin. »Sieh doch mal, ein Campingplatz. Wir könnten dort einen kurzen Zwischenstopp einlegen und uns mal wieder um unsere Hygiene kümmern.«

Kyle legte den Kopf schief. »Echt jetzt? Du willst … duschen?« Sein Ton klang ungläubig, als wäre mein Wunsch nicht nachvollziehbar. Als hätte ich mir einen Hundewelpen gewünscht. Oder eine Designerhandtasche im vierstelligen Preisbereich.

»Ja, echt jetzt. Duschen wäre traumhaft«, antwortete ich mit mühsam unterdrückter Wut in der Stimme. Konnte es wirklich sein, dass wir uns jetzt auch schon übers Duschen stritten?

»Hm, eigentlich hattest du gesagt, wir machen hier nur einen kurzen Abstecher. Einkaufen und dann nichts wie weg. Jetzt aber …«

»Kyle!«, unterbrach ich ihn. »Ich will hier nicht die nächsten Tage verbringen. Ich. Möchte. Nur. Kurz. Duschen. Eine halbe Stunde vielleicht, länger wird das nicht dauern.« Jetzt klang ich wirklich genervt. Der Morgen entwickelte sich zu einem Albtraum.

Kyle schwieg.

»Wir haben es doch nicht eilig, oder? Wir müssen keine Termine einhalten. Was spricht also dagegen, eine kurze Pause einzulegen?« Ich versuchte, die Wut aus meiner Stimme herauszunehmen. Irgendwie war das ein Tiefpunkt. Konnte es schlimmer werden?

Es konnte.

Letztendlich schaffte ich es irgendwie, ihn zu überzeugen, denn er nahm schweigend die Abzweigung in Richtung Campingplatz, und wir verließen die Hauptstraße, die uns nach Clearwater Creek geführt hätte.

Der Platz lag malerisch vor einer Kulisse aus Bergen, Bäumen und unendlich viel Grün. Wir parkten den Bus auf einem Schotterparkplatz davor. Direkt dahinter befand sich ein großes Haus aus Blockbohlen und Steinen. Auf einem Schild stand groß *Anmeldung* und *Clearwater Campsite*. Im Hintergrund waren zahlreiche pittoreske Hütten mit Dächern bis zum Boden zu sehen, dazwischen kleine und große bunte Zelte sowie Campingbusse und Caravans.

Ich hüpfte voller Vorfreude aus dem Bus. Herrlich. Ich konnte das warme Wasser fast schon auf meiner Haut spüren. Kyle stieg ebenfalls aus, umrundete den Bus und schob dann geräuschvoll die große Seitentür auf.

Als er mir meinen Rucksack und meine Umhängetasche vor die Füße warf, registrierte mein Gehirn zunächst nicht, was das sollte. Erst als er begann, weitere persönliche Gegenstände von mir – Bücher, meine robuste Alu-Trinkflasche, meine karierte Decke – auf den Rucksack zu werfen, wurde mir allmählich bewusst, was er hier trieb.

Dennoch fragte ich: »Was machst du da?«

Er hob die Augenbrauen und langte nochmals in den Bus, um mein zerfleddertes Reisenotizbuch hervorzuholen.

»Das sollte alles gewesen sein«, kommentierte er ungerührt.

Ich starrte ihn ungläubig an. »Was soll das?«, wiederholte ich meine Frage.

Er verschränkte die Arme. »Nach was sieht es denn aus?«

»Du schmeißt mich raus?« Meine Stimme überschlug sich, und ich hasste sie in diesem Moment dafür. Das konnte doch nicht wahr sein. War Kyle gerade tatsächlich dabei, mich aus seinem Bus zu werfen?

»Völlig richtig erkannt«, antwortete er und schloss die Tür mit einem Knall. Ich zuckte zusammen und konnte nicht anders, als ihn immer noch ungläubig anzustarren.

»Warum?«, stieß ich hervor.

»Warum?«, echote er und äffte mich nach. »Warum, warum … Ich kann dir sagen, warum. Wenn ich noch einmal ›Kyle, können wir bitte dorthin?‹ oder ›Kyle, warum machen wir nicht das und das?‹ höre, dann drehe ich durch!«

»Was?! Du spinnst doch!« Ich versuchte, tief durchzuatmen und meinen jagenden Puls zu beruhigen. Zwecklos. »Ich dachte, das wäre eine gemeinsame Tour und kein Egotrip von dir. Auf so einer Reise gibt es nun mal Kompromisse. Ich werde doch wohl noch Wünsche äußern dürfen.«

Jetzt grinste Kyle höhnisch. »Mein Bus, meine Regeln. Das habe ich dir von Anfang an gesagt. Wenn du damit nicht klarkommst, dein Problem.«

Ich wich einen Schritt zurück. »Ach, so ist das. Dein Bus, deine Regeln … Weißt du was? Du und deine Regeln, ihr könnt mich mal!«

»Ganz wie du meinst.« Er griff nach der Beifahrertür, die ich offen gelassen hatte, und warf auch diese lautstark zu. »Schönes Leben noch.«

»Hey, was ist mit meinem Geld?«, rief ich ihm hinterher. Wir hatten einen Großteil unseres Reisebudgets unsinnigerweise in bar dabei – eine Idee von Kyle, die ich ihm nicht hatte ausreden können –, und es war noch einiges übrig. Immerhin hatten wir noch ganze drei weitere Monate geplant.

»Sieh es als deinen Unkostenbeitrag an.«

Kyles freche Antwort verschlug mir beinahe den Atem. »Was …? Du hast sie doch nicht mehr alle! Ich will sofort mein Geld wiederhaben.«

»Sonst was?«, fragte er herausfordernd und in einem dermaßen kalten Ton, dass es mir nun tatsächlich die Sprache verschlug.

Und mit einem letzten Blick auf mich umrundete er den Bus, setzte sich hinters Lenkrad und fuhr davon. Ich blieb zurück und konnte nur noch die schwarzen Wolken aus dem Auspuff betrachten, die allmählich immer kleiner wurden.

Kapitel 2

Er war tatsächlich weggefahren. Einfach so. Ohne mich. Er hatte mich hier, inmitten der Rockies, in einem mir völlig unbekannten Landstrich, an einem Ort, von dem ich noch nie zuvor gehört hatte, einfach allein zurückgelassen. Ich ließ mich schwer auf meinen Rucksack fallen und meinen Atem mit einem tiefen Stoß entweichen.

Das träumte ich doch nur, oder? Passierte mir das gerade wirklich? Ein kleiner, ein winzig kleiner Teil von mir hoffte tief drinnen, dass das nur ein Scherz war, und dass Kyle mit einem prustenden Lachen wieder zurückkommen und sich über mich lustig machen würde. Doch natürlich kam er nicht wieder. Ich saß an die zehn Minuten beinahe reglos da und stierte ins Nichts, als mir klar wurde, dass das absoluter Ernst war. Ich war hier gestrandet mit nicht viel mehr als etwas Kleidung und wenigen persönlichen Sachen.

Ich zog meinen Geldbeutel aus einer der Seitentaschen des Rucksacks. Zeit, den Tatsachen ins Auge zu blicken. Ich wusste, ich hatte nicht mehr viel Bargeld bei mir. Der tatsächliche Betrag ließ mich dennoch schwer schlucken. Es waren knapp siebzig Dollar. Damit würde ich nicht sehr weit kommen. Auf meinem Konto waren vielleicht noch weitere zweihundert.

Der Rest meines gesparten Geldes fuhr gerade die engen Serpentinenstraßen fort von mir. Dieser Mistkerl! Ich hieb mit der Faust auf den Rucksack, nur um etwas anderes spüren zu können als diese unbändige Wut. Scheiße! Was sollte ich jetzt nur tun?

Natürlich kamen just in diesem Moment all die unterdrückten und unerwünschten »Ach hätte ich doch nur«-Gedanken wieder hoch, die ich seit vielen Monaten zu verdrängen versuchte.

Ach, hätte ich doch nur … mein Informatikstudium zu Ende gebracht. Ich säße heute vermutlich in einem klimatisierten Büro und würde Programmcode über Programmcode schreiben, mir mit meinen nerdigen Mit-Informatikern das Hirn darüber zerbrechen, warum die Anwendung nicht funktionierte, in welcher Zeile der Code einen Fehler hatte, und danach frustriert nach Hause gehen. Dafür hätte ich jedoch Kohle ohne Ende, würde in einer schicken, seelenlosen Wohnung mit antiseptischen Glasfronten leben und mein Leben wäre von vorn bis hinten durchgetaktet. Büro, ab und zu Sport, Treffen mit den immer gleichen Leuten, gelegentlicher Urlaub.

Oder: Ach, hätte ich doch nur … auf meine Eltern gehört und wäre, wie mein älterer Bruder auch, auf dem heimatlichen Pferdehof geblieben und Pferdewirtin geworden. Auch da würde es mir an Geld nicht mangeln, einfach aus dem simplen Grund, dass ich als Pferdewirtin gar keine Gelegenheit gehabt hätte, es irgendwo auszugeben. Sich von morgens bis abends nur um die Vierbeiner zu kümmern, ihre Hinterlassenschaften mühsam von Hand wegzuräumen, sie zu striegeln, zu füttern, zu reiten und zu unterrichten und außer dem Duft von Heu, Pferdekörpern und dem eigenen Schweiß kaum etwas anderes zu riechen – nein danke.

Und dann gab es noch diesen Gedanken: Ach, hätte ich doch nur … damals dieses Angebot meiner Mitbewohnerin angenommen, als in ihrem Unternehmen noch Quereinsteiger fürs Marketing gesucht wurden. Auch in diesem Szenario hätte ich Geld gehabt, doch für was hätte ich es ausgegeben? Enge Röcke, High Heels, stylishe Blusen, Kosmetika, die eines Produkttesters würdig wären, monatlicher Haarschnitt, wöchentliche Maniküre … auch das wäre nicht ich gewesen.

Stattdessen hatte ich einen anderen Weg gewählt: Ich sammelte Lebenspunkte anstelle von Geld auf einem Konto. Ich hatte an Jobs schon beinahe alles ausprobiert: vom klassischen Kellnern über Putzjobs, Croupier in einem Casino, Tankstellenangestellte, Hundeausführerin, Babysitterin, Hilfsgärtnerin, Nachhilfelehrerin bis hin zu einem zweimonatigen Job als Aushilfe bei einer Schädlingsbekämpfungsfirma. Mir machte so schnell niemand etwas vor. Doch leider zog sich eines durch all meine Jobs: Bei keinem von ihnen konnte ich mir ein beruhigendes Geldpolster ansammeln, das mir auch mal über eine Durststrecke geholfen hätte. Das wenige, das ich mir zwischenzeitlich mühsam angespart hatte, war nun weg.

Verdammt! Was sollte ich jetzt nur tun? Mein Plan war es gewesen, diesen Trip auch dafür zu nutzen, mir Gedanken über meine Zukunft zu machen. Ich wusste, dass ich diese unstete Lebensweise aufgeben musste. Es wurde langsam Zeit, sesshaft zu werden. Ich könnte mein Studium beenden, mir einen anständigen Job suchen oder doch wieder auf dem Hof meiner Eltern mitarbeiten. Ich hatte genügend Möglichkeiten. Ich musste mich nur langsam entscheiden.

Doch Kyle hatte meinen Plan vereitelt und mir durch die ständigen Auseinandersetzungen der letzten Wochen die Bedenkzeit genommen. Und ich konnte nicht einfach zurück in meine WG fahren. Mein Zimmer hatte ich für die geplante Dauer unserer Reise untervermietet. Die Studentin, die nun dort für die kommenden Wochen lebte, konnte ich nicht einfach rauswerfen.

Immer noch wütend – auf Kyle, auf mich, auf Gott und die Welt – stand ich auf und warf mir den Rucksack über die Schultern. Es half ja alles nichts. Ich war jetzt hier gestrandet und sollte zusehen, dass ich für die nächsten ein oder zwei Tage bleiben konnte. Ich musste mir dringend einen Plan zurechtlegen und dann alles Weitere organisieren.

Ich blickte einmal um mich – erst mal die Lage sondieren, bevor ich auf den Campingplatz ging. *Clearwater Campsite* stand auf einem riesigen, wunderschönen und ganz offensichtlich handbemalten Schild. Es hatte ein wenig den Look eines Retro-Logos, wie man sie heute beinahe überall sah, nur dass dieses hier wirklich alt zu sein schien und nicht auf alt gemacht war. Ein zweites, kleineres Schild hing wie als Kontrast daneben. *#goingwild@clearwatercampsite* war dort aufgedruckt und etwas kleiner: *Ihr wart hier? Zeigt es und nutzt unser Hashtag auf Instagram.*

Das entlockte mir ein Lächeln. Hier ging man wohl mit der Zeit. Sympathisch.

Ich verließ den Schotterparkplatz und ging die kurze Strecke bis zur Anmeldung.

Das imposante Blockhaus wurde von einer Theke dominiert. Eine junge, ziemlich attraktive Frau – sie schien nur wenig älter zu sein als ich – saß dahinter und tippte emsig auf einen Laptop ein, sah jedoch auf, als sie mich bemerkte.

»Hi!« Sie lächelte mich einnehmend an. Ich konnte nicht anders, als zurückzulächeln, auch wenn mir so gar nicht danach war. Sie hatte etwas Nettes an sich.

»Hi«, grüßte ich zurück und sah mich dann etwas unsicher um.

Sie beäugte mich und mein sperriges Gepäck und runzelte kurz die Stirn. »Brauchst du einen Stellplatz?«, fragte sie mich.

Ich verzog das Gesicht. »Könnte man so sagen. Allerdings habe ich nicht einmal ein Zelt.« Natürlich nicht, wozu auch.

Mein mobiles Zuhause der letzten Wochen hatte ein Zelt unnötig gemacht. Nach den Hütten wagte ich gar nicht zu fragen, sie lagen ganz sicher außerhalb meines Budgets.

»Kein Problem«, antwortete sie und riss mich aus meinen negativen Gedanken. »Wir haben hier auch Mietzelte. Warte mal, ich muss hier irgendwo eine Broschüre haben mit unseren Modellen … ah ja, hier ist sie.«

Sie reichte mir einen Flyer, den ich entgegennahm, ihn aber nur flüchtig anschaute. »Ich glaube, mir reicht das günstigste Modell, das ihr habt.«

»Okay.« Sie nickte und nahm den Flyer, den ich ihr vor die Nase hielt, wieder an sich. Sie strich sich eine Strähne hinters Ohr und sagte: »Dann sorge ich dafür, dass du dein Zelt bekommst. Kann einen kleinen Moment dauern, ich weiß nicht genau, wo David gerade steckt.«

»Hab ich meinen Namen gehört? Ich bin hier«, ertönte es hinter mir. Ich erschrak und drehte mich ruckartig um. Ich hatte nicht bemerkt, dass sich jemand an uns herangeschlichen hatte. Dem ersten Schrecken folgte prompt ein zweiter. Mein unmittelbarer Gedanke, der mir sofort durch den Kopf schoss, war: »Kyle«. Doch es war nicht Kyle. Natürlich nicht. Der war vermutlich längst meilenweit weg von mir. Und genau genommen war der junge Mann hinter mir deutlich größer als Kyle, noch hübscher, mit Grübchen auf den Wangen und eindeutig breiteren Schultern. Dennoch gab es Gemeinsamkeiten: das lange blonde Haar, das sich bei ihm zwar in lockeren Strähnen um sein Gesicht schmiegte und nicht als schwere, verfilzte Matte über den Rücken fiel, die vielen bunten Lederkettchen um die Handgelenke und das gleiche selbstherrliche, fast schon arrogante Auftreten eines Menschen, der wusste, dass ihm die Welt zu Füßen lag.

Ich konnte ihn vom ersten Moment an nicht ausstehen. Er lächelte ein ebenso breites und verlockendes Zahnpastalächeln wie Kyle. Seine braunen Augen funkelten – vielleicht bildete ich mir das aber auch nur ein, und der Glanz seiner Zähne spielte sich irgendwie physikalisch unmöglich in seinen Augen –, als er auf mich herabsah.

»Hi«, grüßte er und legte den Kopf in Erwartung einer Antwort schief.

Ich knurrte etwas Unverbindliches als Antwort und wandte mich wieder der Empfangsdame zu.

»Ah, David«, sagte sie an ihn gerichtet. »Gut, dass du da bist. Könntest du bitte eins unserer Einmannzelte für unseren neuen Gast holen und ihr dann die Anlage zeigen?«

»Aber klar doch«, erklang es gut gelaunt hinter meinem Rücken.

Oh nein! Ich hoffte sehr, er kam nicht auf den Gedanken, mir beim Zeltaufbau zu helfen. Normalerweise hätte ich nichts dagegen gehabt, doch heute wollte ich keine Minute mehr als nötig mit einem Kyle-Klon verbringen.

»Lass mich nur eben noch schnell die Checkliste holen. Die Jeffersons reisen heute ab, und ich habe versprochen, in fünf Minuten zum Auschecken zu kommen.«

Er ging um mich herum hinter die Theke und durchsuchte einen Stapel Unterlagen. »Herrgott noch mal«, fluchte er. »Ich bin mir sicher, ich habe das doch erst neulich hier irgendwo gesehen.«

Die Frau räusperte sich betont geräuschvoll, zog dann eine Schublade auf und lenkte seine Aufmerksamkeit mit einer übertrieben dramatischen Handbewegung auf den Inhalt. »Tadaaaaa«, machte sie dabei.

»Oh!« Er kicherte kurz, dann drückte er ihr einen Kuss auf die Wange und zwinkerte mir im gleichen Augenblick ziemlich frech zu. Mir blieb kurz die Luft weg. Was für ein selbstverliebter Idiot! Seine Frau/Freundin zu küssen und gleichzeitig mit einer Wildfremden zu flirten war schon abgebrüht. Ich hoffte, dass sie es nicht mitbekommen hatte. Glücklicherweise schien es so. Sie lachte nur und scheuchte ihn mit einem Handwedeln hinaus.

Er winkte ihr mit der Checkliste zu, dann drehte er sich an der Tür zu mir um. »Na, was ist? Kommst du mit?«

»Äh ja«, sagte ich geistreich und riss mich aus der seltsamen Situation. Meine mir normalerweise eigene Schlagfertigkeit schien heute zu pausieren. Oder vielleicht hatte Kyle auch einen Teil davon im Bus mitgenommen. Ich trottete dem gold gelockten Adonis hinterher und kam nicht umhin, mir einzugestehen, dass er wirklich sehr gut aussah. Er trug eine lässige Jeans, die sich vorteilhaft an seinen Hintern schmiegte, und ein dünnes abgetragenes Shirt, das um seine Oberarme spannte. Seine Bewegungen waren locker, fast selbstvergessen, doch ich wusste genau, er war sich seiner Außenwirkung mehr als bewusst. Das wurde mir klar, als er sich mit einer kurzen Drehung des Kopfes versicherte, dass ich ihm folgte. Sein Blick sagte: »Na? Genießt du die Aussicht?«

Ich streckte seinem Rücken die Zunge heraus und fühlte mich bei dieser kindischen Geste direkt besser. Es waren eben die kleinen Dinge im Leben, die einen erfreuten.

Ich folgte ihm zu einer kleinen Holzhütte, die er aufschloss. Es war ein Lager mit diversen Outdoorutensilien, vom Zelt über Campingkocher bis hin zu Anglerstühlen und Klapptischen. Er ließ mich vor der Hütte warten und kam dann mit einem quietschgrünen, länglichen Paket wieder heraus.

»Ich glaube, ich brauche noch eine Isomatte und einen Schlafsack … falls ihr das auch vermietet«, sagte ich, als mir in diesem Moment aufging, dass ich mit meiner dünnen karierten Decke keine Nacht bei diesen Temperaturen überstehen würde.

»Klar!« Er zwinkerte mir erneut zu und verschwand wieder in der Hütte.

»Hier, bitte schön«, drückte er mir wenig später Isomatte und Schlafsack sowie ein weiteres unidentifizierbares Paket in die Hand. »Ich habe dir auch noch einen Gaskocher mit Topf dazu gepackt. Irgendwie habe ich das Gefühl, du könntest es gebrauchen.«

Sprachlos starrte ich ihn an. Wow! Das kam überraschend, aber er hatte recht. Ich hatte nichts zum Kochen dabei.

»Du kannst dein Zelt dort hinten auf der Wiese aufbauen, wo auch immer du magst. Ich empfehle dir den Platz neben der Bank. Von der hat man eine ziemlich gute Aussicht auf den Mond, wenn er über dem Berg aufsteigt.« Treuherzig sah er mich an. Wenn er dachte, dass dieser Romantik-Sterne-Scheiß bei mir zog, dann war er aber ziemlich schief gewickelt.

»Aha, danke für den Tipp«, gab ich kurz zurück und wollte mich schon umdrehen.

»Brauchst du Hilfe beim Aufbauen?«, fragte er schnell, bevor ich losgehen konnte. Ich wandte mich um, nur um erneut ein Augenzwinkern geschenkt zu bekommen. Große Güte, glaubte dieser Kerl wirklich, dass dieses Zucken irgendwie sexy rüberkam?

»Nein, danke. Das schaffe ich gut allein«, erwiderte ich der Höflichkeit halber und wartete seine Antwort nicht mehr ab. Er begann, mich zu langweilen. Ich wusste, dass er mir hinterhersah, als ich mich Richtung besagter Wiese aufmachte und mir einen lauschigen Platz suchte. Seine Empfehlung war tatsächlich gut. Der Platz lag etwas erhöht, sodass man von hier aus einen guten Blick auf die Umgebung hatte. Plus: Die Tisch-Bank-Kombination rettete mich davor, später mein Abendessen auf dem Boden einnehmen zu müssen.

Ich seufzte einmal tief auf, als ich den Rucksack von den Schultern gleiten und das Paket mit dem Zelt daneben fallen ließ. Uff! Was für ein Tag. Kurz verharrte ich in dieser Position, atmete die frische, würzige Luft ein und versuchte, an gar nichts mehr zu denken. Was natürlich überhaupt nicht gut klappte. Natürlich waren die Ereignisse des heutigen Morgens und auch der letzten aufreibenden Wochen frisch in meinem Kopf und purzelten wie ein buntes Kaleidoskop in irren Mustern wild durcheinander.

Stopp, schrie ich innerlich, und holte tief Luft. Ich musste meinem Gedankenkarussell Einhalt gebieten. Und wie konnte so etwas besser klappen als durch körperliche Arbeit? Das grellgrüne Zelt lag vor meinen Füßen und verlangte danach, aufgebaut zu werden.

Also machte ich mich ans Werk. Ich war nicht ganz ungeübt, was das anging. Da der Pferdehof meiner Eltern rund um die Uhr Aufmerksamkeit einforderte, war Urlaub in meiner Kindheit ein Fremdwort. Weil meine Eltern uns Geschwistern aber dennoch zumindest die Illusion von Ferien bieten wollten, hatten wir jedes Jahr ein großes Zeltlager auf einer der Pferdewiesen aufgebaut. All unsere Schulkameraden, oder jene, die nicht den Luxus hatten, in exotisch-fremde Länder reisen zu dürfen, waren eingeladen und konnten bei uns für einige Tage zelten. Es war stets unser Highlight des Jahres gewesen, und bei dem Gedanken ertappte ich mich, dass meine Mundwinkel sich automatisch nach oben zogen.

Aber trotz meiner nicht unerheblichen Zeltaufbau-Erfahrung war dieses moderne Ding zu meinen Füßen eine Herausforderung. Eine Anleitung lag natürlich nicht bei, sodass ich allein herausfinden musste, welche Zeltstangen durch welche Schlaufen geführt werden mussten, damit am Ende ein Zelt dabei herauskam. Irgendwie hatte ich ein igluartiges Etwas erwartet, etwas, das zumindest vage den Zelten meiner Kindheit entsprach. Doch das Ding hier war ein eher flacher, lang gezogener Schlauch, in dem ich vermutlich nicht mal aufrecht sitzen konnte … Ich hätte mir die Auswahl etwas näher ansehen sollen. Vermutlich hatte ich deshalb solche Schwierigkeiten mit dem Aufbau. Doch am Ende hatte ich es tatsächlich geschafft und versenkte den letzten Hering als Anker in der Wiese.

Das Zelt war in Nullkommanichts bezugsfertig: Ich rollte die sich selbst aufblasende Isomatte aus, warf meinen Schlafsack darüber und wuchtete Rucksack und Umhängetasche daneben. Fertig. Ich blickte auf meine Uhr. Es war erst kurz nach zwölf Uhr mittags. Langsam begann mein Magen zu knurren. Ich hatte seit dem Müsli heute Morgen nichts mehr gegessen und seitdem war so einiges passiert. Ich sollte dringend etwas essen. Doch natürlich waren alle Vorräte unterwegs mit Kyle nach Wer-weiß-Wohin. Ich musste einkaufen.

Und duschen! Die Tatsache, dass unser Streit aufgrund warmen Wassers und Körperhygiene eskaliert war, belustigte mich mittlerweile etwas. Diese Dusche werde ich genießen wie noch nie eine Dusche zuvor, schwor ich mir. Dennoch war es sinnvoller, sich zuerst nach etwas Essbarem umzusehen und dann den angenehmen Teil des Tages zu starten. Mit einem Ächzen stand ich auf und ging zur Rezeption.

Die junge hübsche Frau von vorhin saß immer noch da und tippte emsig auf dem Laptop.

»Hallo noch mal.«

Sie blickte auf, als ich eintrat, und lächelte erneut so nett. »Hat alles geklappt?«, fragte sie. »Ich hoffe, David hat dir beim Aufbauen geholfen.«

»Äh … nein«, stammelte ich. »Aber das ist okay«, wehrte ich ab, als sie einhaken wollte. »Ich habe seine Hilfe nicht gebraucht.«

»Okay«, antwortete sie, und ich konnte die Skepsis in ihren Worten hören. »Aber wenn du Hilfe brauchst, meldest du dich bitte, in Ordnung? Ich bin übrigens Joanna oder einfach Jo.«

»Emily.« Ich lächelte und schüttelte ihre ausgestreckte Hand. »Und es gibt tatsächlich etwas, bei dem ich Hilfe gebrauchen könnte. Wo und wie komme ich am besten an Nahrungsmittel? Gibt's einen Laden hier in der Nähe?«

Joanna verzog das Gesicht. »Autsch! Jetzt hast du mich erwischt. Das ist momentan unsere Schwachstelle. Wir haben hier noch keinen platzeigenen Laden, uns fehlen leider noch ein paar bürokratische Kleinigkeiten. Der nächste Laden ist unten in Clearwater Creek, aber das ist ein paar Meilen entfernt. Zu Fuß brauchst du ewig bis dahin. Aber warte mal …« Sie hielt inne, und ein grüblerischer Ausdruck trat auf ihr Gesicht. »Mein Bruder wollte heute Nachmittag sowieso in den Ort, ein paar Briefe zur Post bringen. Er könnte dich mitnehmen und auch gleich wieder zurückfahren.«

»Würde das wirklich gehen?« Ich war etwas skeptisch gegenüber ihrem großzügigen Angebot, das aus heiterem Himmel kam.

»Ach, klar doch.« Sie winkte ab. »Das macht keine Umstände. Du musst dich vielleicht nur noch etwas gedulden. Ich weiß nicht, an was mein Bruder gerade arbeitet.«

»Ich kann gerne warten, das macht mir nichts …« Ich wurde unterbrochen. Zum zweiten Mal an diesem Tag wurde ich von einer Stimme in meinem Rücken überrascht und drehte mich um. Und wieder stand der hübsche, arrogant wirkende Kerl hinter mir.

»Ah, David«, sagte Joanna. »Du kommst genau richtig, mal wieder. Kannst du Emily später mit in den Ort nehmen? Sie muss ein paar Sachen einkaufen.«

Er sah auf mich herab und grinste breit. »Aber klar doch. Ich wollte gleich los und kann dich gerne mitnehmen, Emily.«

Zwei Dinge wurden mir in diesem Moment klar. Erstens: Er, David, war offensichtlich nicht der Ehemann oder Freund von Joanna, sondern ihr Bruder. Das erklärte ein wenig sein schamloses Verhalten von vorhin. Wenn ich sie genauer betrachtete, war mir so, als entdeckte ich Ähnlichkeiten zwischen ihnen: die gleichen Augen, eine ähnliche Art zu gestikulieren und auch die Nasen wirkten identisch. Ich konnte mich aber auch irren.

Zweitens: Die Art, wie er meinen Namen aussprach, ließ mir einen Schauder über den Rücken laufen. Ich konnte nicht einmal sagen, ob es ein Schauder der angenehmen oder der unangenehmen Art war. Aber er war da, zeigte sich sogar als leichte Gänsehaut auf meinen Armen und irritierte mich zutiefst.

Kapitel 3

Mein Widerwille musste spürbar sein, selbst für sein Ego, als ich kurz darauf zu ihm in einen klapprigen, altersschwachen Geländewagen stieg, der an den Wagentüren Aufkleber des Campingplatzes hatte. Doch was blieb mir übrig? Der Zeltplatz war wirklich etwas ab vom Schuss, und ich war im Grunde genommen heilfroh um die Möglichkeit, mitzufahren. Ich hätte nur zu gerne auf David verzichtet.

Er startete den Wagen, warf mir einen Blick zu, der mich dazu brachte, zum Fenster hinauszusehen. Hoffentlich signalisierte ihm das, dass ich nur wenig Lust auf ein Gespräch hatte.

Doch es war ihm herzlich egal. Kaum hatten wir den Parkplatz hinter uns gelassen und waren auf die enge, kurvige Landstraße aufgefahren, stellte er mir schon die erste Frage. Und sie war noch nicht einmal besonders originell.

»Na? Was führt dich hierher in unser verschlafenes Nest?« Er grinste mich breit an, wohl wissend, dass andere Frauen längst zurückgelächelt und sich verlegen das Haar hinters Ohr gestrichen hätten.

Ich starrte ihn unbewegt an. Gott, er war wirklich Kyle 2.0, Kyle reloaded, Kyle, the new edition. Ich wäre ihm am liebsten ins Gesicht gesprungen, auch wenn mir in dem kleinen rationalen Teil meines Gehirns, das Kyle nicht töten wollte, klar war, dass er überhaupt nichts für meine Aggressionen konnte. Er sah einfach zufällig aus wie der Mistkerl, der mich ohne Geld und mit barschen Worten am Straßenrand zurückgelassen hatte. Er konnte nichts dafür. Das war mir bewusst. Doch auch ich konnte nichts für meine Gefühle. Immerhin hatte ich ihm noch nichts angetan.

Als Antwort auf seine Frage zuckte ich gelangweilt die Schultern. »Nichts Besonderes. Ich bin zufällig hier hängen geblieben. Hab auch nicht vor, allzu lange zu bleiben. Ein paar Tage, kurz erholen, Wäsche waschen. Dann ziehe ich weiter.« Auch jetzt war die Hoffnung da, dass meine einsilbigen Sätze dafür sorgten, dass er das Interesse an mir verlor. Doch zu früh gefreut. Natürlich … wie hätte es auch anders sein können?

Er nickte versonnen, dann sagte er: »Schade, wir haben hier wirklich tolle Wanderwege, und die Natur ist um diese Jahreszeit einfach bombastisch.«

Bombastisch. Wer sagte denn heutzutage noch *bombastisch*? Wie alt war er? Vierzehn?

Ich schwieg, doch das schien ihm nichts auszumachen, denn er fuhr gleich wieder fort: »Wenn du noch nicht da warst, dann solltest du unbedingt zum Lake Touma wandern. Er liegt etwas weiter …«

»Ich kenne ihn«, unterbrach ich seinen Touristentipp. »War ich schon. Ganz nett dort.« Es war natürlich deutlich mehr als nur nett gewesen. Atemberaubend traf es eher, doch das würde ich ihm nicht auf die Nase binden. Am Ende würde er sich noch bestätigt fühlen.

Wieder nickte er. »Gut, dann kennst du unser Highlight ja schon. Warte … was könnte ich dir denn noch empfehlen?«

Ich hob eine Hand, um ihn zu unterbrechen. »Lass mal gut sein, bevor du dir deinen Kopf zu sehr zerbrichst. Ich bin in ein paar Tagen wieder weg, also bitte keine Umstände.«

Ich konnte mich irren, aber kurz war mir, als würde ein verletzter Ausdruck über sein Gesicht huschen. Ich wusste selbst nicht, weshalb ich beinahe schon bösartig auf ihn reagierte. Das war nicht mein übliches Verhalten. Ich glaubte von mir selbst, recht unvoreingenommen auf Menschen zuzugehen, doch das hier war das Gegenteil. Kurz regte sich mein schlechtes Gewissen, doch David hatte sich schnell im Griff und grinste mich wieder frech an und alles an Vorwürfen mir selbst gegenüber schmolz unter diesem blendenden Lächeln. Nein, dieser Typ war völlig selbstverliebt und brauchte ganz sicher keinerlei Mitleid von mir, nur weil mein Ton etwas schärfer geworden war.

Ich blickte wieder aus dem Fenster und sah ein grün-buntes Panorama an mir vorbeisausen. Langsam machte sich der Herbst bemerkbar, und die Bäume wandelten ihr Grün in tausend Schattierungen von Gold, Gelb, Purpur, Rot und Orange. Ich merkte, wie ich mich langsam entspannte. David hielt die Klappe, und die Natur schoss an uns vorbei. Es war durchaus erträglich.

Keine fünf Minuten später kamen wir in Clearwater Creek an. Es war ein idyllischer kleiner Ort mit einer Hauptstraße, auf der es entgegen meinen Erwartungen ganz schön turbulent zuging.

David parkte vor einem Lebensmittelladen und stellte den Motor ab. Dann drehte er sich zu mir. »Wir treffen uns in spätestens einer halben Stunde wieder hier. Reicht dir das zum Einkaufen?«

Ich verdrehte die Augen. »Ich gehe ja nicht shoppen. Ich will nur ein paar Lebensmittel einkaufen.«

Lachend hob er die Arme. »Okay, okay, bei euch Frauen weiß man ja nie … Am Ende werden es doch wieder Schuhe statt Milch und Konserven.« Wenn er jetzt auch noch einen Spruch bezüglich autofahrender Frauen brachte, würde ich ihn boxen müssen. Ins Gesicht.

Ich musste ihn wirklich sehr böse angesehen haben, denn erneut lachte er auf und sagte: »Sorry, nimm's mir nicht übel. Also, bis in einer halben Stunde.«

Wir stiegen aus, dann trennten sich unsere Wege. Leichtfüßig ging er in die andere Richtung, und ich konnte nicht anders, als ihm hinterherzusehen und seinen Gang zu bewundern. Ich blinzelte kurz, um mich loszureißen, dann betrat ich das Lebensmittelgeschäft und schnappte mir einen Einkaufskorb. Dort landete alles, was ich an hochkalorischen Lebensmitteln finden konnte. Wer wusste, was die nächsten Tage bringen würden? Ich sollte zusehen, dass ich viele Kalorien mit wenig Platzverbrauch bekam. Nudeln, Müsliriegel, Kekse mit Schokofüllung und fettiger Konservenfisch landeten neben etwas frischem Obst und einem Stück Cheesecake, das ich mir heute Abend gönnen wollte, im Korb.

Ich war deutlich unter der vereinbarten halben Stunde fertig und wartete neben dem Wagen auf David. Zwei große, prall gefüllte Tüten lagen zu meinen Füßen, während ich die Umgebung beobachtete. Es war ein Kommen und Gehen auf der Hauptstraße, sodass mir nicht langweilig wurde. Wohl deshalb fiel es mir vergleichsweise spät auf, dass die halbe Stunde schon längst abgelaufen und mein Fahrer immer noch nicht aufgetaucht war. Ich blickte auf meine Armbanduhr und stellte fest, dass er seit mehr als einer Viertelstunde überfällig war. Zögernd machte ich ein paar Schritte auf der Straße, um mir einen besseren Überblick zu verschaffen und ihn vielleicht aus der Ferne zu entdecken. Doch keine Spur von ihm.

»Na toll«, grummelte ich mir selbst zu. »Einfach nur toll.« Alles in mir schrie nach einem warmen Essen – Nudeln mit Tomatensoße, so simpel, so gut – und einer Dusche, doch dieser selbstherrliche Schönling ließ mich einfach sitzen. War nicht das erste Mal heute, dass ein Kerl mich hängen ließ, dachte ich noch und musste wieder grinsen.

Nach mehr als einer Stunde tauchte David endlich wieder auf. Er kam im Laufschritt angerannt, war etwas rot im Gesicht und keuchte: »Entschuldige bitte. Ich musste noch dringend in die Apotheke, und die Schlange vor mir kannst du dir nicht vorstellen.«

Ich starrte ihn böse an, doch der zornige Ausdruck wich recht schnell, denn er wirkte irgendwie aufgelöst, leicht fahrig. Sein Selbstbewusstsein war nicht mehr so deutlich zu spüren wie sonst. Hatte er etwa ein schlechtes Gewissen, weil er mich hatte warten lassen?

Er half mir beim Verstauen meiner Einkäufe in den Wagen, dann fuhren wir wieder zurück, deutlich schneller als auf dem Hinweg. Und deutlich stiller. Er machte keine Anstalten, mir ein Gespräch aufzudrücken, sondern starrte stattdessen auf die Straße vor uns. Zurück auf dem Campingplatz beachtete er mich weiterhin kaum und rannte direkt, kaum dass er die Tür des Wagens zufallen ließ, ins Haus.

Ich starrte ihm verwirrt hinterher. Was war nur los? Auf dem Hinweg war er gesprächig, schon beinahe nervig und aufdringlich gewesen, und nun ignorierte er mich und ging ohne ein Abschiedswort. Mir sollte es recht sein, aber ein konsistenteres Verhalten hätte ich bevorzugt.

Ich zuckte die Schultern und ging mit meiner Beute zum Zelt, um mir endlich etwas Essbares zwischen die Zähne zu schieben. Es waren nur simple Nudeln mit einer nicht mal besonders guten Soße, aber mir kam es vor wie der Himmel auf Erden. Ein warmes Essen! Kohlenhydrate! Nudeln konnten einen ja so glücklich machen. Und es war keiner da, der mein genussvolles Schmatzen und Seufzen kommentierte und maßregelte … es war einfach nur herrlich. Das abgepackte Stück Käsekuchen wurde mein Nachtisch, und auch das genoss ich in vollen Zügen. Hinterher saß ich sehr zufrieden und pappsatt im

Gras, lehnte mich irgendwann auf meine Ellbogen und starrte in den wolkenverhangenen Himmel.

Minutenlang ließ ich meine Gedanken schweifen, versuchte, irgendwie einen Plan für die kommenden Tage aus den Wolkengebilden herauszulesen, doch außer originellen Tierfiguren konnte ich nur wenig in die abstrakten Formen hineininterpretieren.

Erst der Gedanke an die langersehnte Dusche heiterte mich wieder auf. Ich packte meinen Kulturbeutel und ein Handtuch unter den Arm und suchte mir frische Kleidung heraus – zumindest frischer als die Klamotten an meinem Körper –, dann joggte ich schon beinahe zum Duschhaus.

Man sah es genau: Es war erst vor kurzer Zeit frisch renoviert worden. Glänzende Fliesen und spiegelnde silberne Armaturen verliehen dem Duschhaus schon beinahe einen futuristischen Look. Ich hätte auch an jedem noch so alten Bad mit fließendem warmem Wasser meine helle Freude gehabt, aber das hier war natürlich deutlich besser. Selten zuvor hatte ich heißes Wasser, das von oben auf mein Gesicht prasselte, mehr genossen als in diesem Augenblick. Gefühlt stand ich eine Ewigkeit unter dem Wasserstrahl, fast schon unverschämt lange anderen Gästen und der Umwelt gegenüber, aber mein Duschkonto war durch die spartanischen Waschungen der letzten Wochen dermaßen im Minus, dass ich mich im Recht sah, es heute so lange wie nur möglich auszukosten.

Am Ende war meine Haut rot und prickelte überall. Ich war beinahe etwas erschöpft und müde, doch ich rubbelte mich eilig trocken und machte danach etwas Restaurationsarbeit vor dem Spiegel, den ich immer wieder vom Dampf frei reiben musste. Endlich war ich wieder ein Mensch, sauber und halbwegs gepflegt. Ich fühlte mich wieder wohl im eigenen Körper.

Egal wie lange ich bleiben würde, vor meiner Abfahrt hier würde ich definitiv noch einmal eine solche Dusche nehmen.

Langsam brach der Abend herein. Die Sonne sandte noch ein paar intensiv bunte Strahlen, die aber nicht darüber hinwegtäuschen konnten, dass der Herbst im Anmarsch war. Es wurde spürbar kälter, sodass ich mich irgendwann gezwungen sah, meinen dicken Fleecepullover aus dem Zelt zu holen und mich hineinzukuscheln.

Bei meiner Ankunft hatte ich gesehen, dass es auf dem Platz eine Feuerstelle gab. David hatte mir erzählt, dass sich dort allabendlich die Gäste treffen konnten, eine Art zentraler Treffpunkt für jedermann. Kurz hatte ich mir überlegt, mich dort einfach mit dazuzusetzen, ein bisschen Small Talk zu machen und mich einfach treiben zu lassen. Doch mittlerweile war ich dankbar für etwas Ruhe. Über Wochen hinweg hatte es nur wenige Momente gegeben, die ganz allein mir gehört hatten. Ich war rund um die Uhr mit Kyle zusammen gewesen, und wenn ich ehrlich war, hatte mir die Stille gefehlt. Nur meine eigenen Gedanken zu hören, auf niemanden Rücksicht nehmen zu müssen – das war in den letzten Wochen kaum möglich gewesen. Etwas Einsamkeit würde mir guttun, würde meine leeren Batterien wieder auffüllen.

Also beschloss ich, den Abend allein vor meinem Zelt zu verbringen. Ich hatte ein kleines LED-Licht, das ich ins Zelt hängte, sodass ich zumindest eine kleine Lichtquelle hatte. Bei meiner Einkaufstour hatte ich nicht widerstehen können und mir auch zwei kleine Dosen Lagerbier geholt. Eine würde nun als Schlummertrunk herhalten müssen.

Das Bier rann mir kalt die Kehle hinunter, während ich von fern die fröhlichen Stimmen der anderen Gäste am Lagerfeuer hörte. Irgendwie war es beruhigend zu wissen, dass ich mein selbst gewähltes Alleinsein jederzeit aufgeben und mich der Meute anschließen könnte.

Irgendwann war selbst der letzte Widerschein der Sonne vom Himmel verschwunden, und die Nacht mit ihren unzähligen Sternen brach herein. Es war noch nicht sehr spät, vielleicht kurz vor neun Uhr. Der aufreibende Tag jedoch hatte mich müde gemacht und ich beschloss, ihn zu beenden. Eine Runde Schlaf, der nicht durch das Schnarchen eines anderen neben mir gestört wurde, würde mir guttun.

Doch dazu kam es nicht. Noch bevor ich in das niedrige Zelt kriechen und mich im Schlafsack einrollen konnte, sah ich eine Person in meine Richtung kommen. Erst konnte ich sie nicht erkennen, doch dann wurde mir schlagartig bewusst, dass es David war, der da auf mich zukam. Oh nein, was wollte er denn hier? Er war so ungefähr der letzte Mensch überhaupt, den ich sehen wollte. Na ja, fast, Kyle lag ungeschlagen auf Platz eins und würde dort noch eine ganze Weile bleiben.

»Hi.« Er setzte sich ungefragt zu mir und streckte mir eine Flasche Wein entgegen.

Ich starrte sie und ihn abwechselnd und irritiert an.

Da ich nichts sagte und ihn nur weiterhin anstarrte, erklärte er: »Als Entschuldigung, weil ich dich so lange habe warten lassen. Ich dachte, vielleicht können wir sie gemeinsam trinken?« Er sah mich offen an, entwaffnend, dennoch war mein erster Gedanke: Äh, nein!

Eigenartigerweise sagte mein Mund etwas völlig anderes: »Du hast ja noch nicht mal Gläser mitgebracht. Geschweige denn einen Korkenzieher.« Was machte mein Mund da? So ein Blödsinn! Ich wollte, dass David ging und mich in Ruhe ließ.

Er grinste mich auf seine mir mittlerweile vertraute freche Art an, griff in die Hosentasche und zog ein Taschenmesser hervor. »Kein Problem, Korkenzieher ist immer am Mann.« Noch bevor ich Einwände laut werden lassen konnte, hatte er in einer gekonnten Handbewegung den Korkenzieher am Taschenmesser aufgezogen und in der Flasche versenkt. Mit einem Ploppen zog er den Korken heraus und hielt mir die

Flasche triumphierend vor die Nase. »Voilà, die Dame«, kommentierte er und lächelte erneut. Seine Grübchen kamen deutlich zum Vorschein.

»Immer noch kein Glas«, entgegnete ich trocken und verschränkte die Arme vor der Brust. Was glaubte er denn, was er hier tat? Überfiel mich einfach so, was für sich gesehen schon eine Unmöglichkeit war, und hatte dann noch nicht einmal den Weitblick, an alles zu denken? Schwach …

Er zuckte mit den Schultern, setzte die Flasche an den Mund und nahm einen kräftigen Schluck. »Ah«, machte er und wischte sich übertrieben den Mund mit dem Handrücken ab. »Gut, aber nicht so gut, dass Gläser wirklich notwendig wären. Wir sind hier immerhin auf einem Campingplatz und nicht im *Ritz*.«

»Soso. Nur weil wir nicht an einem Tisch mit gestärkter Leinentischdecke sitzen, müssen wir gleich alle Konventionen über Bord werfen.«

Er zog eine Augenbraue als Antwort hoch und ließ sie wackeln. Mit Mühe musste ich ein Grinsen unterdrücken. Er war ja so ein wandelndes Klischee. »Nanu? Ich hätte nicht gedacht, dass sich hinter dieser Fassade von Freigeist und Abenteuerlust eine Spießerin verbirgt«, frotzelte er.

Er wollte mich reizen, das war eindeutig, doch ich fiel nicht darauf herein. Ich wollte nur, dass er schnellstmöglich von hier verschwand, also warf ich ihm lediglich einen Blick zu, der normalerweise ausreichte, um mein Gegenüber zu vertreiben.

Nicht so bei David. Grinsend trank er nochmals aus der Flasche und sagte: »Ich gehe hier nicht eher weg, bis du nicht auch mal probiert hast.«

»Ach ja? Na, dann viel Spaß heute Nacht. Ich werde sicher sehr gut schlafen, wenn ich eine eigene Wache vor meinem Zelt habe.« Ich funkelte ihn an, doch es war zwecklos.

»Kannst du haben, aber wenn ich diese Flasche hier ganz alleine trinken muss, dann wird deine Wache heute Nacht singen. Und glaub mir, Singen gehört nicht zu meinen Stärken.« Er räusperte sich, wie um seine Drohung direkt in die Tat umzusetzen … glücklicherweise beließ er es dabei.

Ich seufzte auf, als mir klar wurde, dass ich ihn wirklich nicht vertreiben konnte. »Herrgott noch mal«, fluchte ich. »Dann gib schon her.« Ungeduldig streckte ich die Hand nach der Flasche aus. Je eher ich das hier hinter mich brachte, desto eher konnte ich mich schlafen legen.

Mit der Miene eines Siegers reichte er mir die Flasche, und ich nahm einen Schluck. Schwer und trocken füllte der Wein meinen Mund aus und ging mir augenblicklich ins Blut. Es war ein schwerer Wein, ein Wein, der ein großes Glas verlangte, um seine Aromen völlig zu entfalten, und der die Gesellschaft von würzigem Käses suchte, um wirklich voll genossen werden zu können. Doch ich würde mein Wissen, das ich während eines Jobs in einer Kelterei in Südkalifornien erworben hatte, hier und heute nicht vor David ausbreiten. Also sagte ich stattdessen: »Okay, er ist ganz solide. Dürfte ich jetzt ins Bett gehen? Ohne Gesang?«

David lachte lauthals auf. »Du verpasst was, wirklich. Lass uns doch einfach diese Flasche austrinken, okay?«

»Hey«, empörte ich mich. »Gerade hieß es noch, du gehst nicht, ehe ich nicht probiert habe.«

Er zuckte unbeeindruckt mit den Schultern und sah sich demonstrativ um. »Ich glaube, das wird einer der letzten lauen Abende in diesem Jahr. Wir haben ein gutes Getränk – auch wenn es kein Châteauneuf-du-Pape ist –, und die Gesellschaft ist auch ganz angenehm. Lass uns doch einfach noch ein Weilchen hier sitzen.«

»Also echt mal«, fuhr ich auf, doch eigenartigerweise wusste ich schlagartig nicht mehr, was ich entgegnen und als

Gegenargument bringen sollte. Sein intensiver auf mir ruhender Blick irritierte mich. Um mich abzulenken, nahm ich erneut einen großen Schluck. Offenbar einen zu großen, denn prompt verschluckte ich mich und musste husten. Tränen traten mir in die Augen, während ich tief Luft holte.

»Na, immer langsam«, murmelte David, schob sich näher an mich heran und klopfte mir sanft auf den Rücken. Seine Hand berührte mich nur für wenige Sekunden, doch mir war, als würde jede Stelle, mit der er Kontakt hatte, in Flammen stehen. Abwehrend hob ich die Hand, um ihn von weiteren Körperlichkeiten abzuhalten. »Jaja, ist schon wieder okay.« Ich rutschte möglichst unauffällig weg von ihm und trank zur Ablenkung erneut. Vielleicht nicht die beste Idee. Mein schwummriger Kopf sagte mir, ich sollte langsam machen und mit dem Trinken aufhören, also reichte ich die Flasche an ihn weiter.

Kurz herrschte Schweigen zwischen uns und langsam fand ich, dass die Stimmung immer schräger wurde. Was machte er hier eigentlich? Wenn es ihm nur um eine Entschuldigung gegangen wäre, dann hätte er kurz ein paar Worte gesagt und wäre wieder abgezischt. Das hier war mehr. Die Entschuldigung war doch nur eine Ausrede, den Abend mit mir zu verbringen.

Ich entschloss mich, ihn direkt damit zu konfrontieren, bevor mich der Wein noch völlig ausknockte. »Was genau machst du hier?«

Er blickte mich irritiert an. »Wie? Hier? Ich bin hier das Mädchen für alles, könnte man sagen …«

»Nein«, unterbrach ich ihn. »Ich meine nicht deine Funktion auf diesem Campingplatz. Was genau willst du hier und jetzt bei mir?«

»Das habe ich doch schon gesagt. Ich wollte mich entschuldigen.«

»Gut, Entschuldigung angekommen und akzeptiert. Was also willst du noch länger hier?«

Er blinzelte. »Hm, diese Flasche Wein mit dir leeren?«

»Warum?«

»Warum denn nicht?« Nun war er wirklich verwirrt. Ich hatte es geschafft. Innerlich lachte ich laut auf.

Ich wandte mich ihm direkt zu. »Machst du das mit jeder allein reisenden Frau?«

»Ähm, was denn?« Er fuhr sich durch die Haare, definitiv eine nervöse Geste. Sein Selbstbewusstsein bröckelte, und irgendwie fand ich das niedlich. Niedlicher zumindest als sein bisheriges großspuriges Verhalten.

Ich kam nicht mehr dazu, ihm zu antworten, denn in diesem Moment durchbrach ein Schrei die Nacht. Eine weibliche Stimme, die sich beinahe überschlug.

»David!«, hallte es über den Campingplatz. »DAVID!!! Wir brauchen dich hier! David!«

Kapitel 4

Im Bruchteil nur einer Sekunde sprang David hoch. Die Flasche Wein, die er eben noch fest umklammert hatte, ließ er achtlos fallen. Ihr tiefroter Inhalt ergoss sich über die Wiese und versickerte in der Erde. Ich starrte sprachlos darauf, dann stand ich ebenfalls auf.

»Jo«, flüsterte David kurz, drehte sich zu mir um, blickte mir in die Augen, ohne mich zu registrieren, und rannte dann los in Richtung des Schreis. Ich blieb kurz stehen, unsicher, was ich machen sollte, doch dann übernahm etwas in mir die Regie, und ich folgte ihm automatisch. Gemeinsam rannten wir zum Haupthaus. Ich hatte keine Ahnung, was uns erwartete. Der Schrei war durchdringend gewesen und konnte alles bedeuten.

Die Tür stand weit offen, und ich konnte aufgeregte Stimmen hören. Zuerst konnte ich die Lage nicht einschätzen, da alle durcheinanderredeten und -riefen.

Seltsamerweise war es David, den ich hörte, obwohl er nur flüsterte. »Oh nein, Josie«, sagte er und ließ sich auf ein Knie fallen.

Da erst bemerkte ich, dass jemand auf dem Boden lag. Eine Frau mittleren Alters, füllige Figur, absurd rote Haare für ihr Alter, blinzelte verwirrt an die Decke und holte zittrig

Atem. Sie war kreidebleich, was den Kontrast zu ihren gefärbten Haaren nur noch mehr verstärkte. Joanna kniete auf der anderen Seite von ihr, sodass sich die beiden Geschwister über sie hinweg in die Augen sehen konnten. Sie teilten einen besorgten Blick, und Joanna verzog das Gesicht. Hinter Joanna stand ein Mann, der – ich konnte es trotz der ernsten Situation nicht ignorieren – beinahe noch besser aussah als David. Er war groß, hatte dunkle lockige Haare, die ihm in die Stirn fielen, und noch dunklere ernste Augen. Er stand beschützend hinter Joanna, und ich wusste in diesem Moment, dass die beiden zusammengehörten. Sie bildeten eine Einheit, und die Luft zwischen ihnen schien zu vibrieren.

Er merkte, dass ich ihn ansah, denn er nickte mir kurz zu. Dann ging sein Blick wieder zu dem Trio am Boden.

David hatte eine Hand auf die Schulter der am Boden liegenden Frau gelegt und murmelte: »Ach, Josie, was machst du nur? Bleib ja liegen.« Er wandte sich seiner Schwester zu. »Hast du …?«

»Ja.« Sie nickte. »Der Krankenwagen müsste jeden Moment hier sein.«

Davids Blick huschte nur einmal kurz zu mir – als ob er sich versichern wollte, dass ich noch da war –, bevor er sich wieder wie ein Magnet auf die Frau am Boden richtete. Dennoch hatte ich es gesehen: Da war Sorge in seinem Blick gewesen, Angst. Und Mitgefühl. Ich musste schlucken. Der David, der am Boden kniete, war ein anderer als der David, der noch vor wenigen Minuten neben mir gesessen hatte und so unangenehm aufdringlich gewesen war. Trotz der Notsituation mochte ich den neuen David mehr.

Es dauerte nicht lange, und wir hörten aus der Ferne die Sirene des Krankenwagens. Ich kam mir in den nächsten Minuten etwas nutzlos vor. Die zwei Sanitäter hatten die Lage vollkommen unter Kontrolle und versorgten Josie routiniert.

Ich versuchte, allen Beteiligten so wenig wie nur möglich im Weg zu stehen, und überlegte mir mehr als einmal, ob ich nicht einfach klammheimlich verschwinden sollte. Doch das kam mir irgendwie falsch und gefühllos vor.

Josie bekam eine Infusion gelegt, wurde dann auf eine Liege geschnallt und in den Rettungswagen geschoben. Joanna, ihr Partner und David folgten ihr, bis sie sicher im Inneren arretiert wurde.

Ich blieb im Haus zurück und blickte mich um. Der Fußboden hatte einiges abbekommen. Josie musste eine Platte mit Essen getragen haben, als sie umfiel. Überall lagen die Überreste von belegten Sandwiches und Keramikscherben herum. Sicher gab es hier irgendwo Schaufel und Besen. Ich zog den Unterschrank der Spüle auf und tatsächlich, eine Kehrschaufel lag darunter. Ich machte mich daran, das Chaos wegzuräumen. Es wollte sicher niemand mehr von den Sandwiches essen, also warf ich alles in den Müll und kehrte die Scherben auf, die sich bis in jede Ecke verteilt hatten.

»Hey, das musst du doch nicht machen.« Joannas Stimme riss mich aus meinen Gedanken. Ich hatte eben noch unter dem Esstisch ein paar Scherben gefunden und kroch auf allen vieren herum, um ja alle Reste zu erwischen. Rückwärts robbte ich unter dem Tisch hervor.

»Das ist doch kein Problem«, antwortete ich verlegen. »Im Gegenteil, es ist mir ein wenig peinlich, euch hier so zu überfallen, aber als ich den Schrei gehört habe und David so plötzlich losgerannt ist, da konnte ich nicht anders als …«

Joanna legte mir beruhigend eine Hand auf den Arm. »Keine Sorge, du störst nicht.« Sie lächelte mich an. »Danke für deine Hilfe.« Sie nahm mir Schaufel und Besen aus der Hand und schob mich an den Tisch. »Setz dich doch bitte. Ich mach uns jetzt allen erst einmal einen ordentlichen Kaffee auf den Schrecken hin.«

Mir blieb nichts anderes übrig, als mich zu setzen, da sie mich beinahe auf den Stuhl drückte. David setzte sich zu mir, während der andere Mann Joanna zur Hand ging. Gemeinsam stellten sie wenig später ein Tablett mit Kaffeekanne und Tassen auf den Tisch.

Irgendwann hatte ich eine Tasse Kaffee in der Hand und schmiegte meine Hände darum. Die Wärme tat gut.

»Was genau ist denn nun eigentlich passiert?«, fragte David, nachdem wir alle zunächst geschwiegen hatten.

Joanna seufzte auf. »Sie ist einfach umgefallen. Aus dem Nichts heraus. Eben noch scherzte sie und scheuchte uns alle zum Abendessen, im nächsten Moment wurde sie kreidebleich, ließ den Teller fallen und fiel um. Matt konnte gerade noch zu ihr eilen und verhindern, dass sie voll mit dem Kopf auf den Boden knallte.« Sie lächelte besagten Mann warmherzig an. Matt hieß er also.

»Also haben die Tropfen aus der Apotheke nichts gebracht?« David klang resigniert.

Joanna schüttelte den Kopf. »Nein. Der Sanitäter eben meinte, dass es nach einem leichten Herzinfarkt aussieht. Da bringen selbst die stärksten Vitaltropfen nichts.«

»Hat jemand Josies Mann Bescheid gegeben?«

Matt schaltete sich das erste Mal überhaupt in die Diskussion ein. »Ich habe ihn angerufen. Er wird im Krankenhaus auf Josie warten.« Seine Stimme war angenehm dunkel.

Mit einem Mal fuhr Davids Faust auf den Holztisch herab. Erschrocken hoben wir die Köpfe und sahen ihn an. »Verdammt! Diese sture Josie! Wir wissen doch seit Wochen, dass sie sich nicht wohlfühlt, aber sie hat uns wohl die ganze Zeit über ihren wahren Zustand belogen. Es ging ihr schlechter als gedacht.«

Mitgenommen nickte seine Schwester. »Du hast recht. Ich hätte es eher erkennen sollen. Sie wird auch nicht jünger, und die Arbeit hier wird eher mehr als weniger.«

»Macht euch keine Vorwürfe«, sagte Matt. »Josie ist eine erwachsene Frau, und sie hätte viel früher mit der Wahrheit herausrücken müssen. Aber ihr kennt sie ja: Sie will euch um nichts in der Welt hängen lassen.«

»Ja, aber diesmal hat sie übertrieben. Sie ruiniert ihre Gesundheit für uns, und das lasse ich nicht länger zu. Wir werden jemand anderen suchen müssen.« Aus Davids Stimme klang so viel Sorge heraus, dass ich ihn anschauen musste. Sein Gesicht war grimmig, aber es lag eine Entschlossenheit in seinem Blick, die alles andere überdeckte. Keine Spur mehr von Arroganz oder Selbstgefälligkeit, stattdessen war mir, als würde ich ihn das erste Mal überhaupt ohne Berechnung sehen. Wärme, Mitgefühl … das war es, was in seinen Augen zu erkennen war.

»Du weißt, Josie wird das nicht zulassen«, warnte Joanna. »Unsere einzige Möglichkeit wird es sein, sie zu entlasten. Sie wird niemals freiwillig gehen. Und wenn ich ehrlich bin, möchte ich auch gar nicht, dass sie geht.« Sie hob die Hand, als sie merkte, dass David sie unterbrechen wollte. »Aber ich bin ganz bei dir: Sie wird weniger arbeiten müssen. Wir müssen jemanden zusätzlich einstellen, der die gröberen Arbeiten übernimmt. Josie kann weiterhin in der Küche stehen, wenn sie mag, aber das Putzen und die ganzen Handwerkersachen sind ihr ab jetzt verboten.«

Auch sie hatte nun den gleichen grimmigen, entschlossenen Gesichtsausdruck. Anscheinend ein Familiending.

David fuhr sich mit der Hand übers Gesicht. Seine Geste wirkte müde und auch ein wenig resigniert. »Du weißt, dass niemand bei uns arbeiten will bei den mickrigen Löhnen, die wir momentan zahlen können.«

»Ich weiß. Aber was sollen wir tun? Josie kann so nicht weitermachen. Wir müssen jemanden finden.« Joanna starrte ihren

Bruder an, und eine stumme Zwiesprache schien zwischen beiden stattzufinden.

»Wir können im Ort ja einen Aushang machen: *Aushilfe in Teilzeit gesucht* oder so ähnlich. Es gibt immer jemanden, der einen Nebenjob sucht. Ich könnte einen Aushang in meiner Agentur anbringen, und wir stellen die Suche auch auf eure Homepage.« Beide Geschwister schauten Matt an. Über Joannas Gesicht huschte ein vorsichtiges Lächeln. »Es kann zumindest nicht schaden.«

David war da deutlich weniger euphorisch. »Ich weiß nicht so recht … Aushilfe? Teilzeit? Wir werden über kurz oder lang nicht drum herumkommen, eine volle Stelle auszuschreiben. Arbeit wäre genug da. Ich weiß jetzt schon nicht mehr, wo mir manchmal der Kopf steht.«

»Hey, ich weiß«, antwortete Joanna und legte ihm die Hand auf den Arm. »Du hast auch schon die Angewohnheit, dich aufzureiben. Wir brauchen einfach noch etwas Zeit. Denk nur dran, welche Fortschritte wir in den letzten Wochen gemacht haben. Wir müssen einfach dranbleiben, dann werden wir uns bald eine zusätzliche Stelle leisten können. Bis dahin müssen wir vielleicht alle mehr mit anpacken und hoffen, dass wir jemanden finden, der uns ein wenig unterstützen kann.«

»Gut gebrüllt, Löwe.« David grinste und prostete seiner Schwester mit der Kaffeetasse zu. »So machen wir es. Das Wichtigste ist jetzt sowieso, dass Josie schnellstmöglich wieder auf die Beine kommt. Und sich Ruhe gönnt. Ich sag euch, wenn sie es wagen sollte, nach ihrer Entlassung hier wieder auf der Matte zu stehen … ich werde sie eigenhändig und zur Not huckepack nach Hause tragen.«

Joanna musste kurz kichern, wurde schnell aber wieder ernst. »Ich hoffe sehr, dass es nur ein kleiner Anfall war und nichts Ernsteres ist. Sie wird nicht jünger, und sie mutet sich einfach zu viel zu.«

»Lasst uns doch mal schnell aufschreiben, was für die Stelle relevant wäre. Dann kann Matt sich gleich morgen um einen Aushang kümmern«, schlug David vor.

Es war dieser Moment, der einen wahnwitzigen Plan in meinem Kopf reifen ließ. Wobei *reifen* vielleicht nicht das richtige Wort dafür war, denn er war einfach so ganz plötzlich in meinem Kopf. Ohne mein Zutun hatte er sich geformt und machte mir klar, dass er viele meiner Probleme lösen könnte. Zumindest für den Augenblick.

Dennoch war ich mindestens genauso überrascht wie alle anderen am Tisch, als ich mich sagen hörte: »Was würdet ihr denn zahlen können?«

Kapitel 5

Drei Augenpaare starrten mich an. Es wirkte beinahe so, als hätten sie vergessen, dass hier eine wildfremde Person mit ihnen am Tisch saß und sehr private Gespräche mitbekam. Sie sahen sich kurz an, dann fragte David: »Warum interessiert dich das?« Er klang skeptisch, fast schon misstrauisch. Kein Vergleich zum David zu Beginn dieses Abends, als er mich – auf sehr vertrauliche Art und Weise – dazu bringen wollte, diese Flasche Wein mit ihm zu leeren.

»Äh … ja«, stammelte ich. »Ich hätte da vielleicht einen Vorschlag.«

Erneut tauschten sie Blicke, dann beugte Joanna sich zu mir vor. »Okay, Emily. Wir sind ganz Ohr.« Sie lächelte mir aufmunternd zu.

Ich atmete tief durch. Ich hatte keine Ahnung, wie mein Vorschlag bei ihnen ankommen würde, und spürte, wie sich ein Knoten in meinem Magen bildete und immer schwerer wurde. »Ihr braucht dringend jemanden, der euch unterstützt …«

»Ja, das wissen wir bereits«, unterbrach David mich gereizt. Mein Kopf schoss zu ihm herum, und ich versuchte, ihn nicht allzu böse anzusehen.

»David, jetzt lass sie doch erst mal ausreden«, schimpfte Joanna.

Dankbar lächelte ich sie an. »Also, was ich sagen wollte: Ihr sucht jemanden, der euch kurzfristig helfen kann, und ich suche etwas, das mich für eine Weile über Wasser hält. Sagen wir es mal so: Gewisse Umstände haben dazu geführt, dass ich hier … quasi gestrandet bin.« Ich räusperte mich kurz, irgendwie war meine Stimme belegt. »Ich brauche etwas Zeit, um mir über meine Zukunft klar zu werden, und diese Umstände, die ich eben schon erwähnt habe, haben dafür gesorgt, dass ich nicht mehr reisen kann wie geplant. Warum also nicht euer Problem zusammen mit meinem lösen?«

Ihren Blicken konnte ich ansehen, dass sie mit meinem Vorschlag noch nicht so wirklich warm wurden. Und wie hätte ich es auch erwarten können? Sie kannten mich ja kaum.

»Moment mal!« David hob die Hand, um sich Gehör zu verschaffen, obwohl niemand Anstalten machte, ihn zu unterbrechen. »Soll das heißen, dass du hier arbeiten möchtest?«

»Ja, ganz genau.« Was dagegen?, hätte ich noch um ein Haar hinzugefügt, doch das klang selbst in meinem Kopf zu aggressiv. Stattdessen versuchte ich, zu lächeln.

»Hast du so etwas denn schon einmal gemacht?«, fragte Matt. Von ihm hatte ich als Letztes eine Intervention erwartet, umso überraschter war ich, dass seine Frage nicht so skeptisch klang, wie die Worte vermuten ließen.

»Nein, ich habe bisher noch nicht direkt auf einem Campingplatz gearbeitet. Aber ich habe schon alles Mögliche gemacht. Ich kann mit Werkzeugen umgehen, hab Erfahrung im Service, verstehe etwas von Buchhaltung, artikuliere mich halbwegs ordentlich und halte mich eigentlich für einen umgänglichen Typ.« Ich lächelte erneut in die Runde, doch die anderen waren immer noch seltsam verhalten. »Und zudem würde ich gar nicht viel wollen außer freie Kost und Logis und ein bisschen Taschengeld. Damit würde ich mich begnügen, und ihr würdet kein allzu großes Risiko mit mir eingehen.«

Wieder tauschten sie Blicke. Joanna war die Erste, die mich ansah. »Eigentlich hast du recht. Wir brauchen dringend jemanden und können nicht wählerisch sein – das sollte jetzt übrigens nicht so komisch rüberkommen, wie es klingt.« Sie grinste kurz. »Weißt du was? Ich glaube, wir sollten es einfach probieren. Lass uns vielleicht noch eine Nacht drüber schlafen, aber ich glaube, wir sind uns alle sicher«, und damit ging ihr Blick nochmals zu ihrer Familie, »dass es nicht schaden kann. Okay?«

Ich nickte eilig und lächelte sie an. Sie schien auf meiner Seite zu sein. Ganz anders David. Zumindest machte er diesen Eindruck auf mich. Er starrte mich ausdruckslos, aber definitiv nicht freudig oder positiv an, schien etwas sagen zu wollen, um sich dann doch im letzten Moment zurückzuhalten. Sein Verhalten irritierte mich, doch letztendlich hatte er nicht Nein gesagt. Matt wirkte neutral, aber wenn ich die Gespräche zwischen ihnen vorhin richtig interpretiert hatte, war dies auch nicht sein Campingplatz.

»Gut, dann gehe ich wohl mal besser. Ich brauche unbedingt etwas Schlaf, und ihr möchtet vermutlich den Schock von eben auch noch verdauen. Ihr wisst ja, wo ihr mich morgen findet. Gebt mir einfach Bescheid.« Ich stand auf, nickte der Runde zu und verließ den Raum. Vor dem Haus blieb ich kurz stehen und atmete tief durch.

Puh … was hatte ich da eben nur getan? War das schlau gewesen? Ich war über mich selbst und meine spontane Reaktion verwundert. Doch ich hatte auch keine große Lust mehr, mein Verhalten in zig Rückblenden zu rekapitulieren. Alles in mir schrie nach meinem warmen Schlafsack und einigen Stunden komatösem Schlaf.

Doch wie hätte es auch anders sein sollen: Kaum lag ich im Zelt und hatte mich gemütlich einkuschelt, überfielen mich die Gedanken und Geschehnisse des Tages. Es war schon lange her, dass es einen Tag mit derartig vielen Eindrücken und Erlebnissen gegeben hatte. So viel war heute passiert. Es stürmte nur so auf mich ein, als ich versuchte, meinen Geist zu leeren und nur den Nachtgeräuschen von draußen zu lauschen. Irgendwann musste ich dann doch eingeschlafen sein, denn als ich wieder aufwachte, war es bereits hell. Ich war noch nicht bereit für einen neuen Tag, drehte mich mit einem Knurren um und zog mir den Schlafsack über den Kopf.

Aber auch das war mir nicht vergönnt, denn plötzlich wackelte mein Zelt. Jemand rüttelte von außen daran herum. Empört schoss ich hoch und wollte schon meinen Unmut kundtun, doch die Person draußen war schneller.

»Also wenn du wirklich bei uns arbeiten möchtest, dann musst du dir aber das lange Ausschlafen abgewöhnen.« David! Seine Stimme klang schadenfroh. Zumindest bildete ich mir das ein. Ich stöhnte und ließ mich wieder auf die Isomatte fallen. »Jaja, ist ja schon gut«, gab ich zurück und verdrehte die Augen. Der Kerl hatte vielleicht Nerven. Offiziell war ich noch gar nicht angestellt, hatte demnach meinen letzten Urlaubstag und musste mich dennoch von ihm anfahren lassen. Das fing ja gut an.

»Frühstück in fünf Minuten oben. Kaffee ist schon fertig.«

Ich konnte hören, wie seine Schritte leiser wurden und sich von meinem Zelt entfernten. Ich schlug den Schlafsack auf, fuhr mir müde übers Gesicht und wusste einen Augenblick lang nichts mit mir anzufangen. Erst langsam übernahm mein Gehirn die Kontrolle über meinen Körper, und ich holte aus meinem Rucksack frische Kleidung und die Kosmetiktasche hervor. Erst mal war etwas Körperpflege dran, der Kaffee und David mussten so lange warten.

Dennoch waren es nur zehn Minuten, bis ich die Tür zum Haupthaus öffnete und dem Geschwisterpaar gegenüberstand. Sie saßen bereits am großen Tisch, vor sich eine riesige

Kanne mit Kaffee sowie einen Korb Brötchen, verschiedene Marmeladen und Aufschnitte.

Joanna strahlte mich an. »Guten Morgen, Emily. Willkommen an deinem ersten Arbeitstag auf Clearwater Campsite.«

»Danke«, murmelte ich überfahren. »Ihr stellt mich also wirklich ein?«

Sie nickte enthusiastisch. »Wir werden es schon nicht bereuen. Los, setz dich und iss erst mal was. So ein erster Arbeitstag kann ziemlich anstrengend sein. David wird dir nachher gleich alles zeigen.«

Ich warf ihm einen Blick zu. Er ignorierte mich und biss stattdessen sehr konzentriert – zu konzentriert – in sein belegtes Brötchen. Was war nur los mit ihm? Ganz offensichtlich hatte er etwas gegen meine Anwesenheit hier. Ich setzte mich auf den Stuhl neben Joanna. So musste ich nicht neben ihm sitzen und konnte ihn dennoch im Blick behalten.

Eine Weile lang aßen wir schweigend. Ich schmeckte kaum, was ich da kaute. Innerlich war ich angespannt. Glücklicherweise schaffte es zumindest der Kaffee, mich sowohl wach zu machen als auch die Anspannung etwas zu lindern.

»Ich denke, es wäre das Beste, wenn du zunächst mal Josies Putzarbeiten übernimmst. Danach kannst du dich dann mit David um die anfallenden Reparaturarbeiten draußen kümmern. Das wird aber eher sporadisch sein. Das Putzen fällt jeden Tag an. Moment mal.« Joanna stand auf, verschwand nach vorn in Richtung Bürobereich und kam mit einem Zettel zurück. »Hier, schau mal. Das sind die Hütten, bei denen es heute einen Wechsel gibt. Sie müssten zuerst gereinigt werden für die nächsten Besucher, und dann ist das Duschhaus dran. Manchmal haben wir Glück und so ein Haus ist recht lange belegt, da entfällt dann natürlich das tägliche Putzen, aber das Duschhaus ist leider täglich fällig.«

Ich nickte. »Das ist okay.« Ich hatte bereits den einen oder anderen Putzjob gehabt und glaubte nicht, dass mich das hier vor große Herausforderungen stellte. Es gab wesentlich Schlimmeres. Großküchen zum Beispiel oder Krankenhäuser. Beides schon gehabt, das war kein Zuckerschlecken gewesen. Das hier würde ein Kinderspiel dagegen sein. Wenn ich es richtig überblickt hatte, dann standen hier kaum mehr als ein Dutzend Blockhäuser plus die Sanitäreinrichtung. Joanna schob mir den Zettel rüber. Vier Zahlen standen darauf. Es war überschaubar für den ersten Tag.

»Ich zeige dir gleich noch, wo das ganze Putzzeug steht, und ich gebe dir einen der Generalschlüssel. Damit kommst du in jedes Haus.« Joanna lächelte mich an, dann sah sie zu ihrem Bruder. »Wenn du fertig bist, kannst du dich an David wenden. Er kümmert sich um alle Arbeiten, die draußen anfallen, sämtliche Reparaturarbeiten, Grünpflege und so weiter. Er wird dir dann sagen, wobei du ihm helfen kannst.«

David reagierte nicht und goss sich stattdessen noch eine Tasse Kaffee ein. Da er uns nicht beachtete, warfen Joanna und ich uns einen Blick zu. Dann beugte sie sich über den Tisch und schnippte mit den Fingern vor seinem Gesicht. »Hey, David! Aufwachen! Hast du mitbekommen, was ich gesagt habe?« Sie warf ihm einen irritierten Blick zu, den er erwiderte, und der eine stumme Zwiesprache zwischen beiden auszulösen schien.

»Ist ja okay«, meinte er schließlich. »Ich zeige ihr alles.«

»Emily. Ihr Name ist Emily.« Joanna klang nun genervt, als würde sie mit einem bockigen Kleinkind sprechen. Sie seufzte einmal tief, dann stand sie auf und begann, den Tisch abzuräumen. Da ich nicht in dieser seltsamen Stimmung und mit David allein bleiben wollte, half ich ihr.

»Was ist los mit ihm?«, raunte ich ihr in einem unbeobachteten Augenblick zu. »Hat er etwas gegen mich?« Allmählich bekam ich diesen Eindruck, obwohl ich mich noch zu deutlich an sein Benehmen gestern Abend vor meinem Zelt erinnerte.

»Ach, ignoriere ihn einfach. Er hat seine fünf Minuten.« Sie stellte das Geschirr in die Spülmaschine. »Ich glaube, der Vorfall mit Josie gestern hat ihn stärker mitgenommen, als er nach außen hin zeigen will.«

»Wie geht's ihr eigentlich?« Erst jetzt wurde mir mit schlechtem Gewissen klar, dass ich bislang noch keinen einzigen Gedanken an sie verschwendet hatte.

»Ganz gut. Sie soll noch ein paar Tage zur Beobachtung bleiben, aber sie ist über den Berg. Ihr Mann hat heute Morgen erzählt, dass sie bereits das Personal terrorisiert, also kann es so schlimm nicht sein.« Trotz ihres flapsigen Tons konnte ich heraushören, wie froh sie war, dass es nicht schlimmer gekommen war.

Wir räumten die Küche auf, dann lotste sie mich in den Bürobereich, wo sie mir den Schlüssel aushändigte und mir zeigte, wo sich die Putzmaterialien befanden. »Ach, eins noch«, sagte sie, als ich gehen und mit der Arbeit beginnen wollte. »Wir sollten uns überlegen, wo du zukünftig schläfst. Wir können dich ja nicht die ganze Zeit in diesem winzigen Zelt lassen. Wir haben hier leider kein Gästezimmer mehr, aber vielleicht können wir eine der Abstellkammern freiräumen. Leider sind die Hütten noch eine ganze Weile belegt, und später wird es darin auch zu kühl, um länger darin zu wohnen, da sie keine Heizung haben. Ich überlege mir was. Kann aber sein, dass du es vielleicht noch ein oder zwei Nächte in deinem Zelt aushalten musst.«

Ich blickte sie überrascht an. Ich hatte gar nicht damit gerechnet, dass ich woanders als in meinem Zelt leben würde. Andererseits hatte ich als Bezahlung ja freie Kost und Logis gefordert … da konnte man vermutlich annehmen, dass darunter mehr als nur ein winziges Zelt zu verstehen war.

Ich nickte ihr zu, und dann war ich auch schon draußen. In einer Hand hielt ich den Zettel mit den Hausnummern und den Schlüssel, in der anderen hatte ich einen großen Eimer mit Putzlappen, -bürsten und Reinigungsmitteln, und unter dem Arm klemmte ein Wischmopp. Ich atmete einmal tief durch. Auf in den Kampf! Ich freute mich einerseits darauf, mich körperlich zu betätigen und den Kopf ausschalten zu können, andererseits wusste ich nicht genau, was mich erwartete. Letztlich war alles halb so schlimm. Die Häuser erwiesen sich als äußerst pflegeleicht. Dadurch, dass sie keine eigenen sanitären Einrichtungen hatten, beschränkte sich das Putzen auf die Küchenzeile, Staub wischen, Betten abziehen sowie feucht Durchwischen. In weniger als einer Dreiviertelstunde war ich mit dem ersten Haus fertig. Ich hatte nur deshalb so lange gebraucht, weil ich mich erst mal einarbeiten musste und meine Neugier anfangs auch größer war als gedacht, sodass ich mir alles sehr genau ansah.

Haus Nummer zwei schaffte ich in vierzig Minuten, Nummer drei in einer halben Stunde. Langsam eignete ich mir Routine an. Erst das Schlafzimmer oben im Giebel: Betten abziehen, Staub wischen, durchwischen. Dann die Küche aufräumen – meist beschränkte es sich nur auf ein Polieren der Wasserhähne –, auf den Möbeln im Wohnraum Staub wischen und sie etwas zurechtrücken, dann kehren und zum Schluss mit dem Mopp feucht wischen. Es war keine schwere Arbeit, und mir gefielen die hübschen Nurdachhäuser mit ihrer rustikalen Einrichtung. Das Team des Campingplatzes hatte guten Geschmack bewiesen und die Häuser mit hübschen Kleinigkeiten aufgewertet: an den Wänden alte gerahmte Wanderkarten, Flohmarktfunde, wie Kanupaddel, oder indianisch anmutende geschnitzte Kunstgegenstände als Dekoration, alte Petroleumlampen auf den Fensterbrettern und überall zerlesene Buchklassiker.

Das gefiel mir auf Anhieb, und ich bedauerte es, keines dieser Häuser bewohnen zu dürfen. Hier hätte ich mich definitiv wohlgefühlt und hätte die Zeit nutzen können, um über mich und meine Zukunft nachzudenken. Fast sah ich mich hier schon, eingemummelt in eine große dicke Decke, mit einer dampfenden Tasse Tee in der Hand und eines der alten Bücher auf den Knien … vielleicht hatte ich ja Glück, und ich würde doch für ein paar Nächte hier wohnen können, wenn es weniger Reservierungen gab.

Pünktlich zur Mittagszeit hatte ich dann auch das Duschhaus geputzt und wollte noch die Utensilien verstauen. Joanna hatte mir gesagt, dass ich mein Arbeitsmaterial in einem der Werkzeugschuppen unterbringen konnte. Ich wolle gerade absperren, als ich David sah.

Kapitel 6

Er stand mit dem Rücken zu mir an einem der Geräteschuppen, ihm gegenüber eine junge Frau – eindeutig eine Touristin. Ihr Outfit aus wetterfester Hose, robustem Hemd und trendigem Oversized-Hut mit einer ziemlich großen, ziemlich auffälligen Sonnenbrille darauf verriet sie. Ich konnte ihr Gesicht gut sehen. Sie blickte David mit weit aufgerissenen Augen an, hatte den Mund leicht zu einem halben Lächeln verzogen und den Kopf schief gelegt, und lauschte ihm, als würden seinen Mund nur die größten Erkenntnisse verlassen. Den Blick, den dieses junge Mädchen an den Tag legte, kannte ich nur zu gut. Wie oft hatte ich beobachtet, wie meine Freundinnen sich in diese Haare um den Finger drehenden Zombiefrauen verwandelten, sobald ein Kerl in der Nähe war, der auch nur halbwegs gut aussah. Vielleicht verhielt auch ich mich unterbewusst so, und dieses Verhalten war in Wirklichkeit nichts anderes als eine Körpersprache, die Mann und Frau unterbewusst verstanden.

Ich konnte nicht hören, was er sagte, auch wenn ich seine dunkle tiefe Stimme wie ein leises Grollen vernahm, doch die Touristin kicherte ab und zu. Irgendetwas war an diesem Bild, das mich verharren ließ. Ich konnte mich nicht abwenden und beäugte sie schamlos. Glücklicherweise stand ich ein gutes

Stück entfernt, und dass die beiden nur Augen füreinander hatten, kam mir ebenfalls zugute. Mittlerweile war der Abstand zwischen ihnen noch kleiner geworden, und David hätte sich fast … mir stockte der Atem, als er es tatsächlich tat: Wie um alle Klischees und Balzrituale zu bedienen, lehnte er sich in diesem Moment mit einer ausgestreckten Hand an die Wand des Schuppens, um ihr dadurch noch näher zu sein und ihr die Flucht abzuschneiden. Ich hätte am liebsten ein lautes und betont übertriebenes Würgegeräusch von mir gegeben, um ihm zu demonstrieren, was ich von seinen Flirtversuchen hielt und wie vorhersehbar sie in meinen Augen doch waren.

Doch einerseits ging mich das hier natürlich überhaupt nichts an, auch dann nicht, wenn ich bedachte, wie er sich gestern Abend mir gegenüber verhalten hatte. Andererseits war da irgendetwas an ihm, vielleicht die markanten Schultermuskeln, die sich unter seinem dünnen Longshirt abzeichneten, oder der gut verpackte Hintern in den abgetragenen Jeans oder auch diese langen blonden Haare, die ihm in den Nacken fielen, das mich davon abhielt, meinen Blick abzuwenden und zu gehen. Etwas an diesem Bild ließ den leisen und unwillkommenen Wunsch in mir aufkommen, selbst diese Frau unter seinem ausgestreckten Arm zu sein. Vielleicht war es der jüngste Verlust meiner Beziehung, obwohl ich Kyle bis jetzt noch keinen Augenblick vermisst hatte, der diesen Gedanken weckte. Fehlte mir Kyle wirklich nicht? Fehlte er mir doch? Oder fehlte mir vielleicht nur jemand, an den ich mich anlehnen konnte? Ich konnte es nicht genau zuordnen und allein, dass mir diese Gedanken durch den Kopf gingen, ließ mich wütend auf mich selbst werden. Ich war nie jemand gewesen, der zum Glücklichsein eine Beziehung gebraucht hatte. Einen Partner zu haben war schön, sehr schön, doch ich konnte auch Zufriedenheit aus anderen Momenten und Erlebnissen ziehen. Deshalb irritierte es mich, dass mein Gehirn mich derart hinterging und mir diese Gedanken einpflanzte, mich so seltsam emotional machte.

Ich hatte den beiden lange genug zugesehen. Ich musste auf dem losen Kies, der auf den Wegen lag, ein Geräusch verursacht haben, denn die Frau fuhr plötzlich hoch und schaute zu mir. David, der gerade eine ihrer Haarsträhnen unter dem voluminösen Hut berührte, folgte ihrem Blick und sah mich. Etwas huschte über sein Gesicht, das ich nicht einordnen konnte. Er sah nicht wirklich schuldbewusst aus oder wurde rot, aber irgendetwas war da, das mir die Gewissheit gab, dass er sich wünschte, ich hätte ihn lieber nicht mit dieser fremden Frau gesehen. Der Blick aus seinen dunklen Augen ruhte für den Bruchteil einer Sekunde auf mir, dann wandte er sich wieder ab und der seltsame Moment war vorüber.

Ich sah zu, dass ich wegkam. Instinktiv schlug ich den Weg zu meinem Zelt ein und ärgerte mich dann erneut über mich. Eigentlich hätte ich David nach weiteren Aufgaben fragen sollen. Laut Joanna sollte er mich ja im Außenbereich einweisen. Doch diese intime Szene, deren Zeugin ich unfreiwillig geworden war, hatte mich gelähmt und mir ein wenig die Sprache verschlagen. Was sollte ich tun? Wieder zurückgehen, in der Hoffnung, dass die beiden nicht knutschend übereinander herfielen? Sie in einem flüsternden Gespräch stören? Oder sollte ich einfach Joanna fragen?

Vor meinem Zelt fiel mir auf, dass die Flasche Rotwein noch dalag. Gestern Abend waren wir zu aufgeschreckt gewesen, um daran zu denken, und heute Morgen war ich aufgescheucht worden und hatte nicht den Nerv gehabt, Müll mitzunehmen. Sie war komplett leer, und ich bildete mir ein, dass das Gras, auf das der Wein geflossen war, dunkler war. Die Flasche roch noch nach dem schweren, tiefroten Getränk, und mich überkam die Erinnerung an Davids beharrliche Aufforderung, mit ihm zu trinken.

Verärgert schaute ich auf die Flasche, als ob sie etwas für das Verhalten Davids konnte. »Ach, Herrgott noch mal«, fluchte ich und hob sie auf. Sie war klebrig, und ich griff natürlich prompt darauf. »Großartig«, murmelte ich und hoffte inständig, dass mich keiner beobachtete. Ich redete hier mit mir selbst …

Mit der Flasche in der Hand ging ich den gleichen Weg zurück. Ich erwartete, David und die junge Touristin knutschend an der Wand lehnend vorzufinden, doch dem war nicht so. Keine Spur von ihr, und David stapelte in aller Seelenruhe gespaltenes Feuerholz auf der Längsseite einer der Schuppen auf. Er blickte auf, als er meine Schritte hörte. In seinem Blick war nicht zu erkennen, was er von meinem erneuten Auftauchen hielt. Ich erwiderte seinen Blick kühl und wollte an ihm vorbeigehen, als plötzlich seine Hand mein Handgelenk packte. Mir stockte der Atem vor Schreck, und mein Kopf ruckte zu ihm.

»Was …«, stieß ich hervor, doch er unterbrach mich augenblicklich.

»Du hast dich verletzt. Lass mal sehen.« Seine Stimme war ruhig, und doch vermeinte ich, eine Spur von Sorge darin zu hören. Verwirrt und stirnrunzelnd sah ich erst ihn an, dann meine Hand, die er immer noch festhielt. Dort, wo seine Finger mein Handgelenk umfassten, konnte ich einen Ring aus Eis spüren. Ich war mir meiner eigenen Körperlichkeit auf einmal sehr bewusst und konnte spüren, dass ich vom Putzen noch immer leicht erhitzt war. Das Shirt unter meinen Pullover klebte mir an verschiedenen Stellen am Körper, meine Haare lösten sich vereinzelt aus dem Zopf, den ich mir gebunden hatte, und kitzelten mich an den Wangen. Ein BH-Träger war mir von der Schulter gerutscht, und ich konnte ihn an meinem Oberarm spüren. All diese Dinge schossen mir im Bruchteil einer Sekunde durch den Kopf, während ich auf meine Hand in seiner starrte. Der Ring aus Eis verwandelte sich in Feuer.

Abrupt ließ er mein Handgelenk los, nur um gleich wieder meine Hand zu nehmen und mir die Handinnenfläche entgegenzuhalten. »Da, guck mal.« Er deutete auf einen roten Fleck. »Ist das … Blut?«

Ich blickte immer noch konsterniert darauf, bis ich auf einmal spürte, dass in mir ein perlendes Lachen hochstieg. Ich unterdrückte es. Stattdessen hielt ich ihm mit der anderen Hand die leere Flasche Wein entgegen. »Nein«, antwortete ich, »Wein.«

Auch meine andere Hand hatte rote Flecken. Offenbar hatte der Wein nicht nur einen hervorragenden Geschmack, er eignete sich auch ganz gut als Färbemittel.

»Oh«, sagte David und ließ meine Hand los. Sekundenlang standen wir uns schweigend gegenüber, die Flasche als Zeuge zwischen uns.

»Die hast du gestern Abend bei mir liegen lassen«, erklärte ich geistreich und hätte mir gleichzeitig am liebsten auf die Zunge gebissen. Wieso kamen meine Worte so vorwurfsvoll rüber? Das hatte ich gar nicht beabsichtigt.

»Oh, ja, tut mir leid.« Er kratzte sich am Hinterkopf. Bei jedem anderen hätte ich es für einen Ausdruck von Verlegenheit gehalten, doch David wirkte selbstbewusst wie immer. Er griff nach der Flasche und entwand sie mir. Unsere Hände berührten sich dabei nicht. »Ich entsorge sie, okay? Dann kannst du dir die Hände waschen gehen.«

Doch dazu kam es nicht. Als ich mich umwenden wollte, bemerkte ich, dass mit einem Mal sämtliche Farbe aus Davids Gesicht wich und er plötzlich kreidebleich wurde. Zum zweiten Mal fiel ihm die Flasche aus der Hand. Mit einem dumpfen *Klonk* kam sie auf dem gekiesten Weg auf, und ich wunderte mich noch, dass sie auf den spitzen Steinchen nicht zerbrach.

»David, ist alles okay mit dir?«, fragte ich besorgt und ging einen Schritt auf ihn zu. Sein Verhalten machte mir wirklich

Sorgen. Er war so bleich. So still. Sein Brustkorb hob und senkte sich so schnell, als wäre er gerannt. »David?«, fragte ich erneut. Doch er beachtete mich gar nicht, sondern starrte auf etwas hinter mir. Ich folgte seinem Blick und wandte mich um.

Am Eingang zum Campingplatz stand eine hochgewachsene Gestalt, einen riesigen Wanderrucksack auf dem Rücken, der sie noch größer erscheinen ließ.

»Christopher«, hörte ich David noch murmeln, dann rannte er auch schon auf die Gestalt zu.

Kapitel 7

Ich wusste nicht, was ich tun sollte. Weggehen oder ihn erneut beobachten? Doch ich konnte nicht anders. David war auf den Mann im Eingang zugerannt und umarmte ihn nun stürmisch. Ich hörte sein warmes Lachen bis hierher, und es klang so sorglos und zutiefst erfreut, dass ich gar nicht anders konnte, als weiter zuzusehen. Ich war – mal wieder – Zaungast eines intimen Moments von David.

Der Mann – David hatte ihn Christopher genannt – löste sich aus der Umarmung und ließ den großen Rucksack von den Schultern gleiten. Der kippte um, doch das war beiden egal. David hatte eine Hand auf die Schulter des Mannes gelegt, und obwohl ihn dieser deutlich überragte, wirkte David irgendwie größer als er. Sie wechselten ein paar Worte miteinander, die ich nicht verstehen konnte.

Als ich mich endlich dazu durchgerungen hatte, diese erneute Observierung abzubrechen, drehte David sich zu mir um und winkte mich zu sich. Fast hätte ich mich umgedreht, um nachzusehen, ob er jemand anderen meinte als mich, doch es war niemand außer uns hier. Zögerlich ging ich zu den beiden. Warum wollte er mich dabeihaben?

Nun hatte ich Gelegenheit, mir den Neuankömmling genauer anzusehen. Er war etwa einen halben Kopf größer als David, der auch nicht gerade klein geraten war. Auch er war blond, doch es war ein helleres Blond als das von David. Und doch war da etwas in der Augenpartie der beiden, die mir sagte, dass sie mehr waren als nur Freunde. Sie hatten die gleiche Augenform. Vielleicht Cousins? Auf jeden Fall verwandt.

»Emily«, sagte David unverhofft vertraut und strahlte mich dabei dermaßen glücklich an, dass mir das Herz plötzlich schmerzhaft in der Brust schlug. Seine Freude war so ehrlich und ungetrübt, dass ich fast zurückgestrahlt hätte. Doch etwas hielt mich davon ab, vielleicht der ernste Gesichtsausdruck von Christopher. Trotz all der Freude, die aus David förmlich explodierte, war er ganz ruhig. Er wirkte nicht reserviert, doch ihm fehlte das Funkeln, das David an sich hatte. Wir tauschten einen Blick, vorsichtig taxierend.

»Darf ich vorstellen, das ist mein Bruder Christopher. Christopher, das ist Emily, unsere neue Angestellte.«

Bruder! Das erklärte die Ähnlichkeit der beiden.

Davids Blick sprang von mir zu seinem Bruder und wieder zurück, als würde er ein Tennisspiel verfolgen. Ich glaube, ihm war gar nicht bewusst, wie er auf mich wirkte.

Ich nickte Christopher mit einem leichten Lächeln zu und sagte: »Hallo.«

Er hingegen sah mich für Sekunden, die mir wie eine Ewigkeit vorkamen, einfach nur an, bevor er ebenfalls kurz nickte, sich dann aber wieder sofort an David wandte.

»Kannst du mir sagen, was ihr mit meinem Campingplatz angestellt habt?«, fragte er, und seine Stimme klang alles andere als begeistert. Davids Gesicht fror ein. Ich konnte deutlich seine Enttäuschung spüren. Mir war, als würde sie in Wellen von seinem Körper ausgehen und mich mitreißen.

»Jetzt komm doch erst mal an. Und vor allem rein. Joanna wird ausflippen, wenn sie dich sieht.« Betont gut gelaunt schlug er seinem Bruder erneut eine Hand auf die Schulter. »Mann, es tut gut, dich wieder hier zu haben. Komm, ich nehme deinen Rucksack, und wir trinken jetzt erst mal einen großen Kaffee. Ach was, das muss gefeiert werden. Wir köpfen ein oder zwei Biere.«

Er grinste seinen Bruder an, der nun das erste Mal überhaupt zurücklächelte. »Eine gute Idee«, erwiderte er. Ich mochte seine Stimme. Sie war ein wenig rau, aber samtig, so wie ich mir einen weichen Filzstoff vorstellte.

David schob ihn in Richtung Haupthaus, den Rucksack auf einer Schulter. Das schwere Gewicht schien ihm nichts auszumachen. Anders als gerade eben hatte er mich vergessen. Ich stand da wie ein abgestelltes Stück Gepäck und wagte nicht, mich zu bewegen. Was sollte ich auch machen? Ihnen folgen? Auf keinen Fall. Es wirkte so, als wären die Geschwister seit Langem wieder vereint, und ich würde den Teufel tun und eine Familienzusammenführung stören.

Dennoch spürte ich einen leisen Stich der Enttäuschung. Erst wollte David mich unbedingt vorstellen, dann vergaß er mich von einem Moment auf den anderen, und auch wenn ich im Grunde keinen gesteigerten Wert auf seine Gegenwart legte, war es doch nicht nett, einfach ignoriert zu werden. Das schien sein Muster zu sein: Mal überschüttete er mich mit Aufmerksamkeit, dann ignorierte er mich grundlos.

Ich atmete entnervt auf, ging die wenigen Schritte zurück und hob die Flasche auf. Am Lagerfeuerplatz warf ich sie in einen der fest installierten Mülleimer und wusch mir dann die klebrigen Finger im Duschhaus.

Der Tag war erst halb vorbei, doch ich wusste nicht, was ich nun tun sollte. Ich hatte keine anderen Aufgaben erhalten, und ich wollte auch niemanden stören. Letztendlich landete ich bei meinem Zelt und machte mir ein einsames Mittagessen aus Dosenravioli und ein paar Cookies. Kulinarischer Hochgenuss war das nicht, aber es brachte mich vom Grübeln ab und schlug die Zeit tot.

Erneut ärgerte ich mich, und allein die Tatsache, dass ich mich ärgerte, irritierte mich und ärgerte mich noch mehr. Eigentlich hielt ich mich für jemanden, der nicht allzu sehr von der Meinung anderer abhing. Ich hatte mein Leben so ganz anders ausgerichtet, als meine Familie oder Freunde es für richtig hielten. Meine vielen kurzfristigen Jobs, das abgebrochene Studium, dann die lange Reise, die ich geplant hatte – stets hatte ich Einwände dagegen gehört, und stets war es mir zwar nicht egal gewesen, aber es war doch nicht wirklich relevant für meine Entscheidungsfindung. Ich hatte einfach mein Ding durchgezogen, wie man so schön sagt.

Deshalb fand ich es, gelinde gesagt, seltsam, dass mir Davids Verhalten so viel Kopfzerbrechen bereitete. Ich kannte ihn kaum, und es war mir auch nicht sonderlich wichtig, ihn näher kennenzulernen. Und trotzdem nervte es mich, dass er mich mal mit Missachtung strafte, mal mit zu viel Aufmerksamkeit bedachte. Es war, als würde er immer zwischen zwei Extremen pendeln, unfähig, eine solide Mitte zu finden. Ausschlag nach links: mir nicht mehr von der Pelle rücken, mich anflirten und mich dem lang verschollenen Bruder vorstellen. Ausschlag nach rechts: mir böse Blicke zuwerfen, nur weil ich auf dem Campingplatz aushalf, mich einfach stehen lassen und vergessen.

David war ja nicht einfach irgendein Tourist, den ich kurzfristig ignorieren konnte. Wenn ich das richtig interpretierte, führten er und seine Schwester den Campingplatz, auch wenn es seit der Ankunft von Christopher ein neues Element in dieser Gleichung zu geben schien. »Mein Campingplatz«, hatte er gesagt. Die beiden arbeiteten also für ihn. Noch war mir die Konstellation nicht ganz klar, aber ich würde es sicher in den kommenden Tagen mitbekommen. Wenn er hier der Chef war, dann würde er auch mit einer kleinen Aushilfe, die eben begonnen hatte, über kurz oder lang sprechen wollen.

So vertrödelte ich den restlichen Tag vor meinem Zelt. Ich hätte natürlich auch eine kleine Erkundungstour um den Campingplatz herum machen können, doch ich wusste nicht, ob ich noch gebraucht werden würde und wollte erst einmal lieber auf Abruf bereitstehen. Nicht dass es schon am ersten Tag Grund zur Klage gab …

Als langsam die Dämmerung einsetzte und ich in der Zwischenzeit weder Joanna noch David gesehen hatte, fühlte ich mich etwas einsam. Der Tag war vor sich hin geplätschert, ohne dass ich großartigen Kontakt zu anderen gehabt hatte. Mir war nach Gesellschaft, nach lockerem Small Talk und unverfänglichen Gesprächen. Heute wollte ich den Abend nicht allein vor dem Zelt sitzend verbringen. Ich kramte meine letzte Dose Lagerbier hervor, dann schlug ich den Weg zum Lagerfeuerplatz ein. Irgendjemand hatte schon ein kleines Feuer angefacht, das flackernd vor sich hin brannte und die drum herumsitzenden Gäste in warmes orangefarbenes Licht tauchte.

Ich suchte mir einen ruhigen Platz zwischen all den Pärchen und kleineren Gruppen und streckte meine Beine aus. Es wurde mittlerweile abends richtig kühl, und ich war dankbar für die Hitze, die vom Feuer ausging. Bedächtig trank ich einen Schluck Bier und beäugte unauffällig die anderen Gäste. Ah, Miss Riesenhut war auch wieder da. Sie schien mit einer Freundin zu reisen, denn beide saßen sehr eng beieinander und waren in ein vertrauliches Gespräch vertieft. Selbst jetzt trug sie diesen albernen Hut noch, wo doch die Sonne schon eine ganze Weile untergegangen war und es außer modischen Gründen keine weiteren mehr gab, um dieses Ding aufzuhaben. Sie hatte sich jedoch umgezogen und trug nun keine wandergeeignete Funktionskleidung mehr, sondern ausgefranste Jeans und einen

Oversized-Pulli mit einem schreiend lauten geometrischen Muster.

Außer mir schien es keine Alleinreisenden zu geben. Streng genommen war ich auch keine Touristin mehr, rief ich mir in Erinnerung, sondern eine Angestellte auf diesem Campingplatz. Die meisten waren zu zweit unterwegs, Pärchen oder Freunde, aber es gab auch eine Familie mit zwei Jungs im Vorschulalter, die begeistert Würstchen auf einem Stock übers Feuer hielten und jedes Mal wild aufkreischten, wenn etwas Fett ins Feuer tropfte und zischte. Ansonsten war noch eine Vierergruppe Männer in meinem Alter unterwegs, die ich am ehesten in Richtung Junggesellenabschied und *letztes Abenteuer vor der Ehe* eingeordnet hätte. Zwei von ihnen sahen immer wieder zu mir herüber und warfen mir eindeutige Blicke zu, doch ich ignorierte sie. Ich wollte Small Talk, kein Geflirte. Nichts Kompliziertes, das ich am nächsten Morgen bereuen würde.

Mit einem Mal überfiel mich eine lähmende Traurigkeit. Ich horchte in mich hinein und versuchte, zu erfühlen, ob ich Kyle vermisste. Ich rief mir sein Gesicht in Erinnerung, seine Art zu lächeln, seinen schönen Körper. Ich hatte ihn immer gerne angesehen, er hatte tolle Augen gehabt, einen sinnlichen Mund, den ich gern geküsst hatte. Doch darüber hinaus fehlte er mir als Mensch nicht. Da war nichts in mir, das ihn, sein tiefstes Ich, vermissen ließ. Wenn ich an ihn dachte, fielen mir am ehesten sein Körper und seine Attraktivität ein und weniger gemeinsame Erlebnisse oder Augenblicke, die besonders gewesen wären.

Ich hatte mir mit ihm etwas vorgemacht. Das freie Leben im Bus, das unabhängige wilde Abenteuer, das auf den Straßen lag – irgendwie hatte ich das auf ihn übertragen und erst spät gemerkt, dass eigentlich nur mein Körper auf seinen reagiert hatte. Letztlich hatten wir zu wenig gemeinsam gehabt, zu wenige Schnittmengen und zu viele gegensätzliche Ansichten vom Leben, als dass es hätte klappen können. Auch wenn mir die körperliche Nähe fehlte, Kyle selbst fehlte mir nicht.

Vielleicht war es genau das, was mich traurig machte. Die Erkenntnis, es erst so spät bemerkt zu haben. Oder war es Angst, diesen Fehler von nun an immer wieder zu machen?

Ich kam nicht dazu, diesen Gedanken von allen Seiten zu beleuchten, denn plötzlich setzte sich jemand neben mich. Ich hätte nicht überraschter sein können, als ich merkte, dass es Christopher war. Ich starrte ihn ungläubig und mit leicht geöffnetem Mund an, als er es sich neben mir gemütlich machte und mir seine Hand hinhielt. Verdutzt ergriff ich sie, und er schüttelte sie. Erst dann klappte ich meinen Mund wieder zu.

»Hallo«, sagte er mit dieser Stimme, die mir von Anfang an gefallen hatte. »Tut mir leid, dass ich vorhin so abweisend war. Das war der Heimkommstress.« Er lächelte mich offen an, und doch hatte ich das Gefühl, dass dieses Lächeln seine Augen nicht erreichte. Irgendetwas war da, das das Lächeln unterdrückte. »Ich bin Christopher«, stellte er sich vor, meine Hand immer noch in seiner.

Ich blickte darauf und murmelte: »Und ich bin Emily, hi.«

»Emily, ja, meine Geschwister haben mir schon von dir erzählt. Du scheinst genau den richtigen Zeitpunkt erwischt zu haben, jetzt, wo Josie ausfällt.« Erneut lächelte er, erneut nur ein halbes Lächeln. Ich konnte es nicht genau einordnen, aber da war etwas um ihn, was ihn kleinhielt oder -machte. Mir fiel wieder ein, um wie viel größer David gewirkt hatte, obwohl er eigentlich der Kleinere war.

»Äh, ja«, sagte ich. Ich war immer noch etwas überfahren und musste mich sortieren. Ich hüstelte. »Du bist der Bruder von Joanna und David, richtig?«

»Ganz genau.«

Dann schwieg er, und mir fiel nicht ein, was ich hätte fragen können, also schwiegen wir beide. Auf einmal hielt er mir eine Flasche Bier vor die Nase. »Ich wollte dich im Team willkommen heißen. Gut, dass du mit an Bord bist.«

Ich nahm sie, erneut überrascht – endete das heute gar nicht mehr? –, und bemerkte, dass sie bereits offen war. »Cheers.«

Erneut schwiegen wir. Umso lauter wurden die vielen Stimmen um uns herum.

»Wo warst du denn unterwegs? Ich habe deinen riesigen Rucksack gesehen. Wandertour?«, fragte ich, um ein Gespräch in Gang zu bringen. Ich hatte mich ihm zugewandt, um sein Gesicht zu sehen, doch er schaute an mir vorbei ins Leere. Er fixierte nichts Bestimmtes, sondern schien eher durch das Feuer hindurchzusehen. Er war attraktiv, genauso wie seine Geschwister auch, doch er hatte etwas an sich, das ihn von den anderen unterschied. Ich konnte beim besten Willen nicht sagen, was es war.

Irgendwann sagte er dann: »Ja, ich war die letzten fünf Monate auf dem Appalachian Trail unterwegs.«

»Wow!«, entfuhr es mir, ehrlich beeindruckt. Ich war noch nie auch nur in der Nähe davon gewesen, doch ich kannte den Weg aus Berichten und wusste, dass das schon Königsklasse war und definitiv nicht einfach zu bewältigen. »Nicht schlecht. Wie war es denn so?«

Er fuhr sich mit einer Hand müde über die Augen und starrte immer noch ins Nichts. »Hör mal … du erfährst es ja sowieso über kurz oder lang. Ich habe diesen Trip nicht aus Spaß gemacht oder aus einem Selbstfindungsbedürfnis. Mein Mann ist … gestorben. Erst vor einem halben Jahr. Dieser Trip war sozusagen Teil meiner Trauerarbeit.«

Ich wusste auch nicht genau, was mich dazu bewog, doch ich legte ihm meine Hand auf den Unterarm. Eine beruhigende Geste, eine harmlose Geste, und doch etwas, das ich bei Wildfremden normalerweise nicht tat. Diese Geste gehörte zu den Vertraulichkeiten einer Freundschaft. Aber jetzt, hier, schien es mir die richtige Reaktion zu sein. Was hätte ich auch groß an Plattitüden zum Tode seines Partners sagen können? Alles würde sich doch in so einem Moment falsch, leer und unwichtig anhören.

Erneut überraschte er mich damit, dass er seine andere Hand über meine legte und mir ein Lächeln schenkte. »Danke.« Dann straffte er sich, im wahrsten Sinne des Wortes richtete er sich gerade auf, und atmete tief durch. Ich zog meine Hand zurück. »Genug davon. Das muss dich nicht belasten. Ich wollte dich fragen … ich werde morgen eine Art Inventur hier machen, ich war doch eine ganze Zeit lang weg. Und ich möchte Joanna und David nicht von ihren Aufgaben wegreißen. Vielleicht kannst du mir ja assistieren? Nachdem du deine Putzjobs erledigt hast. Joanna hat mich schon informiert, dass du unsere Josie beim Putzen abgelöst hast.«

»Äh, ja, klar. Gerne.« Ich beeilte mich zu nicken, auch wenn meine Verwirrung eher größer als kleiner wurde.

»Super, danke schon mal«, antwortete er und stieß erneut mit mir an. »Ah«, machte er dann. »Das tut gut. Ich habe die gesamten letzten fünf Monate keinen Alkohol getrunken, und das ist heute meine dritte Flasche. Ich bin auf dem besten Wege, mich so richtig besinnungslos zu besaufen.«

Dann musste er kichern. Es klang unbeschwert, und ich hatte das Gefühl, etwas von dieser gedämpften Stimmung um ihn herum wurde weniger. Ich schmunzelte mit, und mein Grinsen wurde sogar noch breiter, als mit einem Mal ein großer, wuscheliger Hund auftauchte und zielstrebig zu den zwei kleinen Jungs mit den frisch gegrillten Würstchen lief. Er blieb vor ihnen stehen und wedelte freudig mit dem Schwanz. Seine riesige, rosafarbene Zunge hing im seitlich aus dem Maul, und er tänzelte fast schon von einem Bein auf das andere.

Ein scharfer Pfiff und ein lautes »Smokey! Hierher!« gellten durch die Nacht, und der Hund drehte augenblicklich um, so als hätte es die köstlich riechenden Würstchen, die ihn angelockt hatten, nie gegeben. Statt zu seinem Herrchen zu laufen, blieb er vor uns stehen – genau genommen vor Christopher –, setzte sich auf die Hinterbeine und hob eine Pfote. Christopher lachte erneut auf. »Ach, Smokey, wir haben doch vorhin schon geübt.« Er packte die Pfote des Hundes, schüttelte sie kurz, woraufhin der Hund seine Pfote zurückzog und ihm auch die andere hinhielt.

Ich musste ebenfalls lachen, es war einfach zu niedlich.

»Mensch, Smokey, das mit dem Hören hat aber auch schon mal besser funktioniert.« Die Stimme hinter mir kam mir bekannt vor. Ich drehte mich um und sah Matt und Joanna hinter uns stehen. Matt schüttelte in gespielter Enttäuschung den Kopf. »Ich glaube, er hat einen Narren an dir gefressen, Chris. Er wird dir nicht mehr von der Seite weichen.«

»Ich hätte wohl vorhin nicht so viel mit ihm üben sollen. Oder lag es eher an den Leckerlis, die ich ihm gegeben habe?«

»Seine Liebe ist nicht käuflich.« Matt grinste und verzog gespielt das Gesicht. Joanna lachte. Sie hatte sich bei Matt untergehakt und sah zufrieden aus. Mehr noch, sie schien zu strahlen, was vermutlich an der Rückkehr ihres Bruders lag.

»Habt ihr was dagegen, wenn wir uns zu euch setzen?«, fragte sie.

»Nein, natürlich nicht. Setzt euch.« Ich rutschte etwas näher an Christopher, damit die beiden auf dem Baumstamm, auf dem wir saßen, auch noch Platz fanden. Der wuschelige Hund legte sich zu Christophers Füßen nieder und schnaufte wohlig auf. Christopher fuhr ihm gedankenverloren durchs dichte Fell.

»Alles klar so weit, Emily?«, fragte Joanna mich. »Wir waren heute Nachmittag etwas aufgeregt und haben dich über dem ganzen Trubel schlichtweg vergessen. Tut mir wirklich leid. Ist sonst nicht unsere Art.«

Ich winkte ab und meinte es in diesem Moment auch so. »Macht euch mal keinen Kopf. Ich habe den Tag gut über die Runden gebracht.« Beinahe hätte ich gefragt, wo sie denn David gelassen hatten, doch ich biss mir gerade noch auf die Zunge. Fragen war auch gar nicht mehr notwendig, denn wenige Sekunden später schweifte mein Blick über das Feuer, und ich sah ihn. Er saß neben Miss Riesenhut, und beide hatten nur Augen füreinander. Die Freundin war vergessen, saß daneben und schaute beleidigt drein. David hatte sich zu Miss Riesenhut hinuntergebeugt und hörte ihr angeregt zu. Ab und zu nickte er, doch es war sie, die sprach. Er lachte dann und wann. Es war mir unangenehm, ihn schon wieder zu beobachten, doch er saß mir genau gegenüber und war direkt in meinem Blickfeld. Ich konnte nicht ständig nur nach links oder rechts gucken.

Der Abend wurde trotz der seltsamen Konstellation schön. Ich war ein Eindringling, doch das ließen mich weder Joanna noch Christopher oder Matt spüren. Sie unterhielten sich über alle möglichen Themen und versuchten immer wieder, mich in ihre Gespräche mit einzubeziehen. Mir wurde allerdings schnell klar, dass Dinge wie der Campingplatz oder gar der Tod von Christophers Mann nicht thematisiert wurden. Im Gegenteil. Sobald es auch nur den geringsten Hinweis darauf gab, das Gespräch könnte in diese Richtung abdriften, sprangen entweder Matt oder Joanna ein und brachten etwas ganz Neues ins Gespräch.

Vielleicht fiel mir das so auf, weil ich neu war, oder vielleicht, weil Christopher sich mir vorhin für einen winzigen Moment geöffnet hatte. Doch es fiel mir auf, und je mehr ich darauf achtete, desto unwohler fühlte ich mich. Vielleicht hätte ich mich einfach verabschieden sollen, damit die Familie offener miteinander sprechen konnte. Doch etwas ließ mich am Lagerfeuer sitzen bleiben.

Smokey hatte sich in der Zwischenzeit zwischen Christopher und mich gerobbt, sodass auch ich immer mal wieder das Fell streicheln konnte. Seine Gegenwart war irgendwie tröstlich. Dieser schnarchende Berg Fell lag zufrieden vor unseren Füßen und genoss die Wärme des Lagerfeuers.

David und die Hutlady waren sich mittlerweile deutlich nähergekommen. Der Hut lag achtlos neben ihr, und ihre Gesichter waren sich sehr nahe. Ich konnte nicht sehen, ob sie sich küssten, da Davids Hinterkopf mir die Sicht versperrte. Was vermutlich auch besser so war. Von der Freundin war weit und breit nichts mehr zu sehen. Ich konnte es ihr nachfühlen.

Es geschah nur ungefähr fünf Minuten später. Ich konnte nicht verhindern, dass mein Blick erneut zu den beiden schweifte. Ich hatte beharrlich versucht, überall, nur nicht dorthin zu sehen, doch nun schaute ich eben doch hin. Ihre Köpfe waren immer noch zueinander geneigt, sie waren sich sehr nahe. Ein gigantischer eiskalter Blitz schoss quer durch meinen Körper, vom Kopf über den Bauch runter zu den Füßen, als ich merkte, dass David mich anblickte. Während sie ihm scheinbar liebevoll etwas ins Ohr flüsterte und ihre Lippen seine Wange streiften. Unsere Blicke trafen sich für wenige Sekunden – es konnten nur wenige Sekunden gewesen sein –, und doch kam es mir hinterher vor, als hätten wir uns minutenlang angesehen.

Erst Joannas Stimme riss mich aus meiner Starre. »Was sagst du dazu, Emily?«, fragte sie. Ich blinzelte mich erschrocken frei von diesem hypnotischen Blick, der mich gefangen gehalten hatte. Was zur Hölle war das gewesen?

»Entschuldige, ich war ganz in Gedanken versunken. Was hast du gesagt?«, entschuldigte ich mich bei ihr und war froh, sie anstelle ihres Bruders ansehen zu können.

Sie musste gespürt haben, dass da mehr gewesen war. Als folgte sie einer Spur im Schnee, ruckte ihr Kopf zu David, und sie runzelte kurz die Stirn, bevor sie antwortete: »Ich sagte nur, dass ich dir morgen ein kleines Zimmer bei uns freiräumen werde, und ob du schon bereit bist, deinen luxuriösen Zeltpalast zu verlassen.«

Ich musste lachen. »Wird mir schwerfallen, aber ich bringe dieses Opfer gerne.«

Sie lachte ebenfalls.

Unsere Runde löste sich wenig später auf. Christopher war sichtlich müde. Seine Heimkehr, die vielen Eindrücke und das Wiedersehen mit seiner Familie hatten ihn erschöpft. Matt und Joanna wollten mit Smokey noch eine Runde drehen. David saß immer noch neben – an – der Hutlady.

Ich nutzte die Gelegenheit und verabschiedete mich ebenfalls. Mein Tag würde um sieben Uhr beginnen. Zeit, um in den Schlafsack zu kriechen und zu schlafen. Ich musste mir in Erinnerung rufen, dass ich kein Gast mehr war, sondern Teil des Teams, wie Christopher so schön gesagt hatte. Ich stellte den Wecker meines Smartphones, um ja nicht zu verschlafen, dann kuschelte ich mich in meinen Schlafsack ein.

Die Welt um mich herum wurde langsam leiser. Der Wind trug immer wieder Wortfetzen vom Lagerfeuer heran, doch das störte mich nicht. Im Gegenteil, es lullte mich langsam in den Schlaf. Ich wäre auch schon beinahe eingeschlafen, als ich plötzlich hörte, wie jemand an meinem Zelt vorbeiging. Ein Kichern, eine dunkle Stimme, die antwortete, dann ein gespielt entrüstetes »David«. Auch so hätte ich gewusst, dass es David und die Hutlady waren, die sich ihren Weg in die Nacht suchten. Ich konnte es mir beinahe bildlich vorstellen, wie sie ihm aufgrund einer Bemerkung und einer Geste – vielleicht hatte er ihr die Hand auf den Po gelegt – einen Klaps auf den Arm gab, der nicht ernst gemeint war und eigentlich nur dazu diente, den Körperkontakt zu verstärken.

Mein Herz klopfte mit einem Mal laut in meiner Brust, und der angenehme Halbschlaf war dahin. Hellwach lag ich im Zelt und lauschte angespannt in die Nacht. Sie kicherten immer noch, und ihre Schritte entfernten sich, bis ich nichts mehr von ihnen hören konnte.

Es dauerte sehr lange, bis ich endlich einschlief.

Kapitel 8

Der Einzige, der am Frühstückstisch hohlwangig und bleich aussah, war David. Insgeheim feixte ich deswegen. Ich fühlte mich selbst nicht gerade taufrisch, doch ein leichtes Make-up sorgte dafür, dass zumindest mein Gesicht meinen wahren Zustand nicht verriet.

Es kam mir immer noch seltsam vor, dass ich inmitten dieser Familie saß und mit ihnen frühstückte. Doch sie gingen so offen und unkompliziert mit mir um, dass sich diese Gedanken schnell verflüchtigten.

Auch an Tag zwei bekam ich eine Liste der Häuser, die zu reinigen waren. Auch heute hielt sich ihre Anzahl in Grenzen. Ich vereinbarte mit Christopher, dass wir uns nach einem Mittagssnack um die Inventur kümmern würden. Er wollte am Vormittag Josie im Krankenhaus besuchen.

Jeder von uns ging nach dem Frühstück seinen Aufgaben nach. Ich stellte mein Gehirn auf Leerlauf, stöpselte mir Ohrhörer ein und putzte – ich gebe zu: tanzend – zu den treibenden Klängen einer Indie-Band die Häuser auf Hochglanz.

Ein Prickeln im Nacken, das sich über meinen Hinterkopf nach oben bahnte und mir auf der Kopfhaut kribbelte, ließ mich erschaudern. Ich hielt in meiner Arbeit inne und sah aus dem Häuschen, das ich gerade ausfegte. David stand draußen, auf eine Schaufel gestützt, und beobachtete mich. Unsere Blicke kreuzten sich. Erneut. So langsam wurde mir sein Verhalten unangenehm. Noch unangenehmer war, dass er sich nicht ertappt fühlte. Im Gegenteil, er hatte die Frechheit, mir zuzuzwinkern.

»Das ist ja wohl …«, ätzte ich, mehr an mich selbst gewandt als an ihn, da er zu weit weg war, um meine Worte zu hören. Stur erwiderte ich seinen Blick. Wir mussten ein seltsames Bild abgeben. Ich hatte einen Besen in der Hand, er eine Schaufel. Die Werkzeuge wie Waffen zwischen uns sahen wir uns an. Unser stumm ausgetragenes Duell wurde jäh unterbrochen. Ich wusste selbst nicht, ob ich darüber enttäuscht oder erleichtert war.

Miss Riesenhut, heute Vormittag ohne Hut und mit offenem Haar, eilte auf David zu. Ihre Wangen waren von einem leichten Rot überzogen, und sie biss sich auf die Unterlippe. Ich konnte sehen, dass sie verlegen war, ihm aber am liebsten um den Hals gefallen wäre. Doch seine Körperhaltung hielt sie von ihm fern. Er lächelte ihr zwar zu, doch es war ein unverbindliches Lächeln. Die Schaufel diente ihm als Abwehr, er machte keinerlei Anstalten, sie beiseitezunehmen oder Miss Riesenhut entgegenzugehen, sie zu umarmen oder sonstigen Kontakt herzustellen. Sie war sichtlich irritiert und verunsichert und steckte nun die Hände in die Hintertaschen ihrer Jeans. Gott, sie war wirklich noch sehr jung, sie musste Anfang zwanzig sein. Ich konnte ihre Gedanken rasen hören und die verzweifelte Frage, weshalb er so abweisend war.

Sie sprachen miteinander, ich konnte natürlich nichts hören, und doch konnte ich mir bestens vorstellen, um was es ging. Seine Worte sorgten dafür, dass sie heftig blinzeln musste, ein untrügliches Zeichen dafür, dass sie versuchte, ihre Tränen zurückzuhalten. Ihre Haltung verspannte sich, ihr Gesicht verlor die Farbe, die eben noch ihre Wangen in ein zartes Rot getaucht hatte, dann machte sie auf dem Absatz kehrt und ergriff die Flucht. Ein Abgang wie aus einem der schlechten Romantik-Komödien, die meine Freundinnen so gerne sahen. Der Dialog zwischen ihnen musste ebenfalls vorhersehbar und abgedroschen gewesen sein. Ich war mir sicher, ich könnte ihn ziemlich genau nachsprechen.

Diesmal zwinkerte David mir nicht zu, als er erneut zu mir hersah. Er überwand die Distanz zwischen uns mit einem scharfen Blick. Ich wäre um ein Haar zusammengezuckt. Erneut ertappte er mich dabei, wie ich ihn beobachtete. Das wurde doch langsam lächerlich. Was tat ich hier eigentlich? Er interessierte mich nicht die Bohne. Ein typischer Frauenheld … ein zugegebenermaßen sehr gut aussehender Frauenheld, aber waren sie das nicht alle? Er war sich seiner Attraktivität nur allzu bewusst. Sein gesamtes Verhalten sprach dafür. Und dann arbeitete er auch noch an einem Ort, der ihn quasi ununterbrochen mit fremden und nur kurzfristig verweilenden Frauen versorgte. Das musste doch das Paradies für jemanden wie ihn sein.

Ich löste meinen Blick zuerst. Es war mir egal, wenn er das als Sieg ansah, sollte er ruhig. Er bedeutete mir nichts, und seine Art, seine selbstherrliche, über alle Maßen selbstbewusste Art, ging mir auf die Nerven. Doch ich ertappte mich dabei, dass meine Gedanken zu seinen kräftigen Unterarmen wanderten. Er hatte die Ärmel von seinem Holzfällerhemd hochgekrempelt, sodass ich die blonden Haare und die Muskeln hatte sehen können.

»Ach, verdammt«, murmelte ich und stürzte mich noch mehr in die Arbeit. Ich glaube, das Duschhäuschen war noch nie so sauber gewesen wie an diesem Vormittag. Ich hatte es ein wenig übertrieben, doch es half mir, die Gedanken auf Abstand zu halten.

Ich traf Christopher nach einer kurzen Mittagspause, bei der sich David nicht hatte blicken lassen. Mir war nicht ganz klar, wofür Christopher mich eigentlich brauchte. Vielleicht war dies eine Art Einführung für mich, um den Campingplatz näher kennenzulernen, denn alles was wir machten, war, ihn mehrfach abzugehen. Wir begannen draußen auf dem Parkplatz, den er kritisch beäugte, dann weiter zu den zahlreichen Hütten. Die Leeren betraten wir, die Belegten besah er sich nur von außen. Weiter zu der kleinen hölzernen Bühne, die sich hinter dem Lagerfeuerplatz befand, quer über die Zeltplätze und zu den Caravan-Stellflächen. Auch das Duschhaus wurde sehr genau unter die Lupe genommen sowie sämtliche weitere Winkel und Ecken, die nicht auf den ersten Blick zu sehen waren.

Wir sprachen nur sehr wenig auf diesem Rundgang. Dann und wann streute er einen Kommentar ein, wobei ich nicht das Gefühl hatte, er würde eine Antwort von mir erwarten. Zum wiederholten Male fragte ich mich, was ich hier tat. Ich dackelte ihm brav hinterher und hatte so Zeit, ihn zu beobachten.

Man musste ehrlich sein: Der Frauenwelt entging etwas. Christopher war, wie seine Geschwister auch, äußerst attraktiv. Seine Größe und die hellen Haare, die er in einem modischen Schnitt mit Undercut an den Seiten trug, sprachen sicher viele Frauen an. Ich konnte mir vorstellen, dass es die eine oder andere gab, die die Tatsache verfluchte, dass er schwul war. Ich kannte ihn erst seit einem Tag, aber jetzt schon mochte ich seine ruhige Art, die bedächtige Weise, sich zu bewegen. Er war kein quirliger Typ, sondern wirkte eher wie jemand, der sich Gedanken machte, bevor er etwas sagte oder auch nur eine Geste zu viel tat. Ein überlegter, reflektierter Mann, so ganz anders als sein Bruder David.

Nach einer Stunde waren wir fertig. Zumindest dachte ich das und wäre nicht im Traum darauf gekommen, dass der Ärger jetzt erst richtig begann.

Wir kehrten ins Haupthaus zurück. Joanna und David warteten in der Anmeldung. Sie deutete auf ihren Laptop, während

David sich interessiert über ihre Schulter beugte und ebenfalls auf den Bildschirm starrte.

»Meeting in fünf Minuten«, waren Christophers einzige Worte, als wir den Raum betraten.

»Meeting?«, echote Joanna amüsiert, doch der Blick, den ihr älterer Bruder ihr zuwarf, ließ ihr Lächeln gefrieren. »Was ist los?«, fragte sie und drehte sich unsicher zu David um. Der zuckte, ebenfalls verwirrt, die Schultern.

Christopher drehte sich zu mir um. »Könntest du für uns eine große Kanne Kaffee machen? Und dann kommst du bitte mit dazu.«

Ich nickte, etwas perplex, weil die Stimmung im Raum spürbar seltsam war. Angespannt. Irgendwie aufgeladen mit etwas, das mir ein ungutes Gefühl vermittelte. Ich konnte wittern, dass etwas in der Luft lag, auch wenn ich nicht hätte sagen können, worauf das hinauslief.

Fünf Minuten später saßen wir an dem Tisch, der das Herzstück der Wohnküche hinter der Anmeldung war, und ich schenkte jedem eine Tasse dampfenden Kaffee ein. Joanna und David saßen nebeneinander auf einer Seite des Tisches, Christopher und ich auf der anderen, ihnen gegenüber.

Christopher seufzte einmal kurz auf, als würde er sich für das Gespräch wappnen müssen, dann sah er seine Geschwister nacheinander an. »Bevor ich anfange – ihr wisst, dass ich euch ewig dankbar sein werde für das, was ihr für mich getan habt. Das wisst ihr doch, oder?«

Joanna und David tauschten erneut einen unsicheren Blick, dann nickten sie vage, schwiegen jedoch. Ich konnte ihre Ungeduld und die tausend Fragen, die sie hatten, beinahe hören.

Christopher hatte seine langen Finger verschränkt, die Tasse stand unbeachtet vor ihm und dampfte vor sich hin. »Ich werde es niemals wiedergutmachen können, was ihr an persönlichen

Opfern für mich gebracht habt. Niemals. Ihr habt mir in der schwierigsten Zeit meines Lebens geholfen und wart für mich da. Das ist unbezahlbar. Genau deshalb fällt es mir so schwer … Aber ich muss darüber sprechen.«

Er machte eine kleine Pause. Auf mich wirkte es so, als müsste er sich für die kommenden Worte innerlich stärken, und nicht, als würde er eine Antwort erwarten.

Dennoch fragte David in die Stille hinein: »Aber …?« Er hatte sich vorgebeugt und – vermutlich instinktiv – Christophers Körperhaltung nachgeahmt. Auch er hatte seine Hände verschränkt und starrte seinen älteren Bruder an.

Dieser hielt dem Blick stand. »Aber … was habt ihr mit dem Campingplatz gemacht?«

Davids Gesichtsausdruck fror ein, und Joanna runzelte die Stirn und blickte zwischen den Brüdern hin und her. »Chris, was meinst du damit? Was sollen wir damit gemacht haben?«

»Im Ernst? Hier ist nichts mehr, wie es mal war.« Christopher war immer noch ruhig, doch ich konnte seine angespannte Körperhaltung sehen. Innerlich war er alles andere als ruhig.

David schnaubte, und es klang nicht amüsiert. »Du meinst, es gefällt dir nicht, dass der Laden wieder läuft? Ist es das, worauf du hinauswillst?«

»Nein, das ist es nicht, und du weißt genau, dass ich das nicht meine.«

»Ach, weiß ich das? Alles, was ich weiß, ist, dass wir es geschafft haben, einen maroden Campingplatz innerhalb nur weniger Monate wieder auf die Beine zu stellen.« Nun war David hörbar sauer. Er lehnte sich mit einem finsteren Gesichtsausdruck nach hinten auf seinem Stuhl und verschränkte die Arme vor der Brust. Ich ahnte Schlimmes. Das hier lief auf einen furchtbaren Streit hinaus, und ich fragte mich, was ich hier sollte … Das hier ging mich alles nichts an.

»Ist das so?«, konterte Christopher. »Alles, was ich weiß, ist, dass ich hier nichts mehr von Greg sehen kann. Alles, was er und ich aufgebaut haben, ist weg. Also, ich frage noch mal: Was habt ihr mit meinem Campingplatz gemacht?«

»Hey, Moment mal«, schaltete sich nun Joanna ein, eine Hand erhoben, wie um sich Redezeit zu erbitten. Auch sie wirkte sauer. »Jetzt bist du aber unfair, Chris. Wenn wir nicht gewesen wären, dann hättest du keinen Campingplatz mehr gehabt, zu dem du hättest zurückkommen können. Wir haben ihn aus den roten Zahlen geholt und dafür gesorgt, dass endlich wieder Reservierungen reinkommen, dass die Leute uns überhaupt finden … Hast du dich mal richtig umgesehen? Die Saison endet, und der Platz ist voll. Die Hütten sind noch für einige Wochen ausgebucht, die Caravan-Stellplätze fast komplett voll … So etwas hattest du die letzten Jahre nicht mehr.« Sie beugte sich über den Tisch und fixierte Christopher. »Also, bitte erklär mir, erklär uns, was genau das Problem ist. Denn ich sehe es nicht. Im Gegenteil, wir stehen hervorragend da, und ich …«

Christopher unterbrach sie, indem nun er den Arm hob. »Okay, das habe ich verstanden. Aber ihr solltet mehr sehen als nur das Finanzielle … Das Finanzielle ist doch nur ein Teil des …«

»War das nicht von vornherein das Problem?« David saß immer noch mit verschränkten Armen da. Seine Stimme war leise und doch ziemlich schneidend. »Euer Problem. War nicht genau das der Grund, weshalb ihr, du und Greg, es nicht geschafft habt, den Campingplatz zu halten? Ihr hattet doch immer hochtrabende Pläne, die super klangen, aber die ihr nicht umgesetzt habt.«

Ich hatte keinerlei Ahnung, was in der Vergangenheit passiert war, doch ich konnte genau spüren, wie sehr Davids Worte ins Schwarze trafen. Ich konnte Christophers Schmerz bei seinen Worten fast körperlich spüren. Er war unwillkürlich zusammengezuckt, und ich wusste genau, dass er innerlich eine Wand hochgezogen hatte, die weitere Worte daran abprallen ließ.

Doch David war noch nicht fertig. »Bei allem Verständnis, das ich für dich habe – und das habe ich, glaub mir, auch wenn ich mir nicht mal ansatzweise vorstellen kann, was so ein Verlust bedeuten kann –, bei allem Verständnis, du kannst nicht einfach herkommen und quasi vom ersten Tag all unsere Arbeit hier kaputtreden. Hast du auch nur den Hauch einer Ahnung, was wir in den letzten Monaten hier gestemmt haben? Was für Veränderungen in unserem Leben wir dafür auf uns genommen haben? Falls du es vergessen haben solltest: Joanna lebte vor fünf Monaten noch in Seattle, und falls du dich erinnerst, ich war in Neuseeland.«

David hatte sich sichtbar in Rage geredet. Noch immer war seine Stimme nicht laut geworden, aber er sprach sehr pointiert, und in seinen Augen konnte ich die Wut sehen. Ein paar Strähnen hatten sich aus dem lose gebundenen Zopf gelöst und umrahmten sein Gesicht. Ohne sein ewiges Zahnpastalächeln hatte er etwas … Wahrhaftigeres, etwas Unverstelltes.

Bislang war ich mir bei ihm nie sicher gewesen, was Kalkül war und was echte Emotion. Jetzt, hier, in dieser Situation zeigte er sich selbst, ohne jeden Filter oder Maske. Bislang hatte ich das nur an dem Abend, als Josie zusammenbrach, erlebt, und auch das nur ganz kurz, als er neben ihr auf dem Boden gekniet hatte.

»David hat recht«, sagte Joanna. »Auch wenn ich vielleicht andere Worte gewählt hätte, aber er hat recht. Was ich nicht verstehe, Chris, ist, was dir so missfällt. Vielleicht solltest du konkreter werden.«

Christopher fuhr sich müde über die Augen. Dann drehte er sich zu mir um. »Emily, du bist noch nicht so lange hier.

Genau genommen kaum länger als ich. Ich frage dich, was war dein erster Eindruck vom Campingplatz?«

»Äh … was?«, stammelte ich und war mir der drei Augenpaare, die plötzlich nur noch mich anstarrten, sehr bewusst. Was wurde das hier? Wieso brachte er mich mit ins Spiel? Ich kam mir sowieso schon wie ein ungebetener Gast vor, und nun sollte ich auch noch meine Meinung abgeben? Ich konnte spüren, wie mir die Röte ins Gesicht schoss. Meine Wangen brannten, und ich wünschte, ich hätte einfach hinausrennen können, raus aus dieser Situation, raus aus dieser Aufmerksamkeit. Warum zog er mich da nur mit rein?

»Vielleicht sollte ich einfach gehen? Ich meine, das hier geht mich doch gar nichts an«, sagte ich schließlich, als die Stille sich schier endlos dehnte. Immer noch sahen mich die Geschwister an.

»Nein, bitte bleib. Versuch, meine Frage zu beantworten. Bitte, das ist wichtig für mich.« Christopher klang ernst, und er hatte sich zu mir gedreht und starrte mir nun in die Augen. Flucht war unmöglich. Ich kam hier nicht mehr raus.

»Ähm, ja … also … hm, mein erster Eindruck«, druckste ich herum. Ich wünschte immer noch, der Boden würde sich auftun und mich einfach verschlingen, doch gleichzeitig durchforstete ich meine Gedanken. Was genau war mir denn vor wenigen Tagen erst durch den Kopf gegangen? Außer natürlich, dass ich Kyle eine Autopanne nach der anderen wünschte und ihn gleichzeitig am liebsten auf den Mond geschossen hätte. »Hm, also eigentlich hatte ich einen sehr positiven Eindruck. Ein moderner Campingplatz – ich mochte diese Hashtag-Sache draußen am Eingang von Anfang an –, coole Häuser, diese Nurdachhütten fand ich auf Anhieb Spitze … Und auch die Idee mit dem Lagerfeuerplatz – super als Partyplatz für abends …«

Unsicher ließ ich den Blick von einem zum anderen schweifen. War es das, was Chris hören wollte? Was genau erwartete er von mir? Irgendwie hatte ich das Gefühl, als hätte ich ihn enttäuscht.

Joanna lächelte mir zu. »Danke. Aber ich glaube, Chris würde von dir lieber hören, was dir nicht so gut gefallen hat.«

Ich zuckte kurz mit den Schultern. Was sollte es auch sein. Es war ein Campingplatz, kein Sterne-Hotel. »Na ja, vielleicht ist diese halb zerfallene Holzbühne beim Lagerfeuerplatz nicht mehr ganz so … hübsch.« Ich erwähnte lieber nicht, dass ich dieses baulich fragwürdige Konstrukt für höchst einsturzgefährdet hielt. Es war mir gleich am ersten Tag aufgefallen, und ich hätte schwören können, dass es bei der ersten stärkeren Windböe in sich zusammenfallen würde. »Und dass man hier nicht einkaufen kann.«

Meine Worte lösten ein Grinsen bei David und Joanna aus. Beinahe war ich froh, wieder Davids Zahnpastalächeln zu sehen und nicht mehr sein grimmiges Gesicht.

Immer noch verunsichert sah ich zu Christopher. War es das, was er hören wollte? Was genau wollte er von mir? Warum nur hatte ich das Gefühl, ich müsse für irgendjemanden Partei ergreifen.

»Danke, Emily«, sagte er und ließ sich nicht anmerken, ob ihm meine Worte gefallen hatten oder nicht. »Seht ihr, es fängt quasi schon vor dem Campingplatz an. Was soll dieses Hashtag-Zeug?« Ah, er sprach die beiden Schilder an, die mir bei meiner Ankunft sofort aufgefallen waren. Ein handgemaltes altmodisches Schild, das charmant-schön rüberkam, und das »Hashtagige« als modernen Kontrast dazu. Ich hatte das sympathisch gefunden, offen, und konnte mir vorstellen, dass viele, gerade junge Gäste dieser Aufforderung Folge leisten würden.

»Ganz einfach, Chris, ich erkläre dir das gerne«, schaltete Joanna sich ein. »Als wir damals die Webseite erstellt haben, hat Matt mir geraten, gleichzeitig mehr in Social Media zu investieren. Ich habe von da an quasi jeden Tag ein Foto gepostet und die Reichweite gab uns irgendwann recht. Wir hatten plötzlich fünfstellige Followerzahlen und haben uns dafür entschlossen, unsere Gäste daran teilhaben zu lassen. Du musst nur mal auf Instagram gehen und nachlesen. Er vergeht keine Woche, in dem es nicht einen Post zu unserem Campingplatz gibt. Und quasi kaum negative. Fast alle sind begeistert und teilen wunderschöne Fotos. Das ist die beste Werbung, die wir bekommen können, und sie ist auch noch gratis. Wir müssen nichts dafür ausgeben.«

Joanna sprach mit Begeisterung, und ich merkte mit einem Mal ganz deutlich, wie sehr ihr der Platz am Herzen lag. Ich kannte die Hintergrundgeschichte nicht, doch hier war jemand, der Herzblut und Kreativität in den Aufbau des Campingplatzes gesteckt hatte. Ich verstand Christopher nicht. Weshalb sah er das nicht?

Er überging Joannas Erklärung. Ich konnte sehen, dass ihm die Antwort nicht gefiel. Sie hatte die Argumente auf ihrer Seite, wie sollte er auch gegen den Erfolg argumentieren.

»Und was soll diese Holzbühne? Die wird beim nächsten Sturm in sich zusammenfallen. Warum steht die da überhaupt? Wenn ihr schon so etwas baut und dafür Geld ausgebt, warum dann nicht richtig, damit es mehr als nur eine Saison überlebt?«

Joanna wollte erneut antworten, doch David kam ihr zuvor. Er beugte sich aufgeregt vor und schlug mit einer Faust auf den Tisch. Ich zuckte erschrocken zusammen. »Jetzt hör aber mal auf. Diese Bühne haben wir innerhalb eines Tages zusammengezimmert, und zwar, damit das Frühlingsfest hier stattfinden kann anstatt im Ort. Und wofür das Ganze? Damit wir etwas Geld sammeln konnten, um wenigstens ein paar Reparaturen durchführen zu können, um die Sympathie der Bewohner auf unsere Seite zu ziehen und damit Josie auch endlich wieder mal bezahlt werden konnte.«

Bei der Erwähnung von Josie wurde Christopher rot. Auch hier wusste ich nicht, was vorgefallen war, doch seine Reaktion auf Davids Worte war eindeutig. Er war beschämt.

»Ja, du dachtest wohl, dass du das vor uns geheim halten könntest? Oder dass Josie nichts sagt? Dann hast du dich aber geschnitten … Wie konntet ihr es nur so weit kommen lassen? Josie gehört quasi zur Familie, und ihr habt sie hängen lassen. Wenigstens um ihretwillen hätte ich versucht, den Platz wieder zu sanieren. Aber eure Pläne mit Wandertouren und anderem Schnickschnack waren wohl wichtiger, als einer Angestellten ein Gehalt auszuzahlen.«

»Hey, lass gut sein«, flüsterte Joanna und legte ihre Hand auf Davids. Dann wandte sie sich Chris zu.

»David hat recht. Clearwater Creek hat uns unglaublich geholfen und gut aufgenommen. Das Fest war ein voller Erfolg für uns und auch für die Ortschaft. Die Bühne steht allein deshalb noch, weil wir geplant hatten, jetzt im Herbst eine kleine Abrissparty zu veranstalten. Jeder, der mag, darf sich daran beteiligen, und zum Schluss machen wir daraus ein gigantisches Feuer. Die Feuerwehr hat uns dazu schon grünes Licht gegeben. Das wäre wie eine Art Gegenveranstaltung zur Feier im Frühling. Wenn es gut aufgenommen wird, dann wollten wir daraus eine kleine Tradition machen. Frühlingsfest, Herbstfest. Vielleicht nicht jedes Mal mit einer neuen Bühne …«

Erneut war ich beeindruckt und fasziniert von dem Einfallsreichtum, den die beiden an den Tag legten. »Sehr coole Idee«, entfuhr es mir. Daraufhin hob David den Kopf und blickte mich aus seinen dunklen Augen an. Seine Mimik änderte sich nicht, doch ich konnte das Lächeln in seinen Augen sehen, ein frappierender Unterschied zu seinem sonstigen Reklame-Lächeln, das nie echt auf mich wirkte. Das hier war echt. Er freute sich über mein Lob, und irgendetwas flatterte auf einmal in meiner Brust. Ich hielt den Atem an, um das Gefühl zu vertreiben, doch es verbreitete sich in meinem Bauch. Beinahe hätte ich mir die Hände daraufgelegt.

Christopher schwieg. Es waren sicher nur wenige Sekunden, nicht mehr als eine oder zwei Minuten, doch das Schweigen dehnte sich schier endlos. Ich kam mir so deplatziert vor. Ich konnte im Grunde nichts beitragen und ihnen weder helfen noch Ratschläge geben.

Plötzlich stand Christopher auf und schob seinen Stuhl achtlos nach hinten. »Ich muss nachdenken«, murmelte er und flüchtete geradezu aus der Wohnküche. Wir blieben zurück, verwirrt und in Davids Fall sichtlich verärgert. Joanna fuhr sich erschöpft mit der Hand übers Gesicht, und ihre Finger verweilten für einen Moment an der Nasenwurzel. Sie sah aus, als wären heftige Kopfschmerzen im Anmarsch. Ich konnte es nur zu gut verstehen.

»Wow!«, stieß David aus. »Das war … schräg.«

Sie lachte bitter auf. »Er hat es nicht überwunden. Überhaupt noch nicht. Er ist viel zu früh zurückgekehrt. Er ist über Gregs Tod noch lange nicht hinweg.«

»Völlig richtig, und es schmerzt mich, das mit anzusehen. Aber er lässt es an uns aus, an unserer Arbeit hier auf dem Campingplatz.« David schnaubte, doch es klang nicht genervt oder verärgert, sondern eher frustriert.

»Ich glaub, ich gehe lieber«, sagte ich und machte Anstalten aufzustehen.

»Nein, ist schon okay«, meinte Joanna. »Ich muss eh los. Bin mit Matt verabredet.«

»Und ich muss mich irgendwie abreagieren. Kommst du mit auf einen Spaziergang?«, fragte David und ließ mich nicht aus den Augen.

Ich nickte. Warum nicht? Ich hatte noch nichts von der Umgebung gesehen. »Sehr gerne.«

»Gut. Dann schließen wir für den Rest des Tages. Wenn was sein sollte, ist Christopher ja noch da. Ist ja eh sein Campingplatz.«

Joanna, die schon fast aus dem Raum war, drehte sich kurz zu ihm um und warf ihm einen vorwurfsvollen Blick zu. »Hey, jetzt lass mal gut sein.«

»Jaja, ist schon okay«, erwiderte er und hob beide Hände in einer Abwehrhaltung. »Ich habe nichts gesagt.«

»Ich hole nur noch schnell meine Jacke.«

»Dann warte ich vorne auf dich.«

Ich nickte ihm zu, dann ging ich zu meinem Zelt. Ich ertappte mich selbst dabei, dass ich hektisch in meinem Rucksack nach der warmen Fleecejacke wühlte und das flatternde Gefühl von eben sich wieder meldete. Verdammt, was wurde das denn? Ich zwang mich, tief durchzuatmen und den Rückweg nicht joggend zurückzulegen.

David wartete wie besprochen vor dem Campingplatz auf mich. »Weißt du was? Planänderung. Wir fahren runter in den Ort, ich brauche ein oder zwei Biere. Und heute Abend spielt eine lokale Band. Los, komm mit.« Er wartete meine Antwort gar nicht ab, sondern griff nach meiner Hand. Seine Hand umschloss meine fest und warm, und mich durchfuhr etwas, das ich am ehesten mit einem Blitzschlag vergleichen konnte. Ich schnappte nach Luft und gleichzeitig kam es mir vor, als würde nicht genug davon meine Lunge erreichen. Er musste es gehört haben, denn er drehte sich zu mir um, meine Hand immer noch in seiner – seltsam vertraut – und sagte: »Keine Angst, ich beiße nicht. Außer, du willst es.« Er schickte ein Zwinkern hinterher, und da war er wieder, der selbstherrliche David. Doch diesmal ignorierte ich es. Sein Lächeln war mir noch im Gedächtnis, und ich konnte es nicht vergessen.

Kapitel 9

Die Bar war gerammelt voll, und selbst vor der Tür war an ein Durchkommen kaum zu denken. Wäre ich allein hier gewesen, ich hätte auf der Stelle kehrtgemacht und wäre wieder zurückgefahren. Nicht so David. Er grüßte lässig nach links und rechts und wurde von allen Seiten zurückgegrüßt, und wie ein biblischer Held war auch er in der Lage, das Menschenmeer zu teilen. Er schlängelte sich bis zur Theke durch, nicht ohne erneut nach meiner Hand zu greifen. Diesmal war ich dankbar dafür, denn ohne diesen Rettungsanker wäre ich hilflos in der Menge untergegangen.

Er bestellte zwei Bier, ohne zu fragen, was ich trinken wollte. Ich stand hinter ihm – neben ihm war schlichtweg kein Platz mehr – und sah auf seinen muskulösen Körper, der mal wieder in einem lässigen Shirt steckte. Das blonde Haar hatte er nachlässig zu einem chaotischen Man Bun geschlungen, aus dem einzelne Haarsträhnen heraushingen.

»Hier«, sagte er und hielt mir eine mit Kondenswasser beschlagene Flasche vor die Nase. »Sie haben heute nur Bier, deshalb sorry, falls du was anderes Alkoholisches wolltest. Aber Konzerttage sind hier die Hölle, wie man sieht.« Er grinste breit, und wir stießen an. Das Bier war eiskalt und rann mir dennoch wie Feuer die Kehle hinunter. Ich sah, dass David mich beim Trinken beäugte.

»Was?«, blaffte ich. Mein Ton war schärfer als geplant, deshalb setzte ich, deutlich sanfter, nach: »Was ist? Du siehst mich so seltsam an«.

Er zuckte mit den Schultern, trank erneut und antwortete dann: »Ach, mir gefällt, wie du an der Flasche nuckelst.« Er wackelte mit den Augenbrauen, eindeutig zweideutig, und ich musste trotz allem lachen.

»Hey, ich nuckle nicht an meiner Flasche«, protestierte ich und merkte, dass es herausfordernd klang. Geradezu flirtend.

»Ach ja? Hast du dich denn schon mal selbst trinken gesehen? Hm? Also nein … Glaub mir, das machst du auf sehr interessante Weise.« Er dehnte das *sehr* betont lange, und mir wurde klar, dass er schamlos zurückflirtete.

Und warum auch nicht, schoss es mir in diesem Moment durch den Kopf. Wir waren beide Singles, und ich würde nicht ewig für ihn arbeiten. Scheiß drauf, ein bisschen harmloses Flirten würde keinem von uns wehtun. Solange es dabei blieb. Ich hatte gesehen, wie seine Wirkung auf andere Frauen war. Unter keinen Umständen wollte ich Kyle, Teil zwei, auf den Leim gehen. Das würde mir so schnell nicht wieder passieren.

»Ganz schön was los«, meinte ich und sah mich in der kleinen Bar um. Tatsächlich war es lange her, dass ich mich zuletzt in einer solchen Menschenmenge aufgehalten hatte. Gemessen an der winzigen Lokalität, die eigentlich nur aus einem großen Raum bestand, musste sich hier fast der gesamte Ort aufhalten. Jung und Alt nebeneinander, von gerade volljährig gewordenen Teenies bis hin zu bärtigen älteren Herren und Pärchen jeden Alters war hier alles vertreten. Die Luft um uns vibrierte und dampfte, und ich spürte, dass sich Schweiß auf meinem Rücken bildete.

»Halt mal kurz.« Ich gab David meine Flasche, zog die Fleecejacke aus und knotete sie über der Hüfte zusammen. Ich konnte spüren, wie sein Blick über meinen Oberkörper wanderte. Ich hatte nur ein dünnes, enges Tanktop an, das ziemlich wenig Spielraum für Fantasie ließ.

Seine Blicke ignorierend, griff ich wieder nach der Flasche. Der Versuch, möglichst wenig sexy daraus zu trinken, gelang mir auf Anhieb, denn prompt überschätzte ich die Schaumfähigkeit des Bieres, sodass ein wenig danebenging. »Verdammt!« Ich lachte und wischte mir den Schaum mit der Hand ab.

»Äußerst elegant«, kommentierte David breit grinsend, und mir wurde erneut bewusst, dass er mich nicht aus den Augen ließ. Wenige Sekunden später kam Unruhe in die Menge. Ein Grüppchen junger Männer schob sich an uns vorbei, und vereinzelte Jubelrufe und Klatschen wurden laut. Es war die Band, die sich ohne jegliche Allüren zu einem kleinen Podest in der Ecke durchkämpfte.

Danach war an eine Unterhaltung nicht mehr zu denken. Die Lautstärke, mit der die Musiker ihre Stücke vortrugen, war eher passend für eine Halle doppelten Ausmaßes, und bei einigen Passagen konnte ich die Bässe tief in meinem Brustkorb spüren. Manchmal wusste ich nicht mehr, ob ich meinen Herzschlag oder den Rhythmus der Band spürte oder ob sich beides aneinander angeglichen hatte.

Ich stand eingekeilt inmitten zahlloser anderer Gäste und wippte zum Takt der Musik mit. Nicht ganz die Richtung, die ich sonst bevorzugt hörte, aber sie waren nicht schlecht. Handgemachte Musik mit leichtem Country-Einschlag. Die Band spielte mit Herzblut und brachte die Menge zum Feiern. Gedankenverloren und ganz auf die Melodie und den Takt fokussiert tanzte ich mit.

Ich wurde jäh unterbrochen, als sich plötzlich von hinten eine Hand auf meine Hüfte legte und ich warmen Atem an meinem Ohr spürte. Erschrocken drehte ich mich um und blickte David in die Augen. Er hatte sich zu mir heruntergebeugt und schrie mir über die Menge hinweg zu: »Ob du noch ein Bier möchtest, hab ich gefragt. Ich hol mir noch eins.«

Perplex nickte ich und konnte doch nur daran denken, dass seine Lippen soeben nur wenige Millimeter von meinem Ohrläppchen entfernt gewesen waren und dass nur eine sehr, sehr dünne Schicht Baumwolle seine warme Hand von meiner Haut getrennt hatte. Als wolle mein Körper mich verhöhnen, schickte er mir verspätet einen Schauer über den Rücken, der als Gänsehaut auf meinen Armen endete. Es war heiß wie in einer Sauna hier, ich schwitzte und dennoch jagten kalte Schauer über meinen Rücken.

Zittrig holte ich tief Luft. Ich konnte es nicht verleugnen, David hatte Auswirkungen auf meinen Körper, die ich nicht unterdrücken konnte. Zweifellos. Mein Blick folgte ihm. Er hatte sich über die Bar gebeugt, sodass sein Hintern in der Jeans besonders gut zur Geltung kam. Seine Unterarme hatte er auf der Theke abgestützt, und der Stoff seines Shirts spannte an den Oberarmen. Verdammt! Er war ein optischer Leckerbissen, und das sah nicht nur ich. Immer wieder wandten sich ihm Blicke gleichaltriger Frauen zu.

Ich biss mir auf die Unterlippe. Ich sollte mit diesen Gedanken aufhören und mir Miss Riesenhut in Erinnerung rufen.

»Alles okay?«, schrie er mir zu, als er mir das Bier entgegenhielt. Ich nickte, und er beugte sich erneut vor, um nicht so schreien zu müssen. Schon wieder war sein Mund meinem Gesicht so nah, zu nah. »Du siehst etwas erhitzt aus. Sollen wir kurz rausgehen?«

Mir wurde bewusst, dass meine Wangen glühen mussten. Mir war tatsächlich sehr warm, aber ich war mir unsicher, was der wahre Grund dafür war. Ich wollte ablehnend den Kopf schütteln, doch David kam meiner Entscheidung zuvor, denn er griff abermals nach meiner Hand und zog mich einfach hinter sich her nach draußen. Etwas in mir wurde wütend. Er konnte mich doch nicht ständig hin- und herzerren und mich dorthin bringen, wo immer er wollte. Ein anderer Teil von mir packte seine Hand fester und genoss den Körperkontakt. Ich wusste nicht, welcher Teil der dominantere war.

Die Bar spuckte uns förmlich aus, und aus dem ohrenbetäubenden Lärm wurde eine ohrenbetäubende Stille. Ein leiser Piepton hallte mir in den Ohren nach, und ich hatte das Gefühl, als würde auch der Bass noch als Phantomschmerz in meiner Brust wummern. Tief sog ich die würzige Abendluft ein und kurz wurde mir schwindelig. David hielt meine Hand immer noch in seiner.

»Besser?«, fragte er. »Ich habe mir kurz Sorgen gemacht. Hatte schon Angst, du kippst mir gleich um.«

Ich starrte ihn an. Alles in mir schrie die Frage, weshalb er meine Hand nicht losließ, doch stattdessen hörte ich mich sagen: »Umkippen wäre bei der Menschenmasse gar nicht möglich gewesen. Ist es bei Konzerten immer so voll?«

Er lachte. »Nein. Es ist zwar immer ziemlich gut besucht, aber so voll habe ich es noch nie erlebt. Muss daran liegen, dass die Band aus dem Nachbarort ist. Heimvorteil.«

Er drückte meine Hand kurz, dann ließ er sie los. Fast hätte ich zugedrückt, um das zu verhindern. Meine Handinnenfläche pochte, und meine Fingerspitzen kribbelten, jetzt, wo sie nicht mehr seine Haut berührten.

»Zieh dir besser mal deine Jacke an, nicht, dass du dich hier noch verkühlst.« Seine Stimme klang fürsorglich. Tatsächlich merkte ich, dass es nicht die schlaueste Idee war, völlig überhitzt in der kalten Abendluft in nicht mehr als einem Tanktop dazustehen.

David deutete mit seiner Bierflasche auf die breite Fensterfront, vor der ein kleiner Mauervorsprung sich über die gesamte Breite entlangzog. »Sollen wir uns kurz setzen? Ich gestehe, meine Füße bringen mich heute um.« Er schickte ein schiefes Lächeln hinterher und ging dann, ohne meine Antwort abzuwarten, die wenigen Schritte bis zum Fenster. Das war wohl pathologisch bei ihm: Fragen zu stellen, ohne eine Antwort abzuwarten und sie stellvertretend für mich mitzuentscheiden. Dennoch war ich dankbar, mich kurz mal hinzusetzen. Auch mir taten die Füße weh. Putzen war körperliche Arbeit, und ich hatte schon lange nicht mehr wirklich arbeiten müssen. Mein Körper musste sich erst wieder daran gewöhnen.

Wir saßen nebeneinander, tranken ab und zu von unserem Bier, plauderten über unverfängliche Themen und beobachteten ansonsten die Gäste. Immer wieder kamen welche heraus, um sich eine Zigarette anzuzünden oder zu telefonieren.

Ich hatte gerade mein Bier ausgetrunken, als eine sehr dünne, sehr blonde junge Frau in einem sehr kurzen Rock nach draußen stolperte und sich auf ihren High Heels wenige Meter später wieder fing. Sie fummelte in ihrer winzigen Handtasche nach einer Zigarette, zündete sie mit einem glitzernden Feuerzeug an und sog dann gierig daran. Den Kopf in den Nacken gelegt, schwankte sie leicht hin und her. Sie war eindeutig betrunken. Ich beobachtete sie fasziniert.

Als ob sie meinen Blick spüren würde, sah sie zu uns herüber, dann kreischte sie »David« und kam auf uns zugestakst. »Was machst du denn hier?« Ihre Stimme war hoch und irgendwie piepsig, ziemlich nervig für meine Ohren.

David sah ihr ungerührt entgegen. »Hi, Miranda.«

»Wir haben uns ja ewig nicht mehr gesehen.« Sie baute sich vor uns auf, und ihre langen Beine sahen aus der Perspektive noch länger aus, als sie es ohnehin schon waren. Affektiert pustete sie uns den Rauch entgegen.

»Hatte viel zu tun«, meinte David und wedelte betont übertrieben den Rauch vor seiner Nase weg.

»HAHAHAHA«, machte sie, und ihr Lachen klang so gekünstelt, wie ihre langen tiefroten Fingernägel es vermutlich waren. »Immer auf Zack, unser lieber David.« Dann zog sie einen Schmollmund. Vielleicht dachte sie, dass das niedlich wirkte. »Wir sollten uns mal … wiedersehen.« Die Pause zwischen ihren Worten nutzte sie, um zweideutig die stark geschminkten Augenbrauen nach oben zu ziehen.

»Ich hab ja deine Nummer.« David wirkte immer noch ungerührt, und seine knappen Antworten schienen nun auch bei ihr endlich anzukommen. Ihr Gesicht verlor jede Emotion, und sie erwiderte frostig: »Na dann, melde dich.« Sie warf die halb fertig gerauchte Zigarette vor uns auf den Boden und trat sie mit ihren garantiert sündhaft teuren Schuhen aus. David sah wenig beeindruckt zu. Im Gegensatz zu mir. Ihr Auftritt hatte mich fasziniert, so viel Schauspielerei und Affektiertheit hatte ich schon lange nicht mehr erlebt und nicht in einem Kaff wie diesem erwartet. So konnte man sich täuschen.

»Was war denn das bitte?«, fragte ich ihn, als sie wieder in der Bar verschwunden war.

»Oh, das war nur eine alte Bekanntschaft.«

»Bekanntschaft«, echote ich zweifelnd. Das hatte nach mehr als nur einer Bekanntschaft ausgesehen.

»Sie ist Vergangenheit.« David verlagerte seinen Sitz, um mich besser ansehen zu können. Unsere Knie berührten sich fast. Ich musste mich zusammenreißen, um nicht näher an ihn heranzurutschen.

»Sie sah nach Drama und Stress aus.«

Er lachte auf. »Das sind ihre zweiten Vornamen. Aber hey, genug über sie geredet. Sie interessiert mich nicht.«

»Was interessiert dich dann?« Die Frage war mir einfach so herausgerutscht, und erneut stellte ich fest, dass sie zu herausfordernd klang. Das hatte ich gar nicht beabsichtigt, und ich hielt instinktiv die Luft an. Insgeheim schalt ich mich eine Idiotin. Was tat ich hier gerade?

Er schwieg kurz, dann zuckte er mit den Schultern. »Neues.« Ein einzelnes Wort als Antwort mit unendlichen Interpretationsmöglichkeiten. Dann stand er auf, griff sich meine leere Flasche, die ich vor mir auf den Boden gestellt hatte, und sagte: »Bin gleich wieder da.«

Sein Verhalten – und erst recht mein eigenes heute Abend – gab mir Rätsel auf. Ich atmete tief durch und versuchte, meinen galoppierenden Puls zu beruhigen. Ich sollte einen klaren Kopf bewahren, doch allmählich machten sich die zwei Bier bemerkbar. Ich war noch nie besonders trinkfest gewesen, vor allem nicht bei Bier.

Als hätte er meine Gedanken gelesen, kam David mit zwei Flaschen zurück, eine davon eine Cola. Doch statt mir die Cola zu geben, drückte er mir erneut ein Bier in die Hand. Auf meinen irritierten Blick hin grinste er nur breit.

»Hey, ich glaube, ich könnte die Cola eher vertragen als du«, jammerte ich betont gespielt.

»Das denke ich nicht. Ich muss immerhin noch fahren. Aber hey, Vorschlag: Du nimmst dieses Bier und wir gehen eine Runde um den Block. Ein wenig Bewegung und die frische Luft lassen dich schneller wieder nüchtern werden, als dir lieb ist.« Wieder das bekannte Zwinkern. Er streckte mir die Hand entgegen, um mir aufzuhelfen, doch ich traute mir und meinem Körper nicht. Ich ignorierte sie.

Wir spazierten stadteinwärts die Hauptstraße entlang. Es war ein gewöhnlicher Wochentag, und doch war viel los in Clearwater Creek. Ob es am Konzert lag oder nicht, überall traf man auf Menschen, die vor Bars, Restaurants oder Geschäften standen, miteinander plauderten oder sich auf den Heimweg machten.

Ich fühlte mich wohl in dieser unkomplizierten, lebhaften Atmosphäre. Es war ein kleiner Ort, und doch verströmte er die gleiche Stimmung wie manch deutlich größere Studentenstadt.

David machte mich immer wieder auf Kleinigkeiten aufmerksam. Ein besonders gutes Restaurant, der neu eröffnete Comicbuchladen oder das uralte Kino, in dem noch der Rauch der letzten Jahrzehnte in den Leinwandvorhängen hing. So viele Dinge, die ich als Außenstehende frühestens in Monaten, wenn überhaupt, mitbekommen hätte.

Irgendwann bogen wir ab, um letztlich in einem kleinen Park zu landen. Ein wenig belustigte mich die Tatsache, dass es hier inmitten der schönsten und wildesten Natur, inmitten der Rockies mit ihrem tiefen Grün und Bunt der Wälder, einen kleinen, akkurat gepflegten Park gab.

Er war nichts Besonderes, Buchsbäume und Blumenbeete, in der Mitte ein steinerner Springbrunnen, Sitzbänke, die sich längsseitig aneinanderreihten.

»Ich glaube, ich war noch nie hier«, bemerkte David, als wir einmal um den Springbrunnen gingen.

»Das wundert mich nicht«, antwortete ich und sah ihn an. »Warum solltest du auch, wenn du die tollste Umgebung auf dem Campingplatz hast plus unendlich viele Wanderwege drum herum.«

»Na ja, manchmal tut ein Perspektivwechsel ganz gut«, gab er zurück. »Aber du hast recht. Ich sollte dringend öfter in den Wäldern sein. Besonders, wenn ich bedenke, was ich anfangs so vorhatte.«

Mir war klar, dass er eine Reaktion von mir erwartete, und so fragte ich, tatsächlich mehr interessiert als pflichtschuldig: »Was denn?«

»Ach, mein Plan war, Naturführungen anzubieten. Bärenwanderungen, Pilze sammeln, Blätter bestimmen, so was eben. Ich bin Biologe und kenne mich ein wenig aus in der Wildnis. Aber seit ich auf dem Campingplatz arbeite, bin ich zu nichts anderem mehr gekommen als Ausbessern und Reparieren. Ich hatte schlichtweg keine Zeit, mir über solche Projekte den Kopf zu zerbrechen.«

»Du bist Biologe?«, fragte ich erstaunt. Ich hätte ihn eher in Richtung Handwerker verortet, aber das lag wohl daran, dass der Werkzeuggürtel um seine Hüften immer so selbstverständlich ausgesehen hatte.

»Ja, ich habe in Vancouver studiert und war dann die letzten Jahre eigentlich ununterbrochen im Ausland. Australien, Südafrika, zuletzt Neuseeland.«

Jetzt erinnerte ich mich an das Streitgespräch vor wenigen Stunden. Hatte er da nicht erwähnt, dass er und Joanna vor Kurzem beide nicht hier gelebt hatten? Ja, er hatte was von Neuseeland erzählt.

»Und du bist dann wegen deines Bruders hierhergekommen, richtig?« Er nickte. Ich räusperte mich kurz. »Darf ich fragen, was passiert ist? Ich meine, ich weiß, dass Christophers Mann gestorben ist, das hat er mir gestern Abend erzählt. Aber was genau ist passiert?«

Er nickte erneut, bedächtig, nachdenklich. »Es wäre vielleicht sogar gut, wenn du wissen würdest, was damals passiert ist. Immerhin hast du unseren Streit mitbekommen und arbeitest mit uns. Außerdem kennt jeder in der Stadt die Geschichte.« Er seufzte. »Greg – Christophers Mann – wurde vor knapp einem halben Jahr in seinem Auto von einem Sattelschlepper erfasst und war sofort tot. Er und mein Bruder haben den Campingplatz jahrelang allein geführt, während Joanna ihr Leben in Seattle lebte und ich unter anderem in Neuseeland war. Als wir zur Beerdigung kamen, merkten wir erst, in welchem Zustand der Platz war. Wir waren, gelinde gesagt, geschockt.«

Ich nickte mitfühlend.

»Christopher ging es gar nicht gut, und er trat quasi eine Flucht nach vorn an. Er meinte, dass ihn alles am Campingplatz an Greg erinnern würde und dass er nicht bleiben könne. Mir war klar, dass dies das Ende für Clearwater Campsite bedeuten würde, und so entschloss ich mich, meine Forschertätigkeit aufzugeben und die Leitung des Campingplatzes zu übernehmen. So lange, bis Christopher wieder da wäre.«

»Wow«, entfuhr es mir, und ich meinte es auch so. Wie selbstlos von ihm.

Als würde er meine Gedanken lesen können, lachte er kurz ironisch auf. »Es war nicht ganz so selbstlos, wie du jetzt vielleicht denkst. Zu dem Zeitpunkt hatte ich die Nase gestrichen voll von meiner Forscherlaufbahn. Immer nur Projekte für ein oder zwei Jahre und danach die Ungewissheit, ob Gelder für neue bewilligt werden. Du ahnst nicht, wie schnell das einen zermürben kann. Ich war fast schon dankbar, eine Alternative zu haben.«

»Und Joanna?«

»Lustigerweise entschied sich Joanna fast gleichzeitig dafür, ihren Job ebenfalls an den Nagel zu hängen, zumindest zeitweise. Wir zogen also beide auf den Campingplatz und haben ihn seither so gut wie nie mehr verlassen. Mittlerweile stehen wir wieder ganz gut da, und du hast ja gesehen, was so los ist. Im Frühling hätte eine Kuhherde auf unseren Zeltwiesen grasen können, so leer war es.«

»Und nun ist Christopher wieder da.«

»Nun ist Christopher wieder da«, wiederholte er geistesabwesend. »Ja, und ich weiß noch nicht, was ich davon halten soll. Ehrlich gesagt, glaube ich, er kam zu früh zurück. So froh ich auch bin, ihn gesund wieder hier zu haben – er ist noch nicht bereit dazu.«

»Der Tod seines Mannes hat ihn wohl hart getroffen?«

Davids Blick wurde nachdenklich. »Es war schlimm, ich konnte es kaum mit ansehen. Und ich verstehe es. Er fehlt mir auch, Greg war so ein humorvoller und optimistischer Mensch.«

»Das tut mir leid.« Um ein Haar hätte ich mitfühlend die Hand auf seine gelegt, doch anders als neulich bei Christopher hielt mich etwas davon ab. Stattdessen nahm ich noch einen Schluck Bier. Es war mittlerweile schal geworden, und ich schauderte bei diesem leicht ekligen Geschmack.

David bemerkte es sofort. »Ist dir kalt?«, fragte er und missdeutete mein Zittern.

»Nein, schon okay«, wehrte ich ab, doch keine Chance. Er nahm mir das Bier ab, stellte es zusammen mit seiner Flasche auf den Boden, dann hatte er seine Jacke bereits ausgezogen und legte sie mir ungefragt und in einer einzigen fließenden Bewegung um die Schultern. Eine beschützende, fürsorgliche Geste, die ich ihm nicht zugetraut hätte. Seine Hände verweilten auf dem Kragen, und Zentimeter um Zentimeter zog er mich daran näher zu sich heran, bis sich unsere Nasenspitzen beinahe berührten. Ich wagte kaum, zu atmen, und sah nichts anderes als seine dunklen Augen. Seine Hände lösten sich von seiner Jacke, nur um sich sanft an meinem Hals entlang zu meinem Hinterkopf zu bewegen und sich in meinen Haaren zu verkrallen.

Die Welt um mich herum stand still, so kitschig es auch klang, doch ich nahm nichts weiter wahr als die Wärme seiner Finger auf meiner Kopfhaut und seinen Atem an meinem Gesicht.

»Ich habe aus Christophers Verlust gelernt, das Leben mit beiden Händen zu packen«, flüsterte er rau. Er hatte *mich* mit beiden Händen gepackt, wurde mir jäh bewusst, doch dieser Gedanke verlor sich augenblicklich, als er sich zu mir herunterbeugte und seine Lippen auf meine legte. Ich war überrascht und doch auch wieder nicht. Er hatte von Anfang an Interesse gezeigt. Doch was mich tatsächlich überraschte, war, wie ich darauf reagierte. Ich reagierte auf den Druck seiner Lippen. Ich spürte, wie seine Zunge meinen Mund öffnete, und ich setzte dem nichts entgegen. Im Gegenteil, meine Zunge antwortete bereitwillig auf seine und spielte mit ihr.

Das flattrige Gefühl war wieder da, wie ein vertrauter Begleiter, und es erfüllte mich vom Haaransatz bis zu den Fußspitzen. Seine Lippen waren sanft, und er war ein geübter Küsser, das konnte ich sofort spüren. Eine Hand hatte er aus meinen Haaren gelöst und legte sie auf meinen Rücken, um mich näher an sich zu ziehen. Die andere Hand spielte in meinem Haar, an meinem Ohr und fuhr die Kontur meines Gesichts nach. Und über all dem das dominierende Gefühl seiner Lippen und seiner Zunge in meinem Mund. Er schmeckte süß, und sein Geschmack überlagerte das schale Bier, das ich noch zu schmecken glaubte.

Wir lösten uns schwer atmend voneinander. Er sah mir in die Augen, forschend, als würde er etwas darin suchen, und zog mich dann augenblicklich wieder an sich, um den Kuss fortzusetzen. Wieder wehrte ich mich nicht dagegen. Irgendwann hatte ich meine Hand unter seinem Shirt und spürte seinen glatten, harten Bauch unter meinen Fingern.

Auch seine Hand wanderte. Als sie langsam in Richtung meines Schrittes driftete, versteifte ich mich in seinen Armen und mein Gehirn übernahm wieder die Kontrolle über meinen Körper. Was. Zur. Hölle. Tat. Ich. Hier. Eigentlich? Ich versuchte, mich von ihm zu lösen, was gar nicht so einfach war, denn eine seiner Hände war immer noch auf meinem Rücken und drückte mich an ihn.

»Nein«, japste ich. »Das ist gar keine gute Idee.« Ich wand mich aus seinem Griff und atmete tief durch.

»Warum denn nicht?«, fragte er mich stirnrunzelnd. Als ich ihm nicht antwortete, verschränkte er die Arme. »Es hat dir gefallen, das kannst du nicht leugnen.«

Empört öffnete ich den Mund. Das war ganz schön … frech.

»Du brauchst es auch gar nicht zu leugnen«, setzte er nach. Grinsend. Herausfordernd. »Deine Zunge konnte von meiner gar nicht genug bekommen.«

»Also, das ist ja wohl …«, stieß ich hervor. Was fiel ihm nur ein? Ich verschränkte ebenfalls die Arme, und wie zwei Kontrahenten standen wir uns gegenüber. Der Kontrast zur Situation von vor wenigen Sekunden hätte größer nicht sein können. Der Abstand zwischen uns schien mir unendlich weit und doch nicht weit genug zu sein. »Weißt du was? Du hast recht. Küssen ist toll. Und ja, dich zu küssen war gerade toll. Aber ich hätte es nicht tun sollen.«

»Warum denn nicht?« Immer noch herausfordernd. »Was spricht denn dagegen?«

»Echt jetzt? Fragst du das wirklich?« Ich wusste nicht, ob mir nach Lachen oder Schreien zumute war. »Vielleicht die Tatsache, dass du mehr oder weniger mein Chef bist?«

Er musste lachen. »Ich bin genauso ein Angestellter des Campingplatzes wie du. Nur vielleicht ein wenig länger dabei. Aber sonst unterscheidet uns nichts voneinander.«

»Das sehe ich anders«, erwiderte ich. »Du gehörst zur Familie des Besitzers.«

»Oh, wird das hier so ein Aristokraten-Ding? Die Dienstmagd und der feine Herr der oberen Gesellschaft? Stehst du auf so was?«

Mir klappte der Mund auf. So ein … »Arschloch«, zischte ich ihm entgegen. »Du spinnst ja wohl.«

Er lachte. Wieso nur nahm er das so leicht? »Hör mal, tut mir leid, das hätte ich nicht sagen sollen. Aber es war schön gerade, und ich würde gerne da weitermachen, wo wir aufgehört haben.« Er hatte den Kopf schief gelegt und einen Hundeblick aufgesetzt, anders konnte ich das nicht bezeichnen.

»Auf keinen Fall! Ich habe gerade erst eine Beziehung beendet, und ich werde den Teufel tun …«

»Moment«, unterbrach er mich, die Hände abwehrend erhoben. »Niemand redet hier von einer Beziehung. Ich sage nur, dass wir gemeinsam ein wenig Spaß haben könnten. Wir beide.«

Natürlich war mir klar gewesen, dass David keine Partnerschaft im Sinn hatte. Sein Verhalten Miss Riesenhut gegenüber stand mir noch zu deutlich vor Augen. Und doch durchfuhr mich bei seinen Worten etwas und versetzte mir einen Stich. Etwas ziemlich Kaltes ballte sich zu einem Klumpen in meinem Bauch zusammen.

»Das habe ich auch nicht erwartet«, sagte ich und kam mir vor wie eine Lügnerin. »Es ist trotzdem keine gute Idee. Wir sollten gehen. Hier, deine Jacke, nicht, dass du dich noch erkältest.« Ich hielt sie ihm entgegen, und er griff nach kurzem Zögern achselzuckend danach.

»Okay, dann fahren wir wohl besser heim.«

Die nächste halbe Stunde wurde still, sehr still. Wir schwiegen uns an, als wir zurück zum Auto gingen, wir schwiegen uns an beim Einsteigen und wir schwiegen uns den kompletten Rückweg an. Es war unangenehm, doch ich hätte auch nicht gewusst, was wir miteinander hätten reden sollen.

Wir trennten uns auch immer noch schweigend auf dem Parkplatz. Kurz erinnerte ich mich daran, dass Joanna mir heute eigentlich einen Schlafplatz im Haus organisieren wollte, doch vermutlich hatte sie es über dem Streit mit ihrem Bruder völlig vergessen. Und es war vielleicht auch besser so. Der Gedanke, unter einem Dach mit David zu schlafen, löste zwiespältige Gefühle in mir aus, und ich wusste nicht, ob ich davor Angst haben oder mich darauf freuen sollte.

Kapitel 10

Der nächste Tag begann mit der quälenden Erinnerung an den Tag zuvor. Ich hatte traumlos und tief und fast schon wie eine Tote geschlafen, doch kaum kämpfte ich mich zum Klingeln meines Weckers aus der Mattigkeit der Nacht hervor, überfielen mich die Gedanken an Davids Lippen auf meinen.

»Scheiße«, murmelte ich. »Scheiße, Scheiße, Scheiße.« Ich bearbeitete meinen Schlafsack mit den Fäusten und hätte am liebsten laut aufgeschrien. Aber ich lag in einem Zelt, und jeder könnte den Ausbruch mitbekommen. Ich hatte keine Lust auf Aufmerksamkeit vor dem Frühstück.

Wie sollte ich ihm heute gegenübertreten? Die klassische Frage nach einem One-Night-Stand, auch wenn wir nicht miteinander geschlafen hatten. Es wäre dazu gekommen, da war ich mir sicher, wenn ich es nicht abgewiegelt hätte.

Sollte ich ihn ignorieren? Ziemlich kindisch, fand ich, und sehr auffällig. Joanna und Christopher würden doch sofort mitbekommen, dass da etwas faul war. Andererseits wusste ich nicht, wie er auf mich reagieren würde. Alles war besser, als das Schweigen von gestern Abend fortzusetzen.

Doch ich hatte mir meine Gedanken umsonst gemacht. David erschien nicht zum Frühstück. Auf meine Frage, wo er denn sei, antwortete Joanna: »Ach, er hat heute früh Notarzt gespielt. Ein kleiner Junge ist vor seinen Augen ziemlich übel gestürzt und hat sich von seinen Eltern nicht mehr beruhigen lassen. Erst als David ein Pflaster mit Dinos auf sein Knie geklebt und ihm etwas von einem tapferen T-Rex erzählt hat, der zu kurze Ärmchen hat und sich auch nicht selbst helfen kann, hat er sich beruhigt.«

Ich sah sie erstaunt an. Eine gänzlich unerwartete Seite an David, die sich hier auftat. Doch ich hatte kaum Möglichkeit, weiter darüber nachzudenken, denn Joanna fügte hinzu, deutlich strahlender: »Und er holt später Josie ab. Dann lernst du sie auch endlich einmal kennen. Sie hat es sich nicht nehmen lassen, uns heute zu besuchen. Der Arzt hat ihr zwar Bettruhe verordnet, aber sie will unbedingt sehen, wie es hier so ohne sie läuft.« Sie zwinkerte mir zu. »Das wird ein Drahtseilakt. Wir dürfen ihr auf keinen Fall das Gefühl geben, wir hätten ohne sie alles im Griff. Aber es darf auch nicht zu viel davon werden, nicht, dass sie auf die Idee kommt, gleich wieder mit anzupacken. Also nur eine homöopathische Dosis von Hilfsbedürftigkeit, bitte.« Sie lachte auf.

Ich stimmte in ihr Lachen ein. Auch Christopher war noch nicht da, und so wurde es ein gemütliches, beinahe schon freundschaftliches Frühstück unter zwei fast gleichaltrigen Frauen.

»Ach, übrigens, tut mir leid, dass wir das mit deinem Schlafplatz gestern verbummelt haben«, sagte sie und verzog bedauernd das Gesicht. »Dieser Streit gestern hat mich völlig aus dem Konzept gebracht.«

Ich winkte ab. »Ist schon okay. Ich habe auch nicht mehr daran gedacht.« Wie auch, wenn mir Davids Hände auf meinem Gesicht noch so präsent waren.

»Aber dafür habe ich jetzt eine bessere Lösung gefunden.«

»Ach ja?« Interessiert blickte ich von meiner Kaffeetasse auf.

»Ja. Ich werde zu Matt ziehen, jedenfalls bis … ach egal. Auf jeden Fall wird dadurch das kleine Zimmer oben frei. Jetzt, wo

Christopher wieder da ist, müssen wir ja auch ihn unterbringen, und er wird vermutlich sein altes Schlafzimmer haben wollen.«

»Was wird aus David? Wo schläft er?« Bevor ich hier einzog, musste ich einfach wissen, wo er sein würde.

»Er hatte ja bislang Christophers Schlafzimmer. Er quartiert sich jetzt in die kleine Abstellkammer ein, die wir ursprünglich mal für dich angedacht hatten.«

»Oh«, machte ich und war etwas verdutzt. »Wäre es denn nicht besser, er nimmt dein Zimmer, und ich bekomme die kleine Kammer?«

Sie runzelte die Stirn. »Glaub mir, da willst du nicht hin. Das ist so ein Verschlag ohne echtes Fenster. Nein, David hat damit kein Problem, ich habe schon mit ihm gesprochen. Und wir Mädels brauchen doch zumindest ein bisschen Luxus, wenn man ein Zimmer mit Blick nach draußen überhaupt als Luxus bezeichnen kann. Sieh es als Teil der Bezahlung.«

»Deal«, sagte ich und nahm mir noch eine Scheibe Brot.

Ich sah zunächst keinen der beiden Jungs – für Stunden nicht. Hinterher wünschte ich mir, es wäre dabei geblieben. Vormittags erledigte ich meine Arbeiten, mittlerweile immer routinierter. Ich stellte fest, dass mir das Arbeiten tatsächlich Spaß machte. Ich konnte meinen eigenen Rhythmus etablieren, nebenher Musik hören, und immer war die großartige Natur um mich herum, die ich während einer Verschnaufpause genießen konnte. Es hätte schlimmer sein können.

Mittags lernte ich Josie kennen. Als es Zeit wurde für einen kleinen Snack, kehrte ich in das Haupthaus zurück, und da saß sie, mit Joanna in ein Gespräch vertieft, am Holztisch.

Ich hatte sie bislang nur liegend und in einer Notsituation gesehen, deshalb war ich umso erstaunter, welche Energie und Kraft von dieser kleinen Person ausging. Sie war sicher nicht größer als eins fünfundfünfzig, und die absurd rot gefärbten Haare fielen mir auch diesmal auf. Doch dominierend war das

Gefühl von vibrierender Energie, die sie verströmte. Sie hatte ein gutmütiges Gesicht, warme Augen und eine pummelige Figur, und ich konnte mir gut vorstellen, dass sie alles und jeden bei jeder Gelegenheit an ihren mütterlichen Busen drückte.

»Du musst Emily sein«, begrüßte sie mich mit einem Strahlen auf dem Gesicht, als ich vorsichtig nähertrat. Ich wollte die beiden nicht in einem privaten Gespräch stören. So lange war ich noch nicht hier, um mich in manchen Situationen nicht immer noch als Störenfried zu fühlen.

»Nicht so schüchtern, komm ran.« Sie winkte mich heran, und ich setzte mich neben sie.

»Hallo Josie, ich habe schon von Ihnen gehört.«

Sie lachte dröhnend. »Also zuerst mal, Schätzchen« – das Schätzchen klang kein bisschen abwertend –, »wir duzen uns hier alle. Weil wir mehr oder weniger eine große Familie sind. Und du gehörst jetzt mit dazu. Und zweitens: Alle Gerüchte sind maßlos übertrieben.« Sie zwinkerte mir zu. »Ich bin viel schlimmer.«

»Das ist sie wirklich«, meinte Joanna lakonisch. »Hilf mir mal und mach ihr klar, dass du sehr gut mit dem Putzen zurechtkommst, Emily«. Sie schickte mir einen leicht verzweifelten Blick. Homöopathische Hilflosigkeit, fiel mir wieder ein.

»Oh ja, das bekomme ich schon hin. Aber vielleicht kannst du nachher mal eine Runde mit mir drehen und mir noch den einen oder anderen Tipp geben? Gerade in Haus Nummer fünf gibt's eine Stelle auf dem Fußboden, die bekomme ich schlichtweg nicht sauber. Weiß auch nicht, was diesen Fleck verursacht hat und was für Naturgesetze dafür sorgen, dass der sich einfach nicht wegwischen lässt.«

Ich konnte sehen, wie Joanna anerkennend den Daumen in die Höhe reckte. Josie hatte davon zum Glück nichts mitbekommen.

»Ach, der. Den bekommst du tatsächlich nicht mehr weg. Ich befürchte, einer der Gäste hat da Petroleum oder so etwas verschüttet. Aber ich gehe gerne mit dir rum.«

Ich konnte sehen, dass es sie freute, nicht ganz außen vor gelassen zu werden. Und ich verstand es. Es musste schlimm sein, zu sehen, dass man so schnell ersetzt werden konnte.

»Aber ich koche wieder für euch. Nächste Woche habe ich noch diesen Termin zur Nachuntersuchung bei Dr. Schreiber, aber danach stehe ich hier wieder auf der Matte. Und keine Widerworte, junge Frau«. Die letzten Worte waren klar an Joanna gerichtet, die artig nickte.

»Aber erst mal nur mittags, okay? Kein Frühstück und kein Abendessen, das bekommen wir allein hin. Emily kann mir da ja helfen.«

Jetzt nickte ich. »Aber vielleicht kannst du uns ja ein paar Rezepte dalassen?«, fragte ich, was erneut für einen unauffällig gereckten Daumen von Joanna sorgte.

Josie tätschelte mir die Hand. »Das mach ich. Ist auch alles nicht so schwer, gute Hausmannskost eben.« Ächzend stand sie auf und wehrte Joannas helfend ausgestreckte Hand ab. »Jetzt lass mal gut sein, ich will doch nur einen Kaffee holen.«

»Danke«, flüsterte Joanna mir zu, als Josie in der Küche verschwand. »Das war großartig, Emily. Genau das richtige Maß.« Wir kicherten wie zwei Schulmädchen und wurden prompt ernst, als sich Josie wieder zu uns setzte.

In der nächsten halben Stunde fragte sie mich aus: woher ich kam; wie es mich hierher verschlagen hatte; was ich von dem Campingplatz hielt; ob ich schon David und Christopher kennengelernt hatte; wie lange ich bleiben wollte. Ich versuchte, jede ihrer Fragen zu beantworten, ohne allzu viel zu verraten. Niemand musste wissen, wie ich David fand, und dass mein Ex-Freund mich hier sitzen gelassen hatte.

Joanna musste wieder ins Büro, da das Telefon sich doch immer wieder hartnäckig meldete und sie es nicht länger unbesetzt lassen wollte. Also nahm ich Josie ins Schlepptau, und wir spazierten wie angekündigt durch die Häuser. Es war eigentlich mehr ein nettes Plaudern, als dass wir wirklich über Putztipps sprachen, aber sie war eine angenehme Person, und so verging die Zeit ziemlich schnell.

Wenig später war es mit meiner inneren Ruhe dahin, und der nette Plausch vergessen. Wenn ich es mir selbst eingestehen müsste, dann würde ich das Durcheinander an Gefühlen, das mich erfasste, am ehesten als einen Mix aus Eifersucht, Ungläubigkeit, Wut und nochmals Ungläubigkeit darüber, dass ich so wütend war, bezeichnen.

Denn ich sah David. Und er war nicht allein. Schlimmer noch: Er tat das, was er, wie ich am eigenen Leib erst wenige Stunden zuvor erlebt hatte, ziemlich gut konnte. Küssen. Er küsste eine Frau, die ich noch nie gesehen hatte. Ich blieb stocksteif stehen und starrte auf die Szenerie. Er und die fremde Frau – es musste sich wieder um eine Touristin handeln – standen dicht aneinandergedrängt in der Nähe des Lagerfeuerplatzes unter einem Nadelbaum. Sie hielten sich nicht fest umschlungen, doch ihre Lippen lagen eindeutig aufeinander.

Schnell machte ich auf dem Absatz kehrt und zerrte Josie, die davon glücklicherweise nichts mitbekommen hatte, in die andere Richtung. »Kannst du mir bitte noch einen Tipp bei den Duschen geben?«, fragte ich und merkte selbst, wie jämmerlich ich mich anhörte. Meine Stimme kiekste, und Josie warf mir einen Blick zu. »Alles okay?«, fragte sie.

»Ja«, antwortete ich und hustete übertrieben. »Ich habe mich verschluckt.«

Ich ging voraus, sodass ihr nichts anderes übrig blieb, als mir zu folgen. Im Duschhaus hätte ich mich am liebsten in eine der Toiletten eingesperrt und meine kalte Wut hinausgeschrien. Es kostete mich einiges an Kraft, meine Maske aufrechtzuerhalten. In mir tobte ein Sturm, den ich versuchte, nicht nach außen dringen zu lassen. Ich hob ab und zu pflichtschuldig meine Mundwinkel, wenn Josie mir humorvoll erzählte, wie schrecklich heruntergekommen das Häuschen vor ein paar Wochen noch ausgesehen hatte. Sie kannte mich noch nicht gut genug, um das falsche Lächeln zu erkennen und meine starre Kopfhaltung richtig zu interpretieren.

Irgendwann war Josie sichtlich erschöpft, und ich begleitete sie zurück zu Joanna, wo ich mich dann unter einem Vorwand hinausargumentierte. Ich konnte jetzt keinen Menschen um mich herum ertragen. Blindlings verließ ich den Campingplatz und lenkte meinen Schritt hinaus in den Wald.

»Du blöde Kuh«, schalt ich mich laut, als ich das Gefühl hatte, dass mich niemand hören konnte. Mir war doch von vornherein klar gewesen, was für ein Typ David war. Ich hatte es doch von Anfang an gesehen. Und doch hatte mein Körper mich betrogen. Hatte mich dazu gebracht, diesen Kuss, der David absolut nichts bedeutet hatte, zu erwidern. Hatte mich dazu gebracht, an diesen wohl definierten Körper und sein attraktives Gesicht zu denken und ihn heimlich in den intimsten Momenten zu beobachten.

Kurz wünschte ich mir, ich könnte einfach abhauen und Clearwater Creek verlassen. Doch ich war pleite, würde es also nicht bis nach Hause schaffen. Ich hätte meine Eltern oder meinen Bruder anpumpen können, doch diese Blöße wollte ich mir nicht geben. Sie würden mir sofort helfen, doch ich war in einem Alter, in dem ich auf eigenen Füßen stehen sollte. Geld von Mum und Dad anzunehmen wäre der falsche Weg für mein Selbstbewusstsein gewesen.

Dieser Idiot! Erneut stand mir das Bild von ihm und der fremden Frau, die sich an ihn drückte, vor Augen. Hatten wir gestern genauso ausgesehen? Mein Gott, wie hatte ich mich ihm an den Hals geworfen. Mir wurde heiß vor Scham beim Gedanken daran. Ich war einem selbstherrlichen Frauenhelden in die Falle gegangen. Wie absolut dumm, vorhersehbar und erniedrigend, wie klischeehaft und abgedroschen. Unabhängige

Frau, die glaubt, Balzversuchen gegenüber erhaben zu sein, fällt auf typischen Casanova herein. Was für eine Schlagzeile.

Sein ganzes Verhalten hatte meine Vorurteile, die ich schon bei seinem ersten Anblick gehabt hatte, bestätigt. Ich hatte so recht gehabt, doch seltsamerweise fühlte ich mich dabei nicht besser. In diesem Fall war Recht behalten einfach nicht schön.

Ich kickte einen vor mir liegenden Stein weg und stellte mir vor, es wäre Davids Kopf. Ich war so wütend wie schon lange nicht mehr, und das erstaunte mich. Was machte mich mehr wütend? Meine eigene Reaktion auf ihn oder doch sein Verhalten? Die Tatsache, dass er einen Tag nach unserem Kuss direkt eine andere küssen musste? Die Tatsache, dass unser Kuss völlig bedeutungslos für ihn gewesen war? Oder die leise Angst, dass der Kuss für mich mehr gewesen war und eben nicht ohne Bedeutung?

Ich konnte mir diese Fragen nicht beantworten. Sie wirbelten in meinem Kopf umher und ließen mich nicht zur Ruhe kommen.

Um mich herum brachte der erste aufkommende Herbstwind die Blätter an den Bäumen zum Rauschen. Es roch intensiv nach dunkler, schwerer Erde, nach nassem Laub. Ich blieb stehen und atmete diese Mischung ein. Ich konzentrierte mich ganz auf meine Atmung und versuchte, wenigstens für diesen Moment alle Gedanken auszublenden und nur noch ein- und auszuatmen. Ein kurzer Augenblick des inneren Friedens stellte sich ein.

Natürlich war er nicht von Dauer. Ich hörte jemanden meinen Namen rufen. Eine männliche Stimme. Wenn das David sein sollte, schwor ich mir, würde ich auf der Stelle weglaufen. Ich ließ meine Augen noch geschlossen, in der Hoffnung, die Stimme würde verstummen und einfach verschwinden. Doch das geschah natürlich nicht. Es war Christopher, der auf mich zukam und schon von Weitem winkte.

Ich hatte ihn seit dem Streit mit seinen Geschwistern gestern nicht mehr gesehen. Er sah leicht übernächtigt aus, was wohl kein Wunder war bei dem emotionalen Auf und Ab seit seiner Heimkehr.

»Hey, Emily«, sagte er, als er zu mir trat und ich ihn erwartungsvoll ansah. »Ich muss mich bei dir entschuldigen für das, was gestern war. Ich hätte dich da nicht mit hineinziehen sollen.«

Ich nickte ihm vage zu. Ich war ganz seiner Meinung.

Er fuhr sich verlegen durchs Haar, eine Geste, die ihm nicht bewusst zu sein schien. »Weißt du, es war nur so, dass ich dachte, ich bräuchte Rückendeckung. Und irgendwie war mir so, als wären wir auf einer Wellenlänge.«

»Das sind wir auch. Denke ich.« Ich musste ihn angrinsen. »Auch wenn wir uns erst seit wenigen Stunden kennen.«

Er grinste verlegen zurück und sah auf einmal schrecklich jung aus, zu jung für all die Erfahrungen, die er hatte machen müssen. Er war mir tatsächlich von Anfang an sympathisch gewesen. Warum auch immer, zu manchen Menschen verspürte man instinktiv eine stärkere Verbindung als zu anderen, und Christopher wie auch seine Schwester waren in meinem Fall solche Menschen. David sperrte ich für den Moment aus meinen Gedanken aus.

»Na ja, ich hoffe jedenfalls, du nimmst meine Entschuldigung an.«

»Tue ich. Aber …« Ich hielt kurz inne. Wie sollte ich ihm schonend beibringen, dass ich der Meinung war, seine Geschwister leisteten hervorragende Arbeit auf dem Campingplatz und dass er im Unrecht war.

»Ja?« Er hatte die Augenbrauen fragend gehoben und sah mich neugierig an.

»Aber … ich weiß, du wirst es vielleicht nicht gerne hören wollen.« Ich entschied mich für einen Frontalangriff. »Aber vielleicht haben Joanna und David in einigen Punkten recht gehabt. Zumindest gibt ihnen ihr Erfolg recht.«

Er ließ die Schultern sinken. »Ich bin mir da noch nicht ganz sicher. Aber, damit alle erst einmal glücklich sind, werde ich meine Klappe halten und mich ins Tagesgeschäft zunächst nicht einmischen. Ich habe noch ein paar Dinge aufzuarbeiten. Aber über kurz oder lang muss ich die Leitung wieder übernehmen, und das wird zwangsläufig für Änderungen sorgen. Und ich hoffe, die beiden kommen klar damit.«

»Das werden sie sicher. Wenn du es bedächtig angehst und ihre Arbeit nicht schlechtmachst.«

»Versprochen.« Er hob eine Hand und machte das Zeichen für *Ich verspreche es hoch und heilig*. Damit war ich zufrieden.

»Kommst du mit zurück zum Campingplatz?«, fragte er, als wir noch eine Weile schweigend nebeneinanderstanden.

Ich schüttelte den Kopf. »Sei mir nicht böse, aber ich brauche etwas Zeit für mich. Ich gehe noch ein bisschen spazieren.«

»Okay, aber pass auf, dass dich die Bären nicht fressen.« Er zwinkerte mir zu. Faszinierend, wie unterschiedlich die beiden Brüder dies taten. Bei David wirkte es immer irgendwie flirtend, bei Christopher war es komplett unschuldig gemeint.

»Na, das sollen die mal probieren«, scherzte ich. Dann trennten sich unsere Wege, und ich setzte meinen Spaziergang fort. Es war die richtige Entscheidung, denn eine Stunde später war ich tiefenentspannt. Die klare Luft, die Farbenvielfalt des Herbstes und die Stille, die nur durch meine Schritte und Vogelgesang unterbrochen wurde, hatten wie Balsam auf meine Seele gewirkt. David hatte ich in meinem Kopf ganz weit nach hinten gepackt, von wo ich ihn so schnell nicht wieder nach vorn lassen wollte.

Und ich hielt mich an diesen Vorsatz. Ganze zwei Wochen lang.

Kapitel 11

Es waren recht ereignislose zwei Wochen. Relativ gesehen. Denn natürlich hatte ich viel zu tun, jedenfalls mehr als am Anfang. Ich putzte weiterhin die Häuser und das Duschhaus und half Joanna abends bei den Vorbereitungen für das Abendessen. Zusätzlich übernahm ich ab und zu den Telefondienst, wenn sie unterwegs war. Das war mir nur recht, denn so minimierte ich die Zeit, die ich draußen mit David hätte verbringen müssen. Denn auch ihm ging ich immer mal wieder zur Hand, wenn es etwas an den Häusern zu richten, zu streichen oder zu zimmern gab.

Mittlerweile waren die Genehmigungen für einen platzeigenen kleinen Shop da, und so verbrachten Joanna und ich mehrere lange Abende damit, zu überlegen, welche Produkte unumgänglich, welche sinnvoll und welche purer Luxus wären. Wir wollten einen guten Querschnitt anbieten, damit die Gäste länger am Platz blieben und weniger oft in den Ort fahren mussten. Sogar etwas Alkohol durften wir verkaufen, was Joanna als großen Sieg ansah.

Wir erstellten Einkaufslisten, zeichneten Pläne für die Anordnung der Regale und räumten einen gesamten Tag zu dritt eine der alten Werkstätten aus, um darin den Laden einzurichten. Wir strichen, dekorierten, putzten, entschieden, verwarfen und entschieden uns neu – es war eine intensive, arbeitsreiche Zeit, die mich vom Grübeln abhielt. Ich hatte so viel zu tun, dass ich, obwohl ich David täglich sah und oft Hand in Hand mit ihm arbeitete, nicht dazu kam, an mehr zu denken. Wir gingen freundschaftlich miteinander um, neutral-höflich in manchen Situationen, und ich achtete immer darauf, nicht allzu viel Zeit mit ihm allein zu verbringen, die nichts mit Arbeit zu tun hatte.

Gemeinsam mit Josie wurde beschlossen, dass sie die Kasse des kleinen Ladens übernehmen sollte – ein einfacher, im Sitzen zu erledigender Job, der sie nicht besonders anstrengen würde. Das Einkaufen und Auffüllen der Regale würde ich übernehmen.

So wurde aus meinem kleinen Aushilfsjob beinahe ein Vollzeitjob, doch ich hatte Spaß daran und fühlte mich mehr und mehr als Teil des Campingplatzes.

Zwischenzeitlich war ich längst von meinem winzigen Zelt ins Haus gezogen. Joanna hatte, wie angekündigt, das Zimmer geräumt und übernachtete im Ort bei Matt. Ich hingegen schlief nun Nacht für Nacht nur durch eine Wand getrennt direkt neben David. Christopher hatte sich entschieden, vorerst nicht wieder ins Haus zurückzukehren. Zu heftig waren die Erinnerungen an seinen Mann und zu groß das leere Bett. Er hatte sich eine kleine, möblierte Wohnung im Ort gemietet und kam nur sporadisch zum Campingplatz. Sein Versprechen, sich herauszunehmen, hielt er damit ein.

Es kostete mich einiges an Überwindung, so manche Nacht nicht genauer an der Wand zu lauschen. Mehr als einmal schlich sich David mit jemandem nach oben, nur unterbrochen von Kichern, das auf dem Zimmer fortgesetzt wurde. Das rhythmische Quietschen des Bettes zeigte mir eindringlich, dass er gerade »etwas Spaß« hatte. Er ließ nur selten etwas anbrennen, und das zeigte mir, dass es nur richtig gewesen war, ihn weggestoßen zu haben.

Dennoch merkte ich, wie einsam meine Nächte waren, und es gab Momente, da wünschte ich mir einen starken Arm, der um mich geschlungen war und an den ich mich hätte kuscheln können. Einen nackten Körper, der sich an mich schmiegte, und warmer Atem, der mein Ohr streifte. Meine Einsamkeit wurde mir in solchen Momenten bewusst, und auch wenn mir diese Gedanken tagsüber nicht kamen, nachts überfielen sie mich, und manchmal konnte ich sie nicht abwehren.

Trotz meiner eigenen Probleme bekam ich dennoch mit, dass es etwas gab, das Joanna bedrückte. In diesen zwei intensiven Wochen, in denen wir sehr eng miteinander arbeiteten, lachten und scherzten, lernte ich sie gut kennen, und ich würde behaupten, dass wir Freundinnen wurden. Sie ließ jedenfalls nie heraushängen, dass sie mich bezahlte und mir Obdach gab. Deshalb spürte ich wohl irgendwie, wie sie von Tag zu Tag blasser wurde und ihr sonst so energischer Schritt kraftloser.

Ich hatte einmal versucht, sie darauf anzusprechen, doch das klingelnde Telefon rettete sie, und ich dachte nicht wieder daran. Zudem gab es da einen ominösen Termin im Kalender. Der Tag war markiert ohne einen erklärenden Kommentar dazu, und es fiel mir nur deshalb auf, weil sie sonst sehr gewissenhaft damit umging. Alles hatte seine Richtigkeit, und neben dem elektronischen Kalender führte sie parallel einen kleinen Tischkalender. Der Termin war nur analog festgehalten worden, und allein das wunderte mich. Er war einfach nur schwarz ausgemalt, als würde an diesem Tag die Welt untergehen, und etwas war daran, das mir Angst machte. Noch etwas mehr als eine Woche, dann würde der Tag eintreten, doch ich traute mich nicht, es anzusprechen.

Doch heute war es noch nicht so weit. Der Tag hatte sehr trüb begonnen, und das Wetter begann langsam umzuschlagen.

Aus den schönen, goldenen wurden langsam die grauen, vernebelten Herbsttage, Tage zum Im-Bett-Bleiben, Kaffee trinken und Lesen. Doch die Arbeiten mussten gemacht werden, auch wenn die Besucherzahlen langsam zurückgingen. Noch immer standen etliche Caravans auf dem Platz und einzelne Zelte der ganz harten Kerle, die sich von keinem Wetter abschrecken ließen. Auch die Häuser waren noch gut belegt. Aber es wurde schon weniger.

Heute wollte ich das handgemalte Schild draußen mit Klarlack versiegeln, bevor es nasskalt wurde. Ich ging mit einem Pinsel und dem Eimerchen Lack auf den Parkplatz – und blieb wie erstarrt stehen.

Nur wenige Autos standen da. Aber auch wenn der Platz voll gewesen wäre, hätte ich diesen Bus jederzeit unter Tausenden wiedererkannt. Kyles Bus. Ordentlich eingeparkt zwischen einem winzigen Dreitürer und einem fast doppelt so großen Pick-up stand der rote VW-Bus meines Verflossenen. Es war eindeutig Kyles Bus, das verriet mir nicht nur das Kennzeichen, sondern die unzähligen Kleinigkeiten, die den Bus besonders machten. Die Aufkleber, die kleinen Schrammen, der Traumfänger, der am Rückspiegel baumelte, der linke Spiegel, der einen feinen Haarriss quer durch hatte.

Vorsichtig ging ich näher und spähte durch die Fenster nach drinnen. Der Bus schien verlassen zu sein. Die Vorhänge waren nicht zugezogen, sodass ich ungehindert hineinsehen konnte. Es hatte sich nichts geändert, seitdem er mich rausgeworfen hatte. Immer noch dominierte drinnen das selbst gebaute Bett. Kyles Gitarre lag darauf, auf dem Boden ein Rucksack. Eine leere Tasse stand in der Spüle und ein paar Äpfel lagen in einem Körbchen daneben. Er wohnte also immer noch im Bus.

Aber was wollte er hier? Warum war er zurückgekommen? Und wo, zur Hölle, steckte er?

In mir kämpften zwei Gedanken um die Vorherrschaft: abhauen und sich unsichtbar machen oder ihm entgegentreten und ihm die Abreibung seines Lebens verpassen. Ich hätte die Polizei rufen können, immerhin hatte er mein Geld gestohlen. Das zu beweisen wäre allerdings ein wenig kompliziert geworden. Da stand Aussage gegen Aussage, aber allein zu wissen, dass ich ihm damit Ärger machen könnte, befriedigte mich enorm. Ich war eben alles andere als ein friedfertiger, selbstloser, alles verzeihender Hippie.

Ich war immer noch unentschlossen. Ich schlich um den Bus herum, als ich ihn sah. Sie beide sah. Sie kamen aus dem Haus, vermutlich war Kyle an der Anmeldung gewesen und hatte sich nach mir erkundigt. Jetzt, wo ich beide nebeneinander sah, war ihre Ähnlichkeit noch verblüffender. Sie hätten lange verschollene Brüder sein können. Der gleiche Körperbau, die gleichen hellen Haare – Dreads beim einen, zu einem Zopf gebunden beim anderen – die gleiche Art, die mir so auf die Nerven ging. Sie bewegten sich sogar ähnlich – lässig, sorglos.

Ich hätte mich am liebsten heimlich vom Acker gemacht, aber natürlich hatte Kyle mich schon entdeckt. Ich hatte einfach kein Glück heute.

»Emily«, rief er und winkte mir zu, dann kam er näher. David blieb stehen, machte aber keine Anstalten, sich zu verkrümeln. Ich starrte ihn böse an, was er gekonnt ignorierte. Dann richtete ich den gleichen feindseligen Blick auf meinen Ex und verschränkte die Arme vor der Brust. Eindeutige Körpersprache, die selbst Kyle verstehen müsste.

»Was machst du hier?«, fragte ich anstelle einer Begrüßung.

Er sah gut aus, das musste ich neidvoll anerkennen. Seine Gesichtsfarbe war rosig, als hätte er die letzten Wochen viel draußen verbracht. Keine Augenringe, kein Gramm Fett mehr am Körper wie beim letzten Mal. Er sah nicht aus, als hätte ihm unsere Trennung schlaflose Nächte bereitet. Mieser kleiner …

Dennoch scharrte er jetzt nervös mit den Füßen im Kies des Parkplatzes und rang sichtlich um Worte.

»Also?«, hakte ich nach. »Was machst du hier? Warum bist du hier?«

»Ich …«, begann er, hielt inne und setzte dann neu an. »Ich wollte mich bei dir entschuldigen.«

Das kam überraschend, doch ich schaffte es, meine Gesichtsmuskeln unter Kontrolle zu halten. »Aha!«, sagte ich unbeeindruckt. »Okay, gehört und verstanden. Du kannst wieder fahren.« Und damit wollte ich an ihm vorbeigehen, doch seine Hand schoss vor und hielt mich am Oberarm fest. Ich schickte ihm den finstersten, kältesten und tödlichsten Blick, den ich auf Lager hatte, und zischte: »Finger weg!« Es wirkte. Er ließ mich augenblicklich los.

»Sorry, wirklich. Ich wollte dir eigentlich nur sagen … wie leid mir das alles tut. Es war ein Fehler, und ich sehe es jetzt ein.«

»Super, toll für dich und dein Seelenheil. Zisch ab!«

»Jetzt warte doch mal kurz. Hey.«

Ich beschleunigte meinen Schritt und wollte nur noch möglichst viel Platz schaffen zwischen uns.

»Ich habe dein Geld dabei.« Dieser Satz war es schließlich, der mich zum Stehenbleiben zwang und mich umdrehen ließ.

»Bitte, was?«

Wir standen uns wenige Meter gegenüber. Er holte seinen Geldbeutel aus einer Gürteltasche und zog ein dickes Bündel Geldscheine hervor, das von einem Gummiband zusammengehalten wurde.

»Hier.« Er hielt es mir hin. Und ich nahm es wortlos entgegen. Es fühlte sich mächtig und schwer an, gewichtig. Meine Ersparnisse, die ich verloren geglaubt hatte.

»Also«, begann er erneut, jetzt verlegen, auch wenn sich ein leichtes Lächeln auf seine Lippen schlich. »Möchtest du nicht wieder mit mir kommen?« Er glaubte wohl, dass er, nur weil er seine tollen Grübchen zeigte, unwiderstehlich war und ich am liebsten wieder mit ihm abgehauen wäre.

»Was?«, japste ich, tatsächlich überrascht von seinem Vorschlag. »Das meinst du doch wohl nicht ernst. Du kannst froh sein, dass ich nicht die Polizei gerufen habe. Hau bloß ab, und zwar schnell.«

Er blinzelte mich erschrocken an. Mit dieser Reaktion hatte er sichtlich nicht gerechnet. Doch ich war lange über ihn hinweg, er hatte mir nie viel bedeutet, wie ich mir letztlich hatte eingestehen müssen. Ich war froh, mein Geld wiederzuhaben, doch darüber hinaus konnte ich es kaum erwarten, die Rücklichter seines Busses zu sehen.

Ein paar wenige Sekunden noch starrten wir uns an, dann resignierte er und drehte sich mit einem Seufzer um. Ich sah zu, wie er in den Bus stieg, rückwärts ausparkte, eine kleine Wendung machte und endlich – endlich – davonfuhr. Diesmal genoss ich das Bild der Rücklichter, und für einen Moment ging es mir richtig gut.

Bis ich merkte, dass David immer noch dastand und alles beobachtet hatte. Das war vielleicht die Retourkutsche. Ich hatte ihn schon mehr als nur einmal in einer privaten Situation erwischt, jetzt war er wohl dran gewesen.

Ich hätte ihn am liebsten ignoriert und wäre an ihm vorbeigegangen, doch ich hatte immer noch Pinsel und Eimer in der Hand und eine Aufgabe, die zu erledigen war. Unverrichteter Dinge wollte ich nicht gehen. Er offenbar auch nicht, denn er blieb einfach stehen und sah mir zu.

»Ist dir irgendwie langweilig?«, fragte ich wenig später in die Stille hinein, als es langsam unheimlich zu werden drohte. Weshalb verschwand er nicht einfach?

Er ignorierte meine Frage und grinste mich süffisant an. »Dein Ex? Er sah gut aus. Wenn man auf den alternativen Typ steht.«

Ich starrte ihn an und konnte keine passende Antwort finden. Es war vermutlich sowieso besser, so etwas zu ignorieren. Ich tauchte erneut den Pinsel in den Lack und strich dann über das Schild.

Es machte David nicht viel aus, keine Reaktion zu erhalten, denn er fügte hinzu: »Ich finde ja, er sieht ein bisschen aus wie ich.«

Ich stieß meinen Atem mit einem geräuschvollen Schnauben aus. Das war doch wohl die Höhe. »Bild dir ja nichts darauf ein«, murmelte ich, mehr an mich als an ihn gewandt, aber er hatte es trotzdem gehört.

»Ich kann verstehen, dass du mich geküsst hast.« Sein Blick war herausfordernd.

Mir klappte der Unterkiefer herunter, und ich musste Pinsel und Eimer abstellen, da meine Hände zu zittern begannen. Vor Wut, verstand sich. »Sag mal, geht's dir noch ganz gut? Ich dich geküsst? Davon träumst du wohl nachts! Du hast mich geküsst!«

Er hob die Hände, besänftigend. »Na gut, okay. Ich gebe es zu. Ich habe dich geküsst.« Er betonte *Ich* und hob die Augenbrauen. »Aber du hast zurückgeküsst. Und wie …«

Ich sollte es nicht kommentieren, ich sollte darüberstehen und ihn einfach ignorieren. Doch die Wut in mir war größer. Ich ging auf ihn zu, eine Hand zur Faust geballt, mit der anderen gestikulierend. Ich musste wie eine wild gewordene Furie aussehen, doch es war mir herzlich egal. »Jetzt hör mir mal zu«, begann ich, doch ich kam nicht weit, denn er griff an meinen Oberarm – fast wie Kyle nur wenige Minuten zuvor –, zog mich mit einer einzigen kraftvollen Bewegung an sich, sodass zwischen uns kein Blatt Papier mehr gepasst hätte.

»Halt die Klappe und küss mich«, hauchte er mir zu.

Ich riss die Augen auf, erschrocken über seine stürmischen Gefühle, aber auch über die Selbstverständlichkeit, mit der er mich gepackt hatte und glaubte, einfach so über mich bestimmen zu können. Fauchend setzte ich an: »Ich will dich nicht …«

Doch er verschloss meinen protestierenden Mund mit einem Kuss. Erneut diese warmen, weichen und geübten Lippen. Erneut kurz dieses flattrige Gefühl. Doch diesmal ließ ich es nicht mit mir machen. Ich versuchte, mich von ihm zu lösen und stemmte mich mit der freien Hand, die er nicht wie in einem Schraubstock gefangen hielt, gegen seine Brust. Er war stärker als ich, und er nutzte es aus. Er musste spüren, dass ich gegen ihn kämpfte, musste meinen Widerstand bemerken, doch er ignorierte es.

Ich nutzte die Gelegenheit, als er wenige Augenblicke später die Finger um meinen Oberarm löste, weil er mit dieser Hand an meinen Rücken greifen wollte. Sofort legte ich auch diese Hand an seine Brust und hatte endlich genügend Kraft, ihn von mir zu stoßen. Ich schubste ihn regelrecht nach hinten, spürte, dass meine Hände unsanft an seinem Kinn vorbeischrammten, sodass er wenige Schritte stolperte, sich aber schnell wieder fing. Es hätte nicht viel gefehlt, und ich hätte ihm noch eine Ohrfeige gegeben.

»Du Idiot«, schrie ich ihn an, und es war mir egal, ob uns jemand hören konnte oder nicht. »Hast du sie noch alle? Was soll das? Lass mich endlich in Ruhe!« Ich atmete schwer, spürte, wie mein Brustkorb sich hob und senkte und wie mir die Hitze ins Gesicht schoss. »Wag es ja nicht, so etwas noch mal zu machen. Ich schwöre dir, ich zeige dich an, das ist mein voller Ernst.« Angewidert fuhr ich mir mit dem Handrücken über die Lippen, um seinen Geschmack loszuwerden. Zumindest bildete ich mir ein, dass es half. Mein Herz raste, und ich ballte die Hände zu Fäusten, um das unkontrollierbare Zittern zu unterdrücken. Wenn er mir auch nur einen Schritt zu nahe käme, ich würde ihm diese Fäuste ins Gesicht schmettern. Doch er bewegte sich nicht, und er sagte zunächst auch nichts. Ich hatte keine Ahnung, was in seinem Kopf vorging. Bereute er es? Sah er es ein? Oder verstand er überhaupt nicht, weshalb ich mich so aufregte?

»Sorry«, sagte er dann. Es klang nicht so, als würde er es auch so meinen. Eher wie eine Phrase.

»Wirklich«, setzte ich nach. »Was stimmt denn mit dir nicht? Es ist ja nicht so, als würdest du hier nicht genug andere Frauen abschleppen … über zu wenig Abenteuer kannst du dich ja nicht beschweren, oder?«

Er antwortete nicht auf meine provokanten Fragen, das hatte ich auch nicht erwartet, und sagte stattdessen »Sorry«. Sekundenlang kreuzten sich unsere Blicke, und mir war nicht klar, was ich in seinen dunklen Augen lesen sollte. Sie wirkten irgendwie leer, ohne jede Emotion. Dann drehte er sich einfach um und ging.

Ich muss gestehen, sein Abgang empörte mich und ließ mich beinahe noch wütender zurück als direkt nach dem Kuss. Was nahm er sich nur heraus? Er sah seinen Fehler nicht einmal ein. Keine echte Reue, keine echte Entschuldigung.

Ich musste mich setzen, da mir kurz schwindelig wurde. Was sollte ich jetzt nur tun? Wie mich verhalten? Beim Sitzen drückte mir etwas gegen den Po. Ich griff danach – es war das Bündel Geldscheine, das Kyle zurückgebracht hatte. Bedächtig blätterte ich die Scheine durch und zählte mit. Knapp tausenddreihundert Dollar – das könnte die Lösung für meine Probleme sein. Mit diesem Geld war ich quasi frei und könnte die Rückreise nach Hause bezahlen. Erst mal zurück auf den Pferdehof meiner Eltern, bis mein WG-Zimmer wieder frei wäre. Genug Zeit zum Nachdenken und neue Pläne zu schmieden. All meine Probleme wären damit gelöst. Kein David mehr.

Doch ich hatte nicht mit Joanna und ihrem Problem gerechnet.

Kapitel 12

Ich hatte mir einen kleinen Schlachtplan zurechtgelegt. Joanna würde ich erzählen, was ich vorhatte, und dann noch eine oder maximal zwei Wochen als Übergangszeit hierbleiben, um den Shop fertig mit aufzubauen und einzuräumen. Damit wollte ich die angeschlagene Josie nicht alleinlassen. Ich wusste, Joanna würde überrascht und vielleicht auch enttäuscht sein, wenn ich nach nicht einmal einem Monat wieder ginge. Zumal ich ihr die wahren Beweggründe nicht sagen wollte. Sie sollte sich nicht damit quälen, zu wissen, was für ein Arschloch ihr Bruder war und dass er der Grund dafür war, weshalb ich von hier wegwollte.

Ich räumte Pinsel und Eimer weg, wappnete mich innerlich und ging zum Haupthaus, wo ich erwartete, Joanna am Schreibtisch vorzufinden. Sie war auch da, allerdings unter dem Schreibtisch. Sie saß zusammengesunken und mit den Armen um die Knie auf dem Boden und weinte herzzerreißend. Sofort stürzte ich auf sie zu und kniete mich neben sie.

»O Gott, was ist denn passiert?«, fragte ich bestürzt und nahm bereits das Schlimmste an. Ein weiterer Todesfall in der Familie, eine schlimme Krankheit …

Sie hob den Kopf. Ihre Augen waren rot geädert, und Tränen liefen ihr über die Wangen. »S…ssorry«, kiekste sie und versuchte, Luft zu holen, was ihr nicht wirklich gelang. Ihre Nase war vom vielen Weinen verstopft, und so suchte ich erst mal ein Taschentuch, in das sie sich geräuschvoll schnäuzte, um dann erneut loszuweinen. Ich tätschelte ihr beruhigend den Rücken, fragte immer wieder, was denn los sei, oder murmelte beruhigend, dass alles wieder okay werden würde, auch wenn ich nicht die leiseste Ahnung hatte, weshalb sie so weinte.

Irgendwann hatte sie sich so weit beruhigt, dass sie nicht mehr mühsam Luft holen musste, um überhaupt am Leben zu bleiben, und auch der Tränenstrom aus ihren Augen versiegte allmählich.

»Was ist denn los?«, fragte ich noch einmal und hoffte inständig, keiner der Gäste würde hereinplatzen.

Sie strich sich eine tränenfeuchte Haarsträhne hinters Ohr. »Ach, ich weiß auch nicht so genau. Ich glaube fast, das war ein astreiner Nervenzusammenbruch.« Sie zuckte mit den Schultern und versuchte, aufzustehen. Ich half ihr dabei und blickte sie skeptisch an. Ein Nervenzusammenbruch aus heiterem Himmel? Kam sicher vor, war aber höchst ungewöhnlich.

»Wirklich?«, fragte ich sanft nach und hoffte, ihr mehr Einzelheiten entlocken zu können.

Sie setzte sich schwer auf ihren Bürostuhl und seufzte. »Sorry, dass du das mit ansehen musstest. So bin ich eigentlich nicht.«

Ja, das hatte ich auch gedacht. Sie wirkte nicht wie jemand, der beim kleinsten Gegenwind einknickte. Es musste also etwas Gewichtiges sein, das sie umwehte.

»Also, jetzt mal Klartext. Was ist los?«, fragte ich erneut, als sie ins Leere starrte und mich scheinbar wieder vergessen hatte.

Sie kämpfte sich aus ihrem Nebel heraus und blinzelte mehrfach. »Ach, okay, meinetwegen. Hier.« Sie zog den

Taschenkalender heran, schlug die nächste Wochenseite auf und deutete mit dem Finger auf den schwarz markierten Tag, der mir zuvor schon aufgefallen war.

»Hmm«, machte ich, weil mir tatsächlich nichts Besseres dazu einfiel. Mein schlechtes Gefühl hatte mich nicht getrogen. Ich hatte geahnt, dass etwas in der Luft lag. Sie war doch schon seit mehreren Tagen so bedrückt gewesen. Mein schlechtes Gewissen meldete sich kurz, als ich daran dachte, dass ich sie längst hätte fragen können und es doch nicht getan hatte.

»Ich habe ein Problem«, erklärte sie und drehte sich zu mir um. Sie saß gebeugt da, und ich konnte förmlich spüren, wie dieses Problem sie bedrückte. »Das ist der Tag, an dem ich zurück nach Seattle muss.«

»Du musst zurück?«, fragte ich erstaunt. »Warum?«

»Du kannst es nicht wissen, aber als ich damals beschlossen habe, Christopher in dieser Notsituation zu helfen, da ging ich davon aus, dass das Ganze hier ein halbes Jahr lang dauert. Sechs Monate, dann wäre er wieder da und könnte übernehmen. Für diese sechs Monate habe ich ein Sabbatical in meiner Firma genommen unter der Voraussetzung, danach wieder zurückzukehren.«

»Oh.« Erneut ein sehr geistreicher Kommentar meinerseits, aber mir wurde die Tragweite ihrer Worte erst so langsam klar. »Das heißt, du … verlässt uns?«

Erneut stiegen ihr die Tränen in die Augen. »Wer hätte denn ahnen können, dass ich mich dermaßen in Matt verlieben würde? Dass ich mich in den Ort meiner Ferienzeit verlieben könnte? Ich kann hier nicht mehr weg. Ich kann nicht getrennt von Matt sein.«

Ich schluckte und seufzte auf. »Mist! Und was passiert jetzt?«

Sie fuhr sich mit dem Taschentuch über die Augen. »Ich habe schon letzten Monat mit meiner Personalchefin telefoniert und ihr vorsichtig angedeutet, dass ich aus dem Vertrag aussteigen möchte. Sie hat mir zu verstehen gegeben, dass mich das so einiges kosten würde – im wahrsten Sinne des Wortes. Meine einzige Möglichkeit wäre es, mich aus dem Vertrag rauszukaufen. Plus Vertragsstrafe.«

»Oder?«, hakte ich zaghaft nach. Es musste doch mehr als nur diese eine Möglichkeit geben.

»Oder eben das eine Jahr, an das ich mich vertraglich gebunden habe, abzusitzen. In Seattle.« Sie holte seufzend Luft. »Das schaffe ich nicht, Emily. Nicht, wo der Campingplatz jetzt so gut läuft, nicht, wo wir so viel Herzblut und Arbeit hineingesteckt haben. Und erst recht nicht, nachdem Christopher wieder da ist. Er ist nicht er selbst, noch nicht. Es ist zu früh für ihn, hier wieder voll einzusteigen. Ich kann hier nicht weg. Und ich kann Matt nicht zurücklassen.« Sie lachte bitter auf. »Ich weiß, ich höre mich an wie ein Teenie, der zum ersten Mal verliebt ist … aber mir wird körperlich schlecht bei dem Gedanken, ohne Matt zu sein.«

Kurz durchfuhr mich ein Gefühl, auf das ich nicht sonderlich stolz war. Hier saß Joanna, war kreuzunglücklich, wusste sich keinen Rat mehr und war verzweifelt, und doch fühlte ich Neid in mir aufsteigen. Eifersucht auf das, was sie hatte: die Gewissheit, den Einen, den Richtigen für sich gefunden zu haben und an ihm festhalten zu wollen, komme was da wolle. Es war … mickrig. Ich war mickrig, dass ich so ein Gefühl zuließ, und doch konnte ich diese leise Eifersucht nicht unterdrücken. Sie war da und hielt mir vor Augen, was mir fehlte.

Ich drängte das Gefühl weg, ganz weit an den Rand meiner Empfindungen und versuchte, im Hier und Jetzt Joanna zu helfen. »Da müssen wir doch irgendetwas tun können. Um wie viel Geld handelt es sich denn?«

Sie schüttelte müde den Kopf. »Viel, viel zu viel. Fünfstellig. Das kann ich unmöglich aufbringen. Das gesamte Sabbatical-Geld ging für den Campingplatz drauf.«

»Und was ist mit Matt? Kann er … irgendwie helfen?« Ich traute mich nicht, zu fragen, ob er das Geld bezahlen könnte.

»Natürlich. Er würde den Betrag sogar bezahlen. Wir haben schon darüber gesprochen, nein, eigentlich eher gestritten. Aber das möchte ich nicht. Damit würde er seinen eigenen Traum auf die lange Bank schieben.«

Ich sah sie fragend an, sodass sie gezwungen war, weiterzuerzählen. »Er träumt davon, in Clearwater Creek ein Kulturzentrum zu eröffnen. Das Grundstück hat er schon, weitere Gelder für das Gebäude sind zum Teil auch schon organisiert. Zusammen mit seinem Ersparten wird es reichen. Wenn er das jetzt für mich ausgibt, wird es wieder Jahre dauern, bis er es zusammen hat. Das kann ich ihm nicht antun.« Erneut ein tiefer Seufzer. »Und eigentlich ist es doch nur ein Jahr. Ich könnte an den Wochenenden herkommen, in meinem Urlaub, oder Matt kommt zu mir … Seattle ist gar nicht so weit weg.«

»Ach, Unsinn«, hörte ich mich sagen. Sie hob erstaunt den Kopf. »Wieso nimmst du sein Geld nicht einfach an? Du scheinst ja wirklich schon bei dem Gedanken daran, von ihm getrennt zu sein, zu leiden.«

»So einfach ist es nicht. Er soll nicht für mich zurückstecken müssen.«

Ich runzelte die Stirn. »Gibt es vielleicht die Möglichkeit auf Arbeiten im Homeoffice?«

Sie nickte vage. »Das ist, ehrlich gesagt, mein letzter, mein einziger Strohhalm. Ich würde auch eine Verlängerung des Vertrags in Kauf nehmen. Na ja, nächste Woche fahre ich nach Seattle und kämpfe dann mit der Personalabteilung darum.«

Sie knüllte ihr Taschentuch zusammen und warf es entschlossen in den Papierkorb unter dem Schreibtisch. »Schluss jetzt mit dem Rumgeheule.« Sie lächelte mir zu. »Ich bin ehrlich froh darum, dass du hier bist. Wenn alle Stricke reißen, weiß ich, dass ich mit dir eine verlässliche Vertretung habe, die sich um vieles kümmern kann. Das nimmt einen großen Stein von meinem Herzen.«

Mir hingegen schob sich besagter Stein gerade in den Magen und blieb dort als kalter, schwerer Klumpen liegen. Wie hätte ich ihr jetzt sagen sollen, dass ich eigentlich weg von hier wollte? Das konnte ich unmöglich tun. Ich konnte Clearwater Campsite unmöglich verlassen, nicht, bevor wir alle wussten, was mit Joanna wurde.

Kapitel 13

Es war Abend geworden, und ich saß mit nackten Füßen, meine Schuhe daneben, im Gras in einer ruhigen, unbeobachteten Ecke des Campingplatzes. Ich hatte das dringende Bedürfnis, meine Gedanken zu sortieren. In meinem Kopf wirbelte alles wirr durcheinander, und ich brauchte Zeit, um das alles zu ordnen, zu etikettieren und in Schubladen zu packen. Als ich damals mit Kyle zu unserem Abenteuer losgefahren war, da war mir bewusst gewesen, dass wir viele neue Erlebnisse und Eindrücke sammeln würden. Ich hatte damals ein wenig Angst gehabt, was das mit mir machen könnte, was das auslösen würde.

Letztlich war alles hier auf dem Campingplatz viel schlimmer. Auf der Reise hatte ich fantastische Landschaften gesehen, war der Natur so nahe wie irgendwie möglich gewesen, doch menschlich hatte ich keine tiefere Bindung zu Kyle aufbauen können.

Hier war das anders. Ich war noch nicht lange hier und doch betrachtete ich Joanna und auch Christopher mittlerweile als Freunde. Ihr Schicksal war mir wichtig, und ich wollte sie nicht im Stich lassen. Sie waren das Schöne und das Gute hier.

David war … ist … ich konnte es noch nicht einmal genau benennen.

Ja, es gab etwas an ihm, das mich körperlich anzog. Er sah einfach wahnsinnig gut aus, und offenbar fiel er äußerlich genau in mein Beuteschema, wenn man die Ähnlichkeit zu Kyle in Betracht zog. Gut, das sah ich ein. Körperliche Bedürfnisse konnte ich ignorieren. Zumindest eine Weile lang. Kurz schoss mir die vage Erinnerung an dieses seltsame Gefühl, das ich im Bauch verspürt hatte, in den Kopf, doch ich verdrängte sie.

Denn da war natürlich immer noch all das, was heute Nachmittag geschehen war. Mir stieg die Hitze ins Gesicht, als ich daran zurückdachte, an den festen Griff seiner Finger um meinen Arm, seinen Körper, der sich an mich presste und diese weichen Lippen auf meinen.

Stopp! Am liebsten hätte ich es laut hinausgeschrien, doch ich wollte keine neugierigen Besucher. Ich ließ mich nach hinten fallen und starrte in den dunkler werdenden Himmel. Die ersten Sterne waren bereits zu sehen. Ich versuchte, tief durchzuatmen und das Bild von Davids Gesicht vor meinem inneren Auge zu verscheuchen. Es fiel mir schwer. Der Anblick der dunklen Augen, die mich mit einem undefinierbaren Ausdruck angeschaut hatten, ließ sich nicht vertreiben.

Denn da war noch dieser andere David. Der Teil von ihm, der echt wirkte und nur so selten zu sehen war. Der mitfühlende, warme, authentische Anteil. Trotz allem konnte ich diesen nicht verleugnen.

Was war heute nur in ihn gefahren? Es war ja nun wirklich nicht so, dass er sich über mangelnde One-Night-Stands und Kurzzeitaffären beschweren konnte. Im Gegenteil, die Häufigkeit und der schnelle Wechsel hatten mich tatsächlich erschreckt. Von meiner eigenen Single-Zeit oder der meiner männlichen Freunde kannte ich das nicht. Konnte es sein, dass er vor etwas davonlief? Oder bildete ich mir nur etwas ein, projizierte nur eine mögliche Erklärung auf ihn?

Und doch reichte ihm das offensichtlich nicht, und er kam mir erneut näher. Zu nahe und gegen meinen Willen. Ich hatte mich gewehrt, und zwar so, dass es eindeutig und erkennbar gewesen war. Er konnte sich unmöglich damit herausreden, das nicht gespürt zu haben. Und dennoch hatte er beschlossen, es einfach zu ignorieren.

Lag es daran, dass ich ihn beim ersten Mal zurückgeküsst hatte? Ich musste zugeben, ich war bei unserem ersten Kuss eindeutig scharf auf ihn gewesen. Es war leidenschaftlich gewesen, und ich erinnerte mich an das Gefühl meiner Finger auf seiner nackten Haut unter dem Shirt. In diesem Moment hatte ich definitiv mehr gewollt.

Oh ja, ich hatte an dem Abend klare Signale gesendet, doch ebenso klar waren sie gewesen, als ich ihn dann weggestoßen hatte. Und ein Nein ist immer noch ein Nein, egal was vorher war.

»Ach, verdammt«, murmelte ich. Sollte ich noch mal mit ihm reden? Ich wollte auf dem Campingplatz bleiben und helfen, bis Joannas Problem sich erledigt oder sie dafür eine Lösung gefunden hatte.

Und ich konnte David ja nicht ständig aus dem Weg gehen. Irgendwann würde selbst seine Schwester trotz ihrer Sorgen mitbekommen, dass da etwas zwischen uns nicht stimmte und am Schwelen war.

Ich schloss die Augen und versuchte, den leise aufkommenden Kopfschmerz, der sich schon den halben Tag ankündigte, durch pure Gedankenkraft zu unterdrücken. Ich konzentrierte mich auf meine Atmung, sog den intensiven Duft nach Gras und Erde tief ein und spürte, dass mein Herzschlag ruhiger wurde. Einatmen. Ausatmen. Einatmen. Ausatmen.

Irgendwann wäre ich beinahe weggedöst, hätte mich nicht etwas Nasses an die Wange gestupst. Das und der nach Hundeleckerli riechende Atem zwangen mich, die Augen zu öffnen. Smokeys riesige rosafarbene Zunge, die ihm seitlich aus dem Maul hing, war das Einzige, was ich sehen konnte. Ich konnte gerade noch verhindern, dass mir diese Zunge quer übers Gesicht gezogen wurde.

»Hey.« Ich lachte und griff in das weiche Fell des Hundes. »Was machst du denn hier?« Die Antwort bestand aus einem freudigen Hecheln und ein wenig Gesabber.

Ein Pfiff durchschnitt die heraufziehende Nacht. »Smokey! Hierher! Wo bist du denn schon wieder? Du wirst doch wohl nicht schon wieder dieses eine Kaninchen suchen, oder?«

Ich musste grinsen und kraulte Smokey weiter. »Soso, du suchst also ein Kaninchen? Ich habe keins gesehen und ich sitze hier schon eine ganze Weile, Kumpel. Sorry.«

Seine Enttäuschung war ihm nicht anzusehen. Er wedelte mit dem Schwanz und sabberte immer noch fröhlich vor sich hin.

»Na komm, dann bringen wir dich mal zu deinem Herrchen.« Ich griff nach seinem Halsband, als er sich ins nächste Gebüsch verziehen wollte, und zog vorsichtig daran. Trotz seiner Größe und seines Gewichts wehrte er sich nicht und folgte mir brav.

Ich traf Matt zwischen den Zelten, wo er sich suchend umsah. Als er mich entdeckte, seinen Hund im Schlepptau, musste er lachen. »Na, so was!« Er grinste mich breit an. »Da haben sich ja zwei gefunden.«

»Na ja, eigentlich hat er mich gefunden.« Ich grinste zurück. »Aber keine Spur von diesem Kaninchen weit und breit.«

Er grinste erneut, und ein feines Netz von Fältchen bildete sich um seine Augen. Dann wurde er ernst und das Strahlen verschwand aus seinem Gesicht. »Es ist gut, dass ich dich hier treffe.« Er hielt kurz inne. »Joanna hat mir erzählt, was heute Nachmittag passiert ist.«

Kurz stockte mir der Atem, bis mir klar wurde, dass weder Joanna noch Matt den Vorfall mit David meinen konnten. Ich nickte vorsichtig.

»Es ist ihr wirklich eine große Hilfe, zu wissen, dass du im Notfall da bist und einspringen kannst. Das nimmt ihr gerade sehr viel Druck.«

Erneut nickte ich. Sollte ich das Thema Geld ansprechen? Im Grunde ging mich das alles hier gar nichts an, aber ich konnte spüren, dass Matt besorgt war. Niedergeschlagen, trotz dieser Versuche, zu lächeln. Smokey hatte sich zu seinen Füßen gelegt und schien davon nichts mitzubekommen. Hund müsste man sein.

»Und es gibt keine Möglichkeit, wie Joanna da raus…?«

Er ließ mich nicht meinen Satz beenden, sondern unterbrach mich mit einem energischen Kopfschütteln. »Nein! Wobei, doch, die gibt es, aber diesen Weg möchte sie nicht gehen. Und ich will sie dazu auch nicht zwingen.«

Ich wusste natürlich, wie dieser Weg aussah, aber ob ihm bewusst war, dass ich die Einzelheiten kannte? Mir blieb nur übrig, mitfühlend das Gesicht zu verziehen.

Er straffte die Schultern, was ihn gleich noch größer erscheinen ließ. »Wie auch immer, vermutlich müssen wir jetzt einfach das Meeting mit ihrer Personalchefin abwarten und uns dann alles Weitere überlegen. Sollten alle Stricke reißen – wie gesagt, Joanna ist sehr froh zu wissen, dass du da bist und David nicht allein dastehen wird.«

Autsch! Da war er wieder – in meinem Bewusstsein, in meinem Kopf, dort, wo er nicht sein sollte. Ich beeilte mich, Matt zuzustimmen, und dann wollte ich nichts wie weg in mein ruhiges, abschließbares Zimmer. Die Tür zumachen, mich aufs Bett legen, vielleicht in einem der alten Bücher schmökern und die Welt vergessen. Zumindest für den Rest des Tages.

Matt schien feinfühlige Antennen zu haben, denn er versuchte nicht, mir noch ein Gespräch aufzudrücken. Er verabschiedete sich so plötzlich, wie wir aufeinandergetroffen waren, und ging mit Smokey in den Wald. Ich sah den beiden nach, wie sie im dunklen Dickicht verschwanden.

War es eine gute Idee, hierzubleiben? Ich wusste, ich konnte nicht anders, ich wusste, ich wollte Joanna nicht alleinlassen, aber war das wirklich klug von mir? Ich würde mir diese Frage heute nicht beantworten können. Ich schüttelte den Gedanken ab und ging auf mein Zimmer. Genug gegrübelt für heute.

Kapitel 14

Wir schafften es, uns die nächsten Tage aus dem Weg zu gehen. David frühstückte immer später als ich, zum Mittagssnack kam er oft überhaupt nicht, und abends griff er sich ein Sandwich, um damit unter einem Vorwand zu verschwinden. Irgendwann runzelte selbst Joanna die Stirn, kommentierte das Verhalten ihres Bruders aber nicht.

Ich ging meiner Arbeit nach – nein, ich stürzte mich schon beinahe hinein. Joanna würde morgen nach Seattle fahren, bis dahin wollten wir den Shop eröffnet haben. Viel war zwar nicht mehr los auf dem Campingplatz, aber das würde für einen ersten Test ausreichen.

David schaffte es, immer dort zu arbeiten, wo ich garantiert nicht war. Wenn ich mich morgens um die Reinigung der Hütten kümmerte, war er unterwegs, um Einkäufe zu erledigen oder sich der Grünpflege anzunehmen, die immer genau am anderen Ende des Platzes gerade notwendig wurde. War ich bei den Häusern fertig, übernahm er dort und reparierte, strich, hämmerte den Nachmittag über daran herum. Es war eindeutig, er ging mir aus dem Weg, und ich hatte nichts dagegen. Dennoch irritierte es mich, da ich es nicht gewohnt war, dass mich jemand so offensichtlich mied, und diese Irritation führte dazu, dass ich immer wieder Ausschau nach ihm hielt.

Mir graute ein wenig davor, dass Joanna uns bald, wenn auch hoffentlich nur für kurze Zeit, verlassen würde. Christopher hatte sich in den letzten Tagen ebenfalls nicht blicken lassen, und Josie durfte laut Anweisung des Arztes nur wenige Stunden pro Tag arbeiten. Der Platz würde David und mir quasi allein gehören. Eine komische Vorstellung. Eine beängstigende dazu.

Joanna frühstückte am nächsten Morgen noch mit uns, dann wollten Matt und sie aufbrechen. Sie tat ihr Bestes, um Optimismus zu versprühen, doch ich sah, dass sie ihr Brötchen mehr zerkrümelte, als es tatsächlich zu essen. Sie nippte am Kaffee, ohne wirklich zu trinken, und nur das leichte Make-up sorgte dafür, dass ihr Gesicht nicht so blass aussah, wie es wahrscheinlich in Wirklichkeit war. Matt versuchte, ein Gespräch in Gang zu halten, doch es war sinnlos. Ausnahmsweise waren heute Morgen alle da. Josie hatte die Brötchen mitgebracht, Christopher war extra aus dem Ort hergekommen und selbst David saß mit am Tisch, wenn auch am anderen Ende, so weit wie nur möglich von mir entfernt.

»Ach, Leute«, seufzte Joanna irgendwann auf. »Es wird schon nicht so schlimm werden.«

Überrascht sahen wir auf. Diese Worte ausgerechnet von ihr, die doch erst vor wenigen Tagen weinend deshalb zusammengebrochen war.

»Natürlich nicht!«, beteuerte David. »Und bis dahin halten wir hier die Stellung, nicht wahr, Emily?«

Seine Worte überraschten mich noch mehr als Joannas. Er hatte das erste Mal seit dem Kuss-Überfall, wie ich den Vorfall mittlerweile nannte, direkt mit mir gesprochen. Erstaunt zog ich die Augenbrauen hoch, warf ihm einen Blick zu, sagte jedoch: »Aber klar, wir kriegen das hin. Mach dir bitte keine Sorgen. Sieh einfach zu, dass du ganz schnell wieder hier bist.«

Sie lächelte zittrig in die Runde, sichtlich dankbar für die Rückendeckung. Eine halbe Stunde später fuhren sie auch schon in Matts großem Auto davon.

Ich räumte den Tisch ab, während die anderen sich noch eine Tasse Kaffee gönnten, bevor der Tag so richtig beginnen sollte. Es kam kein Gespräch zwischen ihnen auf, das Schweigen türmte sich im Raum auf und ließ mich flüchten. Lieber arbeitete ich, als diese deprimierende und triste Stimmung auszuhalten.

Der Tag kroch so vor sich hin. Nachmittags meldete Joanna sich kurz, um uns mitzuteilen, dass sie gut in Seattle angekommen waren. Das war auch schon das Highlight des Tages. Ich erledigte meine Arbeit, doch irgendwann war alles an Routineaufgaben abgearbeitet, und der Abend lag vor mir. Endlos. Ich schlenderte ziellos über den Campingplatz, nur um etwas zu tun, doch ich war unruhig, unzufrieden und schlecht gelaunt. Ich konnte es nicht genau definieren, aber ich spürte Niedergeschlagenheit. Vielleicht hätte ich doch nach Hause fahren sollen. Die Tiere auf dem Hof meiner Eltern hätten mich abgelenkt, und es wäre wirklich schön gewesen, mal wieder einen Tag auf einem Pferderücken zu verbringen.

Ich seufzte bei dem Gedanken. In der Ferne konnte ich das warme Licht des Lagerfeuers sehen. Auch heute saßen wohl wieder einige Gäste um das flackernde Feuer und ließen den Tag gemütlich ausklingen.

Mit einem Mal zog es mich dahin. Ich konnte den Abend allein in meinem Zimmer mit einem Buch oder vor dem Fernseher unten in der Wohnküche verbringen – oder mich zu Menschen gesellen, die ich nicht kannte, die mich aber ablenken würden. Ich wählte die Ablenkung.

Doch ich hatte mich zu früh gefreut. Keine Gäste weit und breit, obwohl genug Holz aufgeschichtet war, damit das Feuer mehrere Stunden lang brennen konnte. Stattdessen saßen

David und Christopher nebeneinander auf dem Baumstamm. Zwischen ihnen stand eine halb leere Flasche Bourbon, und als sie mich sahen, bemerkte ich, dass sie betrunken waren.

»Hey«, rief David und riss die Arme hoch. »Emily! Komm zu uns!« Seine Stimme war laut, und er schrie meinen Namen in die Nacht. Stirnrunzelnd und unsicher sah ich zu den beiden.

»Jetzt steh hier nicht so rum. Schieb deinen Allerwertesten hierher.« Auch Christopher hatte wohl ordentlich getankt. Solche Worte hätte ich von ihm eher weniger erwartet. Er sprach noch nicht lallend, trotzdem konnte er sich nicht mehr einwandfrei artikulieren.

»Na gut«, meinte ich schulterzuckend. Aber nur, wenn sie diese Flasche da mit mir teilen würden. Ein Schluck davon würde meine miese Laune vielleicht vertreiben. Keine sehr gute Idee, aber welche gute Story hatte je mit einer Limonade begonnen …?

Ich setzte mich neben Christopher, um Abstand zu David zu haben, und machte mit einer Geste deutlich, dass ich nach der Flasche verlangte.

»Wie lange sitzt ihr hier schon?«, fragte ich, dann setzte ich die bereits geöffnete Flasche an die Lippen. Kalt und dennoch warm rann mir der hochprozentige Whiskey durch die Kehle und kam augenblicklich in meinem Blutkreislauf und meinem Kopf an. Wie ein Fausthieb, und doch nahm ich einen zweiten Schluck.

»Och.« David kicherte. »Ich glaube, da war's noch hell.« Ungeduldig winkte er die Flasche wieder zu sich heran. »Wir haben auf Greg getrunken, und genau das habe ich noch mal vor. Auf dich, Greg, alter Kumpel, du fehlst mir.« Er prostete mit der Flasche einem imaginären Gegenüber zu.

Ich warf einen beunruhigten Blick zu Christopher, unsicher, was die Erwähnung seines verstorbenen Mannes bei ihm auslösen würde. Doch er hatte die Augen beinahe geschlossen, wippte leicht vor und zurück und wirkte eher stockbetrunken als traurig. Der Alkohol dämpfte offenbar alles an Emotionen.

»Los, Emily! Du hast Greg nicht gekannt, aber ich bestehe darauf, dass du auf ihn trinkst.« Auffordernd hielt David mir wieder die Flasche hin, direkt unter Christophers Nase, der davon nichts mitzubekommen schien. Schlief er etwa schon?

Ich griff die Flasche, doch für einen Moment ließ David sie nicht los. Gemeinsam hielten wir sie fest, bis er seine Finger löste, und seine Fingerspitzen meine Hand streiften. Es konnte Zufall sein – er schien seine Motorik nicht mehr allzu gut unter Kontrolle zu haben –, doch es konnte auch Absicht sein, denn der Blick, den er mir schenkte, war nur schwer zu deuten.

»Auf Greg«, murmelte ich und setzte die Flasche wieder an. Ich nippte diesmal nur, denn der Bourbon war wirklich stark und sorgte jetzt schon dafür, dass das Feuer bunter brannte und sich die scharfen Konturen der beiden Männer neben mir an den Rändern auflösten.

»Er würde vor Freude ausrasten, wenn er sehen könnte, was aus dem Campingplatz geworden ist«, sagte David wenig später in die Stille hinein, die nur durch das Prasseln des Feuers und knackendes Holz unterbrochen wurde. Ab und zu stob eine Fontäne von Funken hoch und erlosch auf ihrem Weg in den Nachthimmel. Ich konnte die Hitze des Feuers auf meinem Gesicht spüren und das Brennen des Alkohols in meinem Magen. Mir war, als wäre ich Teil des Lagerfeuers.

Ich sah zu David, der versonnen in das Feuer blickte und die langen Beine von sich gestreckt hatte. Das flackernde Feuer tauchte sein Gesicht in ein orangefarbenes Licht und nahm ihm seine sonst übliche Ungezwungenheit und Leichtigkeit. Er hatte etwas von einem antiken Helden, einer Gestalt von Shakespeare, einer tragischen Figur. Seine Augen waren dunkel, als würden sie nur aus Pupillen bestehen, ein schwarzes farbloses Etwas, das ins Nichts starrte. Die blonden Haare leuchteten glutrot und fielen ihm ins Gesicht. Die kleine Eskapade mit seinem Bruder hatte zahlreiche Strähnen aus dem Zopf gelöst, und er hatte es nicht für notwendig befunden, sie zurückzustreichen. Er sah aus, als käme er geradewegs aus einem Kampf auf dem Schlachtfeld.

Ich schüttelte mich. Gott, der Alkohol hatte es echt in sich, dass er mir solche Gedanken bescherte. Ich blickte erneut zu David, und die kitschige Vorstellung, die ich eben von ihm gehabt hatte, war verschwunden. Es war nur David, der angetrunken vor einem Lagerfeuer lümmelte und vermutlich an gar nicht so viel dachte. Er war kein tragischer Held, er war höchstens ein Frauenheld, der Grenzen missachtete und überschritt. Das hatte gar nichts Heldenhaftes. In einer Geschichte wäre er der Antiheld, der Schurke.

Christopher wachte aus seinem Halbschlaf-Delirium-Was-auch-immer auf und blickte sich orientierungslos um.

»Alles okay?«, fragte ich ihn, und er murmelte etwas Unverständliches. Sein Kopf kippte wieder nach unten.

»Ich glaube, wir sollten ihn lieber ins Bett bringen«, schlug ich vor.

David trank ungerührt. »Das sollten wir. Aber wir haben ein Problem.«

»Warum? Welches?« Ich hörte mich selbst in meinen Ohren zu besorgt an.

Er grinste mich breit und ein wenig duselig an. »Na, kannst du denn noch Auto fahren?«

»Nein, aber was hat das mit …«

»Siehst du«, unterbrach er mich wieder. »Und wie sollen wir Christopher dann heimbringen?«

Ich zuckte mit den Schultern. »Und warum kann er nicht einfach hier schlafen?«, fragte ich, seinen Tonfall nachäffend, bis mir im gleichen Moment aufging, dass das wirklich eine blöde Idee von mir war.

»Siehst du«, wiederholte er, und sein alkoholisiertes Gehirn musste das lustig gefunden haben, denn er kicherte plötzlich. »Er kann unmöglich in seinem alten Bett schlafen. Stell dir nur vor, wenn er morgen mit einem riesigen Kater aufwacht und realisiert, wo er ist.«

»Du hast recht, dummer Gedanke von mir.«

»Er könnte in deinem Bett schlafen.« Sein Tonfall war unschuldig, doch so, wie er die Augenbrauen hochgezogen hatte, wirkte es alles andere als harmlos.

»Ach ja? Mein Bett ist nicht groß genug für … Oh …« Ich musste betrunkener sein als gedacht, da mir erst jetzt auffiel, worauf er hinauswollte. »Oh nein! Das kannst du dir ja so was von abschminken. Vergiss es!« Ich funkelte ihn an, was ihn nur noch breiter grinsen ließ.

»Jetzt stell dich mal nicht so an. Ich verspreche auch, mich ganz an den Rand zu legen, die Hände über der Bettdecke und mit dem Rücken zu dir.« Er wackelte trotz dieser Worte zweideutig mit den Augenbrauen.

»Ganz sicher nicht! Ich werde nicht in deinem Bett schlafen. Da übernachte ich doch lieber im Auto.« Kurz rekapitulierte ich, welches der Häuser leer sein könnte, doch alle waren noch bis nächste Woche ausgebucht. Verdammt!

»Autsch.« David verzog gespielt das Gesicht. »Du willst also lieber im Auto frieren, als mit mir in einem warmen Bett liegen?«

»Sag mal, geht's noch?«, fragte ich und unterdrückte nur mühsam die Gedanken, die mir durch den Kopf schossen. Hatte ihn der Whiskey völlig vergessen lassen, was passiert war? Hatte er ihn vergessen lassen, dass er mir seit Tagen konsequent aus dem Weg ging? Ein wenig Alkohol, und schon verhielt er sich wieder flirtend und baggernd wie eh und je? Sein Sinneswandel machte mich beinahe schwindelig.

»Wie auch immer. Wir sollten zusehen, dass wir ihn ins Bett bringen. Außer du willst, dass er entweder hier vor dem Feuer schläft oder morgen früh einen emotionalen Schock bekommt.«

Ich wusste, dass er mich manipulierte. Dennoch hatte er recht. Christopher war eindeutig hinüber, er saß zusammengesunken da und röchelte leise. Er würde morgen definitiv einen dicken Kopf haben. Er sollte schnellstmöglich einen ruhigen Schlaf bekommen, und mein Zimmer war momentan das einzige, das passend für ihn wäre. Es war zumindest nicht das Zimmer, in dem er und Greg gemeinsame Nächte verbracht hatten.

»Okay, dann bringen wir es hinter uns«, sagte ich und stand auf. David folgte meinem Beispiel und gemeinsam, jeder an einer Seite, hakten wir Christopher unter und brachten ihn ins Haus. Wir schwankten mehr, als dass wir liefen, und das lag sowohl am Alkoholpegel der beiden Männer als auch daran, dass Christopher sich dagegen wehrte und noch länger am Feuer sitzen bleiben wollte. Er war größer als wir beide, und wir hatten unsere Not, ihn in unserer Mitte zu halten, doch irgendwann hatten wir ihn die enge Treppe in den ersten Stock hochgewuchtet und vollständig bekleidet auf meinem Bett abgelegt. David zog ihm noch die Schuhe aus, dann deckte er ihn zu, und das alles mit einer Fürsorglichkeit, die mich erstaunte. Bevor er das Licht löschte, stand er noch für einen Augenblick in der Tür und blickte auf seinen schon schnarchenden Bruder hinab. Ich konnte sein Gesicht dabei nicht sehen, doch sein Rücken wirkte angespannt, seinen Kopf hielt er aufrecht.

Dann drehte er sich wieder zu mir um, und die Besorgnis fiel von ihm ab wie ein Kleidungsstück.

»Ich glaube, ich brauche jetzt einen Kaffee«, murmelte er, dann stolperte er die Treppe wieder hinunter.

»Ja, das glaube ich allerdings auch«, antwortete ich leise, doch das konnte er natürlich nicht mehr hören. Ich folgte ihm nach unten in die Wohnküche und beäugte das schmale Sofa, das an der Wand in der Nähe des selten benutzten Fernsehers stand. Es dürfte lang genug für eine Nacht sein. Irgendwo würde ich sicher noch eine Decke finden.

David rumorte in der Küche herum, fluchte vor sich hin und hätte fast eine Tasse fallen lassen. Er schien den Kaffee nicht zu finden.

Ich seufzte melodramatisch auf, dann sagte ich: »Ach, setz dich schon, ich mach dir deinen Kaffee.«

Er ließ sich das nicht zweimal sagen, plumpste schwerfällig auf einen Stuhl und legte den Kopf auf seine Unterarme. Vermutlich würde er einschlafen, noch bevor der Kaffee fertig war. Doch ich täuschte mich. Als ich eine dampfende Tasse mit zwei Stück Zucker und etwas Milch, so wie er seinen Kaffee gerne trank, vor ihm stellte, schlug er ein Auge auf und verfolgte meine Bewegungen. Hellblonde Strähnen fielen ihm übers Gesicht, und für einen winzigen Moment hatte ich das unwiderstehliche Bedürfnis, sie ihm nach hinten zu streichen. Vermutlich würde er davon morgen früh nichts mehr wissen, doch ich hielt mich zurück und setzte mich stattdessen ebenfalls an den Tisch. Ich hatte mir eine kalte Cola aus dem Kühlschrank geholt und nippte daran.

David setzte sich auf, fuhr sich kurz mit der Hand an den Kopf und trank dann seinen Kaffee.

»O Gott, keine gute Idee«, grummelte er, dann grinste er mich entschuldigend an. »Nichts gegen deine Kaffeekochkunst – hihi, was für ein geiles Wort: Kaffeeeee-kooooch-kuuuunst, hihihi –, aber Kaffee auf Whiskey schmeckt zum Kotzen.« Er imitierte ein Würgegeräusch und verdrehte die Augen. Ich musste lachen. Er war eindeutig betrunken, nicht so schlimm wie sein Bruder, aber definitiv heute zu nichts mehr zu gebrauchen.

»Ich glaube, du bist der Nächste, der ins Bett sollte.«

Bereitwillig nickte er. »Aber nur, wenn du mich da hinbringst«, nuschelte er und versuchte, noch mal zu grinsen.

Jetzt war es an mir, die Augen zu verdrehen. Gab dieser Kerl denn nie auf?

»Schau, ich kann kaum geradeaus laufen.« Er stand auf und tat so, als würde er wie bei einer Polizeikontrolle auf einer imaginären geraden Linie gehen müssen. Er übertrieb total und lief absurde Schlangenlinien. »Siehst du? Wie soll ich so allein ins Bett finden. Du wirst mir helfen müssen, sonst falle ich noch die Treppe runter.«

Gegen diese Logik war ich machtlos und auch gegen den Hundeblick, den er mir zuwarf.

»Na gut, du Nervbacke. Dann aber los, ich würde dann auch gerne noch zum Schlafen kommen.«

Ich hakte ihn unter und zog ihn die Treppe hoch.

Das Doppelbett in seinem Schlafzimmer war groß genug, damit Christopher dort mit ihm hätte schlafen können, doch ich verstand, dass das keine gute Idee gewesen wäre. Der Raum hatte so gar nichts von David, soweit ich das beurteilen konnte. Überall stand Deko herum, die ich nicht im Schlafzimmer eines Hetero-Mannes erwarten würde: Schalen mit Potpourri, große Kerzen auf schimmernden Untersetzern, ein stilvoll-ästhetisches Bild definitiv homoerotischen Inhalts an der Wand. Wie konnte David sich hier nur wohlfühlen? Wie konnte er in dieser Umgebung nur Frauen verführen? Oder fanden einige es vielleicht sogar reizvoll oder hielten ihn für einen Schwulen, den sie für eine Nacht umkrempeln konnten?

All diese wahnwitzigen Gedanken schossen mir durch den Kopf, als ich ihn in das Zimmer bugsierte. David ließ sich mit einem Ächzen aufs Bett fallen und blieb quer darauf liegen.

»Ähm ja, dann gute Nacht«, sagte ich.

»Warte, warte, warte«, stöhnte er und wackelte mit einem Fuß, an dem er noch seinen Sneaker trug. »Ich glaube, das kriege ich nicht alleine hin.«

»Oh Mann«, murmelte ich, doch ich zog ihm die Schuhe ab. Er lag immer noch quer über dem Bett und lächelte dümmlich vor sich hin.

»Kannst du mir bei dem Rest auch noch helfen?«, nuschelte er und versuchte, sich in eine sitzende Position aufzuraffen.

»Ganz sicher nicht«, antwortete ich und sah von oben auf ihn herunter. Seine Haare hatten sich mittlerweile komplett aus dem Zopf gelöst und standen verwuschelt in alle Richtungen.

Er verzog beleidigt das Gesicht und stand schwankend auf. »Dann mach ich das eben selbst«, jammerte er und wollte sich den Pullover über den Kopf ziehen. Er hatte jedoch sowohl seinen Alkoholpegel als auch seine Koordinationsfähigkeit unterschätzt und stolperte über seine Füße. Ich stürzte auf ihn zu und konnte ihn gerade noch auffangen und verhindern, dass er auf den Boden knallte.

»Huch«, machte er und hielt sich an mir fest.

»Alles okay?« Ich sah ihm taxierend ins Gesicht. Würde ich ihm einen Eimer neben das Bett stellen müssen?

Er wich meinem Blick aus. Stattdessen zog er mich in die Arme und hielt mich eng an sich gedrückt.

»Hey«, protestierte ich, doch meine Stimme wurde an seiner Brust abgedämpft. Er hatte mich fest umschlungen. Das konnte doch nicht wahr sein! Würde er erneut versuchen, mich zu küssen? Ich versuchte, mich aus seinem Griff zu befreien, doch seine Stimme – seine Lippen – direkt an meinem Ohr flüsterte: »Bitte … lass mich dich kurz festhalten.«

Ich erstarrte in seinen Armen und versteifte mich. Was passierte hier? Es war so anders als bisher. Er machte keine Anstalten, mich zu küssen, er bewegte sich überhaupt nicht. Er packte mich nur fester, als würde er mich in sich hineinziehen wollen. Ich hörte, wie er tief einatmete, die Nase in meinem Haar vergraben, die Hände fest und warm auf meinem Rücken. Ich war so eng an ihn gedrückt, dass ich nicht einmal meine Hände gegen seine Brust drücken konnte, um ihn wegzustoßen.

Wir mussten minutenlang so dagestanden haben. Ich konnte sein Herz schlagen hören, konnte spüren, wie es gegen meine Wange, die an seine Brust gedrückt war, pochte. Ich konnte seinen Duft riechen, eine Mischung aus Whiskey, einer Spur Moschus und einem Männerparfüm, die sich zu einer Kombination verband, die sich in mein Gehirn einbrannte. Ich konnte ihn atmen hören, konnte seine Hände spüren, seine Wärme, seine Haare, die mein Gesicht kitzelten und sich wie ein blonder Schleier vor meine Augen legten.

Ich wagte kaum, zu atmen. Die Zeit schien einzufrieren, ich nahm nichts weiter wahr außer ihm, und gleichzeitig rasten meine Gedanken. Was machte er da nur? Sein Griff war fest und warm und hatte doch auch etwas Verzweifeltes, wie ein Ertrinkender, der sich an eine Rettungsboje klammerte und hoffte, nicht unterzugehen.

Irgendwann löste er sich von mir. Er lockerte den Griff, und es war wieder Platz zwischen uns. Ohne mich anzusehen und ohne etwas zu sagen drehte er sich um und legte sich ins Bett.

Ich stand noch für einige Augenblicke im Raum und spürte, wie seine Wärme von mir abfiel, wie mir immer kälter wurde und die Erinnerung an seine Hände das Einzige war, was ich noch fühlen konnte.

Kapitel 15

Natürlich schlief ich furchtbar in dieser Nacht. Das Sofa war hervorragend geeignet, um einen Abend mit Chips und Popcorn vor dem Fernseher zu verbringen. Es war aber überhaupt nicht geeignet, um nachts darauf zu schlafen. Natürlich drehten sich meine Gedanken unaufhörlich um David, der nur ein Stockwerk über mir seinen Rausch ausschlief. Natürlich ging mir seine Umarmung nicht aus dem Kopf.

Ich träumte wirr, wachte auf, wälzte mich und besagte Gedanken, schlief erneut für wenige unruhige Minuten ein und wachte wieder auf. Es war der Horror. Als der Morgen trübe begann, war ich müder als am Abend, und vermutlich sah ich schlechter aus als die beiden Männer, die allen Grund dafür gehabt hätten.

Ich warf die dünne Decke von mir, die ich mir gestern noch aus dem Abstellraum geholt hatte, und tappte barfuß in die Küche. Dieser Tag verlangte nach einem Kaffee, der Untote würde wiedererwecken können. Stark, schwarz, bitter und sofort – so brauchte ich ihn jetzt.

Während ich darauf wartete, dass der Kaffee durch den Filter in die Kanne tropfte, starrte ich blicklos durch das Fenster nach draußen und nahm doch nichts wahr. Ich wurde einfach nicht schlau aus David. Er benahm sich so … unvorhersehbar. Immer wieder überraschte er mich mit seinem Verhalten. Ich hätte darauf gewettet, dass sein benebeltes Ich mich hätte küssen wollen. Doch nein, er hatte mich umarmt, als würde es kein Morgen mehr geben, als würde er mich nie wieder loslassen wollen. Ich hätte nicht sagen können, wann mich das letzte Mal jemand auf diese Weise im Arm gehalten hat. War mir das überhaupt jemals zuvor passiert?

Ich fuhr mir müde übers Gesicht und strich mir das wirr abstehende Haar nach hinten. Der Kaffee war endlich durchgelaufen. Der erste Schluck schmeckte furchtbar, der zweite war kaum besser, doch beim dritten merkte ich, wie sich das Koffein durch meinen Körper arbeitete und meine Lebensgeister weckte. Ich wusste nicht, wann die beiden nach ihrer Eskapade gestern aufstehen würden, dennoch deckte ich den Tisch fürs Frühstück und toastete ein paar Scheiben Vollkornbrot. Einsam aß ich zwei Scheiben. Josie würde erst mittags wieder hier sein, und vermutlich würde ich von David und Christopher auch nicht früher etwas mitbekommen.

Was auch egal war, ich hatte genug zu tun. Da Joanna nicht da war, hatte sie mir aufgetragen, mich um den Auszug zweier Familien aus den Hütten zu kümmern. Zusätzlich sollte ich ab und zu einen Blick in die Mails werfen und sie beantworten.

Ich räumte meinen Teller gerade in die Spülmaschine, als David schlaftrunken und definitiv verkatert die Treppe heruntergeschlichen kam. Er sah übernächtigt aus, hatte Augenringe, eine fahle Gesichtsfarbe und hätte eine Dusche gut vertragen können. Dennoch wurde mir schlagartig bewusst, dass ich immer noch halb nackt in der Küche stand. Ich hatte nur ein überlanges Shirt an, das gerade so meinen Po bedeckte und ansonsten freien Blick auf meine Beine zuließ. Sein Blick heftete sich auch prompt auf meine Beine.

Er kommentierte meinen Aufzug nicht, auch wenn ich spürte, dass seine Blicke immer wieder zu mir huschten.

»Kaffee?«, fragte ich ihn anstelle einer Begrüßung. »Vielleicht schmeckt er dir ja heute …«

Er trat zu mir, und ich konnte die Reste von zu viel Whiskey riechen. Er brauchte definitiv eine Dusche. »Literweise, bitte.«

Ich hielt ihm die Tasse hin, dann beobachtete ich ihn beim Trinken. Er wirkte zwar verkatert und müde, aber nicht so, als wäre ihm sein Verhalten von gestern peinlich. Oder auch nur bewusst. Ich hatte das vage Gefühl, dass er die Umarmung vergessen hatte, dankbar verloren in einem Filmriss. Sollte ich mich glücklich darüber schätzen oder es bedauern?

»Christopher ist noch nicht wach, oder?«, fragte er, als er seinen ersten Kaffee intus hatte.

Ich schüttelte den Kopf. »Ich habe noch keinen Mucks von ihm gehört.«

»Vielleicht sollte ich mal nach ihm sehen?«

Skeptisch verzog ich das Gesicht. »Ich weiß nicht … ich würde ihn einfach schlafen lassen. Hoffentlich bekommt er keinen Schock, wenn er realisiert, dass er hier übernachtet hat.«

David schenkte sich Kaffee nach. »Er wird es überleben.«

Sein trockener Kommentar überraschte mich. Gestern war er noch voller Besorgnis um seinen Bruder, heute überging er ganz lapidar meine Befürchtungen. Aber vielleicht hatte er auch einfach Kopfschmerzen und war mies gelaunt. So wie er sich die Finger gegen die Schläfe drückte, lag es nahe, dass da ein tiefes Hämmern zu verspüren war.

»Brauchst du was gegen die Kopfschmerzen?«, fragte ich und schaffte es, den süffisanten Unterton zu unterdrücken. Dennoch grinste ich leicht, was ihm natürlich auffiel.

Er grinste zurück. »Danke, aber ich hab mir schon oben im Schlafzimmer eine eingeworfen. Warte gerade darauf, dass sie wirkt.«

Ich lachte auf, dann spitzte ich die Ohren. Hatte ich nicht jemanden dort oben rumoren gehört? Christopher musste ebenfalls wach sein. Wie schafften die beiden es nur, kaum später als ich aufzustehen trotz der Tatsache, dass sie sich gestern ganz schön betrunken hatten?

Wenig später kam Christopher herunter und sah kaum besser aus als sein Bruder. Als sie sich anschauten, brachen sie in Lachen aus.

»Das habe ich ja seit Jahren nicht mehr gemacht«, japste Christopher und wirkte überhaupt nicht so, als hätte er durch die Übernachtung in seinem alten Zuhause bleibende Schäden davongetragen. Vermutlich hatten wir uns viel zu viele Sorgen gemacht. »Ich habe das Gefühl, früher etwas mehr vertragen zu haben. Puh … oh, Kaffee … her damit.«

Er stürzte sich ebenfalls auf das schwarze Gebräu. Seine Tasse wurde nur noch halb voll, sodass ich nochmals eine Kanne mit der gleichen starken Mischung aufsetzte.

Wir setzten uns an den alten Holztisch und wärmten uns die Finger an den Tassen.

»Ich habe mir Gedanken gemacht«, sagte Christopher unvermittelt. Unsere Köpfe ruckten hoch, und wir sahen ihn an. Er hielt seinen Blick auf die Kaffeetasse gerichtet, als wäre dort etwas, das ihn nicht losließ. »Ich kann mich nicht länger heraushalten. Ich brauche nicht nur eine Aufgabe, etwas, um den Tag zu füllen, ich möchte auch wieder den Campingplatz übernehmen.«

David starrte ihn an. »Übernehmen«, echote er, und etwas in seiner Stimme alarmierte mich.

Christopher hüstelte. »Das ist vielleicht ein etwas hartes Wort. Ich möchte wieder mitmachen, mithelfen, mit dabei sein. Dinge mitentscheiden und gestalten.«

David nickte langsam. »Und wie stehst du zu den ›Neuerungen‹?« Er malte mit den Fingern Anführungszeichen in die Luft, dann lehnte er sich mit verschränkten Armen zurück. Klare Körpersprache. Er war vorsichtig, taktierend, auf der Hut. Und er würde von seinem Standpunkt nicht abweichen.

Christopher ließ sich mit der Antwort Zeit. Er schwenkte den Kaffee in seiner Tasse und blickte dann auf. »Ehrlich, ich weiß es noch nicht. Es gibt einiges, das mir nicht gefällt.« Als David ihm ins Wort fallen wollte, hob er die Hand. »Warte doch mal kurz, lass mich bitte aussprechen. Das bedeutet nicht, dass ich jede eurer Veränderungen zurücknehmen möchte. Ich muss nur über einige Dinge nachdenken.«

»Dann denk so lange nach, bis Joanna wieder hier ist.«

Ich beschloss, mich auszuklinken und zu verschwinden. Ich ahnte, wohin das Ganze wieder steuerte, nämlich in einen ähnlichen Streit wie vor Kurzem, und darauf hatte ich nun wirklich keine Lust.

»So, ich sollte mal langsam mit der Arbeit anfangen«, verkündete ich und stand umständlich auf.

David folgte überraschenderweise meinem Beispiel. »Das sollte ich auch. Aber davor muss ich dringend duschen. Ich rieche wie ein Iltis.«

»Ich wollte nur nichts sagen«, witzelte ich, um die Stimmung aufzulockern. Es klappte. Beide Männer grinsten, und das schwierige Thema von eben schien zumindest für den Moment abgehakt zu sein.

Ich spulte mein tägliches Putzprogramm ab, schaute immer mal wieder im Haus nach dem Rechten und den Mails, und half Josie später im zukünftigen Laden.

Es war erst später Nachmittag, als die Lage eskalierte. Ich war im Haus, hatte die Tür weit geöffnet, da sich die Sonne zeigte und die Luft noch angenehm warm war. Ein paar Mails hatten sich im Laufe des Tages angesammelt – Reservierungsanfragen für das kommende Frühjahr, Nachfragen zu den Hütten, Fragen zu Preisen –, die ich jetzt am Stück beantworten wollte. Kurz dachte ich an Joanna, die sich noch nicht gemeldet hatte. War das jetzt ein gutes Zeichen, weil alles okay war, oder ein schlechtes? Ich dachte gerade darüber nach, als ich von außen Geschrei hörte. Zuerst nahm ich an, dass sich dort zwei Personen über den Parkplatz etwas zuschrien. Dann merkte ich, dass dort draußen ein Streit losbrach. Zwei Personen brüllten sich an – männliche Stimmen, eigenartig vertraut.

Augenblicklich schoss ich nach oben, den Stuhl hätte ich beinahe umgerissen. Das waren doch David und Christopher! Ich zögerte nicht lange, ließ alles stehen und liegen und rannte hinaus.

Und tatsächlich. Wie zwei Krieger standen sie sich unversöhnlich gegenüber. Lustigerweise hatte Christopher einen Akkuschrauber in der Hand und wie eine Waffe erhoben. David stand ihm gegenüber – unbewaffnet –, aber mit einer Wut, die ihm deutlich ins Gesicht geschrieben war.

»Hör auf damit!«, schrie er in dem Moment, in dem ich dazwischenging.

»Was ist hier los?«, fragte ich und blickte zwischen beiden hin und her.

Keiner von ihnen antwortete mir. Die Luft zwischen ihnen war zum Schneiden dick.

»Was ist passiert?«, fragte ich erneut und wurde ebenfalls wütend. Warum ignorierten sie mich?

»Das kannst du ihn fragen«, antwortete David mir endlich und deutete auf seinen Bruder. »Frag ihn, was er vorhat, obwohl er doch erst heute früh gesagt hat, er würde nichts anrühren.« Vorwurfsvoll sah er ihn an.

Mir schwante so allmählich, was Christopher vorgehabt hatte … der Akkuschrauber in seiner Hand, die kleine Trittleiter vor dem neuen Schild mit den Infos zu den Social-Media-Kanälen.

»Nein«, flüsterte ich. »Du wirst doch wohl nicht wirklich …«

»Oh doch«, unterbrach mich David. »Genau das hatte er vor.« Er ging an mir vorbei und wollte nach dem Werkzeug in Christophers Hand greifen. Dieser jedoch, deutlich größer als sein Bruder, streckte den Arm nach oben, sodass David nicht dran kam. Für einen Moment fühlte ich mich in meine Kindheit zurückkatapultiert: Hatte mein Bruder nicht genau das Gleiche gemacht, wenn er ein Stück Schokolade nicht mit mir teilen wollte?

»Sagt mal, wie alt seid ihr eigentlich?«, schimpfte ich deshalb und wurde nun wirklich wütend. Das konnte doch alles nicht wahr sein. Kaum war Joanna aus dem Haus, da benahmen sich die beiden, als wären sie wieder zwölf. »Hört auf mit dem Scheiß!«

Ich funkelte sie an. Davids Gesicht hatte tatsächlich einen reumütigen Ausdruck. Christophers hingegen war nicht so leicht zu lesen. Er wirkte entschlossen, und ich hatte keine Ahnung, was in seinem Kopf vorging. »Mach das bitte nicht«, sagte ich zu ihm. Er war so still, bisher hatte er nicht einen Ton von sich gegeben.

»Greg hätte es gehasst. Er hasste den ganzen Internetkram und konnte damit nichts anfangen«, sagte er schließlich, ließ aber das Werkzeug sinken und legte es dann aus der Hand.

Ich trat näher an ihn heran, wollte diese emotionale Distanz zwischen uns auch körperlich verringern. »Das glaube ich nicht. Ich kannte Greg zwar nicht, aber ich bin mir sicher, dass er alles, was dem Campingplatz geholfen hätte, gutgeheißen hätte. Diese Idee von Joanna hat euch so sehr geholfen – ja wirklich! Euer Platz ist dadurch schnell bekannt geworden. Das ist was Gutes. Bitte, lass das Schild dort dran.«

Ich konnte sehen, dass Christopher die Fäuste ballte und etwas sagen wollte. Aber er schwieg, und seine Schultern sackten herab. Ich erkannte, dass er sich – zumindest für diesen Moment – geschlagen gab. Blieb nur die Frage, für wie lange.

Ganz anders David. Er war gerade erst warmgelaufen und verschränkte nun kampflustig die Arme vor der Brust. »Verrate mir doch mal, warum genau das Thema Social Media so ein Aufreger für dich ist … Emily hat recht: Diese Strategie hat uns enorm geholfen, und ausgerechnet darauf reagierst du so heftig. Warum?«

Christopher begegnete seinem aggressiven Blick ungerührt, aber dennoch intensiv. Statt einer Antwort beugte er sich zu seinem Werkzeug hinab, hob es auf und klemmte sich die Trittleiter unter den Arm. Dann ging er ohne ein weiteres Wort.

David wäre ihm gefolgt, hätte ich ihm nicht beruhigend eine Hand auf die Schulter gelegt und ihn davon abgehalten. Der wütende Blick, den er für Christoph aufgespart hatte, galt nun mir.

Eilig nahm ich die Hand wieder weg und trat einen Schritt zurück. Distanz! Ich brauchte Distanz zu dieser Aggressivität. »Schon gut«, murmelte ich und wich seinem Blick aus. Was mischte ich mich eigentlich da ein? Dieser Streit der beiden Brüder ging mich doch im Grunde genommen gar nichts an. Bald würde ich von hier verschwinden, und dann könnten die beiden sich in der Luft zerreißen, und mir wäre es egal. Sollten sie doch ihren Erfolg verspielen. Es war nicht mein Bier.

»Sorry. Tut mir leid.«

Seine Worte waren leise, und doch hörte ich den Ernst aus ihnen heraus.

»Ich wollte dich nicht … Sorry.« Er fuhr sich müde mit den Händen übers Gesicht. »Er macht mich nur so wahnsinnig, dass ich ihn erwürgen könnte. Sieht er denn nicht, dass wir hier alle für den Erfolg des Campingplatzes kämpfen? Ich verstehe ihn einfach nicht.«

Frustriert warf er die Hände in die Luft und ließ sie dann resigniert wieder sinken. Er strahlte eine Müdigkeit aus, die nicht nur vom Schlafmangel und Alkoholkonsum herrührte.

Meinen Entschluss fasste ich sehr spontan. Die Idee war urplötzlich in meinem Kopf, ohne dass ich Einfluss darauf gehabt hätte. Kurz zögerte ich, wälzte den Gedanken hin und her. Dann sagte ich zu ihm: »Warte einen Moment hier, ich bin gleich wieder da.«

Ich lief ins Haus zurück, schnappte mir den Generalschlüssel, der neben dem Laptop lag, und war heilfroh, dass Christopher in der Küche bei einem Kaffee saß und ich ihn nicht quer über den Platz suchen musste.

»Hier«, sagte ich und warf ihm die Schlüssel scheppernd auf den Tisch neben seine Tasse. Er hob erschrocken den Blick und wollte etwas sagen, doch ich kam ihm zuvor.

»Da du es anscheinend nicht mehr abwarten kannst, hier die komplette Kontrolle zu übernehmen … da sind die Schlüssel. Die Gäste in den Häusern Nummer fünf und neun ziehen heute aus. Du musst also noch den Rest abkassieren und eine Quittung ausstellen und dann putzen. Ach, und nicht vergessen, ab und zu nach den Mails zu sehen und verpasste Anrufe zurückzurufen, Joanna wird sonst fuchsteufelswild. Sie nimmt das sehr genau. Und Josie kommt heute Mittag und kocht, du musst dir also nichts selbst machen.«

Ich machte auf dem Absatz kehrt und wollte schnellstmöglich das Haus wieder verlassen.

»Hey!« Seine Stimme mit dem leichten Hauch von Verständnislosigkeit und Verzweiflung ließ mich noch mal umdrehen. »Was habt ihr vor?«, fragte er mit weit aufgerissenen Augen und deutlich sichtbarer Überforderung.

»Wir?«, antwortete ich. »Wir streiken heute. Du bist ja offenbar der Meinung, hier alles allein entscheiden zu können, also kannst du den Laden auch mal einen Tag allein wuppen.«

Und mit einem Lächeln auf den Lippen, das er nicht sehen konnte und sollte, verließ ich die Küche.

David hingegen sah es und warf mir einen fragenden Blick zu, kommentierte es aber nicht.

»Hast du die Autoschlüssel dabei?«, fragte ich stattdessen. Er nickte perplex, woraufhin ich die Hand ausstreckte. Er runzelte kurz die Stirn, dann holte er den Schlüssel aus seiner Hosentasche.

»Na los, rein mit dir ins Auto«, kommandierte ich ihn herum und war selbst erstaunt, dass er meinen Befehlen ohne eine Frage folgte. Erst als ich das Auto vom Parkplatz steuerte, brach er sein Schweigen. »Was machen wir gerade?« Er schien amüsiert, aber auch ein wenig skeptisch und irritiert.

Ich lächelte ihn an. »Wir streiken.«

Er hob die Augenbrauen. »Ach, wir streiken also?« Dann lachte er laut auf. »Wir streiken!«, rief er belustigt. Dann wandte er sich mir zu, kindliche Freude auf seinem Gesicht. »Und was genau machen wir im Streik? Eine Protestaktion organisieren? Plakate malen und damit auf dem Campingplatz auflaufen? Unterschriften sammeln? Molotowcocktails basteln?« Seine Stimme wurde verschwörerisch leise.

Nun musste ich lachen. »Oh nein, das macht doch alles gar keinen Spaß. Wir machen heute etwas, das ich schon ewig nicht mehr gemacht habe, und du sicher auch nicht.«

»Und was?«

Ich warf ihm einen schnellen Blick zu. »Wart's ab. Ich verrate nichts.«

»Oh Mann«, sagte er und verschränkte gespielt beleidigt die Arme vor der Brust. »Wenn du mich zur Maniküre oder zum Friseur schleppst, bringe ich dich um.«

»Hmm … gute Idee … ich hatte zwar etwas anderes vor, aber dein Vorschlag gefällt mir fast besser … hey, aua.«

Er hatte mich in den Oberarm geboxt, natürlich nur andeutungsweise, doch es hatte mich überrascht. Mein Plan schien bereits jetzt schon aufzugehen. David wirkte gelöster.

»Zur Strafe verrate ich erst recht nichts. Gedulde dich noch ein wenig, wir sind bald da.«

Er brummelte etwas vor sich hin, schien sich jedoch mit seinem Schicksal abgefunden zu haben. Er stellte das Radio an und summte selbstvergessen vor sich hin. Zum Glück für ihn hatte er keinen Spruch bezüglich autofahrender Frauen vom Stapel gelassen. Entgegen meiner Ansage, wir wären bald da, brauchten wir doch eine Weile. Ich kannte die Gegend nicht und hatte mich verfahren, sodass wir einen Umweg machen mussten. Da ich ihm nicht verraten wollte, wohin wir fuhren, konnte ich auch seine Hilfe nicht annehmen. Er kommentierte meine Irrfahrt nicht.

Als wir auf den Parkplatz fuhren und uns ein surreal-gigantisch großes Plastik-Streifenhörnchen mit einer Sonnenbrille und einem frechen Grinsen entgegenblickte, lachte David laut auf. »Wir gehen in den Zoo?«, fragte er ungläubig.

»Ganz genau, wir gehen in den Zoo.« Joanna hatte mir erst kürzlich von ihrer Idee erzählt, eine Kooperation mit dem Zoo zu starten. Vergünstige Tickets bei einer Übernachtung oder so etwas in der Richtung. Ich hatte das nicht mehr genau im Kopf, aber was ich mir gemerkt hatte, war der Zoo. Ich parkte das Auto, zog den Schlüssel ab und wandte mich an David. Er sah aus, als würde er vor Lachen gleich in Tränen ausbrechen. Doch er unterdrückte es und zwinkerte mir dann zu. »Coole Idee«, meinte er und stieg dann aus.

Ich hielt es ebenfalls für eine gute Idee. Durch den Reiterhof meiner Eltern kannte ich die beruhigende, teilweise sogar therapeutische Wirkung von Tieren auf Menschen. David hatte sicher keine Therapie nötig, doch seine Laune war im Keller und seine Energievorräte aufgebraucht. Ein Tag im Zoo bei halbwegs gutem Wetter, mit all den Tieren, die sich abwechselnd niedlich, possierlich, tollpatschig oder schlichtweg überraschend verhielten, würde ihn auf andere Gedanken bringen.

Ich jedenfalls freute mich sehr drauf. Mein letzter Zoobesuch lag schon so lange zurück, dass ich mich gar nicht mehr erinnern konnte, mit wem und wann ich dort gewesen war.

Wir lösten zwei Tickets, stellten fest, dass jetzt – in der Woche und zudem der Nebensaison – außer uns kaum jemand den Zoo besuchte, und schnappten uns eine Übersichtskarte.

»Och, Schneeleoparden«, sagte David verzückt und deutete auf einen Bereich, der sich am anderen Ende zum Eingang befand. »Lass uns dorthin gehen.«

Ich lachte. »Jetzt mal langsam. Wir gucken uns alles an, keine Panik. Auch die Schneeleoparden.«

Er hüpfte übertrieben von einem Bein aufs andere. »Bekomme ich dann auch einen von diesen Flamingo-Luftballons?« Seine betont kindliche Stimme ließ mich erneut lachen. Er deutete auf einen Verkaufsstand, an dem neben heliumgefüllten Tierluftballons auch die obligatorischen Stofftiere, Postkarten, Schlüsselanhänger und Eis verkauft wurden.

»Wenn du keinen Ärger machst und nicht quengelst, bekommst du vielleicht einen Luftballon«, antwortete ich, ebenfalls gespielt streng wie eine Mutter zu ihrem ungezogenen Sprössling.

»Ich werde ganz brav sein«, versprach er mit großen Augen und nickte mir brav zu.

»Na, das werden wir noch sehen.« Ich zog ihn weiter.

Unsere erste Station war die Robbenanlage. Grunzende Geräusche und der überwältigende Geruch von verwesendem Fisch und Algen erwarteten uns. Dennoch blieben wir fasziniert stehen, denn die Robben hatten Nachwuchs. Ein Junges mit seidig glattem Fell und den charakteristisch großen Augen und sehr niedlichen Barthaaren rollte sich selbstvergessen von einer Seite auf die andere, was ich nur mit quietschig hohen Begeisterungslauten kommentieren konnte. Auch David war fasziniert und beugte sich interessiert über die Absperrung.

»Du weißt, dass ich von dir als Biologe eigentlich eine Führung erwarte, oder?«, sagte ich.

Er verdrehte dramatisch die Augen. »Oh ja, und weil ich Biologie studiert habe, kenne ich natürlich jedes einzelne Tier auf dieser Welt. Ist mal wieder typisch.« Doch er grinste. »Schön wär's. Aber leider habe ich mich irgendwann mal auf Käfer und Vögel spezialisiert.«

»Wow!«, sagte ich. »Waaaaahnsinnig spannend.« Das brachte mir erneut einen Knuff ein.

»Ja, es ist wirklich spannend. Auch wenn ich gestehe, dass mich die großen Säuger auch schon immer interessiert haben. Aber die sind bereits so gut erforscht, da gibt es kaum wissenschaftliches Neuland. Und niemanden, der bereit ist, Forschungsgelder dafür lockerzumachen.«

Wir schlenderten an den Robben vorbei zu einer Kolonie von Pinguinen. Einer watschelte unbeholfen von einer Ecke in die nächste und stieß immer wieder seine Artgenossen an, die es stoisch hinnahmen oder schnatternd und wütend darauf reagierten.

»So einen hätte ich ja gerne daheim.« David lachte. »Der würde mir den ganzen Tag quer über den Campingplatz folgen, und ab und zu würde ich ihm einen Fisch hinwerfen.«

»Aha, da kommt die Liebe zu den Vögeln wieder durch.« Ich grinste ihn an, ehrlich belustigt über die Vorstellung, dass so ein kleiner Kerl von einer Hütte zur nächsten watscheln und David beim Reparieren zusehen würde.

»Ja, scheint wohl so zu sein. Ich finde sie faszinierend. Flugunfähig, aber im Wasser unglaublich elegant. Monogame Beziehung ein Leben lang. Kolonien bildend.« Er zählte die Punkte mithilfe seiner Finger auf, und kurz war mir so, als hätte er bei dem Punkt mit der Monogamie eigenartig gestockt.

Der kleine, agile Typ ließ in diesem Moment ein stinkendes, flüssiges Etwas auf die Felsen platschen. »Puh, das wäre dann die negative Seite, die du verschweigen wolltest.« Ich wedelte mit der Hand vor meiner Nase herum. »Ganz schön charakteristische Note. Wenn das mal nicht die Reservierungen in die Höhe schießen lässt.«

David zuckte vergnügt mit den Schultern. »Okay, mein Plan ist vielleicht nicht ganz so ausgereift, wie ich dachte. Wie wäre es denn mit so einem?«

Er deutete auf das Freiluftgehege der Giraffen, die sich direkt daneben befanden. Wir schlenderten dorthin und beobachteten drei der langhalsigen Grazien, wie sie von einem Futterkorb an einer langen Stange naschten.

»Na ja, zumindest würdest du nie wieder eine Leiter brauchen, wenn du mal was am Dach reparieren musst. Und Baumpflege erübrigt sich von allein. Wobei … ob Giraffen Nadelbäume mögen? Irgendwie bezweifle ich das.«

»Na gut, erwischt, auch kein so toller Plan. Vielleicht sollte ich mir etwas Realistischeres einfallen lassen. Esel zum Beispiel? Oder Alpakas.«

Ich klatschte in die Hände. »Alpakas! Gar nicht mal so dumm. Es gibt doch mittlerweile sogar Alpaka-Wanderungen.« Ich warf David einen Blick zu. »Jetzt mal im Ernst: gar keine so abstruse Idee. Gerade für Kinder mit Familien würde sich das super anbieten. Die Alpakas können als Transporttiere verwendet werden, und die Kinder lernen direkt Verantwortung für ein Tier. Das könnte man auch für Schulklassen anbieten, dann hätte man nicht nur in den Ferienzeiten etwas davon.«

David schaute nachdenklich drein. »Hmm«, machte er. »Eigentlich war das nur ein Scherz, aber irgendwie gefällt mir die Vorstellung. Wobei … so ein Tier braucht ja auch Pflege und Futter und eine Wohnung …«

Ich musste prusten. »Wohnung?«, echote ich. »Und du willst Biologe sein?«

Er lachte ebenfalls. »Na gut, Stall. Nennen wir doch die Wohnung für ein Tier einfach einen Stall, einverstanden?«

»Einverstanden, du Wortkünstler.«

Wir beobachteten die Giraffen noch eine Weile beim Fressen, bis ich ebenfalls Hunger verspürte.

»Was hältst du von einer Mittagspause? Ich gestehe, mein Magen gibt gleich Geräusche von sich.«

»Hervorragende Idee. Ich zahle. Keine Widerrede!«, fuhr er mir über den Mund, als ich protestieren wollte. »Das ist der Dank für deinen Überraschungsausflug, okay?«

Es gab ein kleines Café an einem See, in dem tatsächlich, passend zu den Ballons am Eingang, Flamingos auf einem Bein herumstanden und unentwegt die Köpfe drehten. Wir suchten einen Platz auf der Terrasse und entschieden uns für Pommes mit Currywurst. Ein Klassiker im Zoo, der Kindheitserinnerungen weckte. Hatte ich im Zoo jemals etwas anderes gegessen?

Die Wurst war fettig, die Pommes noch viel mehr und die Soße eigenartig trüb, doch wir ließen es uns mit Heißhunger schmecken und vertilgten alles in Windeseile. David seufzte wohlig und lehnte sich zurück, eine Hand auf dem Bauch. »Das war gut. Der ganze Tag war gut.« Er warf mir einen Blick zu. »Eine Superidee, einfach zu türmen. Das sollte ich öfter machen.«

Ich nickte vage und tunkte ein letztes Stück Pommes in den Ketchup.

Wenig später angelte sich David meine Hand. Ich blickte überrascht auf, als er mich hochzog. »Jetzt aber ab zu den Schneeleoparden.« Er strahlte mit der Begeisterung eines Fünfjährigen. Er ließ meine Hand nicht los und zog mich hinter sich her. Ich war verdutzt, aber ich erwiderte seinen festen Griff und ließ es zu.

Die Schneeleoparden hatten ein gigantisches Gelände für sich allein und waren im ersten Moment nicht zu sehen. »Wo sind sie denn?«, fragte ich, woraufhin David seine Hand aus meiner löste und in eine Ecke zeigte. »Da hinten, guck mal, da liegt zumindest schon mal einer. Laut Infotafel sind es zwei, aber den Zweiten habe ich auch noch nicht entdeckt.«

Wir äugten in das Gehege, bis wir den zweiten Leoparden plötzlich sahen. Er drehte eine Runde und folgte dabei einem deutlich ausgetretenen Pfad, der sich wie ein großes ovales O einmal an den Grenzen des Geheges entlangzog.

»Armer Kerl«, kommentierte David, als wir das Tier dabei beobachteten, wie es zum wiederholten Male die gleiche Strecke zurücklegte.

»Er sieht tatsächlich nicht sehr glücklich aus«, sagte ich. »Auch wenn es sehr faszinierend ist, ihn zu beobachten.«

David zuckte mit den Schultern und seufzte. »Der Preis für unsere Neugierde. Ich bin bei Zoos immer hin- und hergerissen. Einerseits bin ich egoistisch genug, mich daran zu erfreuen – ich stehe einfach auf Großkatzen aller Art –, andererseits weiß ich natürlich, erst recht als Biologe, was Gefangenschaft mit Tieren anstellen kann.«

Ich warf ihm einen Blick zu. »Hey, jetzt nicht Trübsal blasen. Ich will dich hier glücklicher mitnehmen, als ich dich hergebracht habe.«

Er erwiderte meinen Blick. »Dafür braucht es keine Tiere. Das hast du auch so schon geschafft.«

Ich konnte den Ausdruck in seinen Augen nicht deuten, auch weil er sich schnell wieder abwandte und erneut den beiden Katzen zusah, wie sie sich gegenseitig ignorierten. Wir standen eng beieinander, ohne uns zu berühren. Dennoch hatte ich das Gefühl, dass die Seite, die ihm zugewandt war, vor Hitze glühte. Ich konnte ein Prickeln spüren und zog mir die Ärmel meiner Strickjacke, die ich nach dem Essen hochgekrempelt hatte, wieder bis zu den Handgelenken. Ich hatte Angst, dass eine Gänsehaut, eine ziemlich einseitige, mich irgendwie verraten könnte.

Doch David beachtete mich gar nicht. Im Gegenteil, mir war, als würde er betont von mir wegsehen, mir beinahe ausweichen, auch wenn unsere Körper nur durch wenige Zentimeter getrennt waren.

Die Schneeleoparden hatten sich zu einem Mittagsschlaf hingelegt. »Ich glaube, hier passiert nicht mehr viel. Sollen wir weiter?«, fragte David, und ich nickte ihm zu.

Wir entschieden uns für die Aquarien, auch weil David gelesen hatte, dass dieser Zoo einer der wenigen war, der tatsächlich einen lebenden Nautilus beherbergte. Ich wusste weder was ein Nautilus war noch warum es eine Besonderheit sein sollte, ihn im Zoo zu sehen.

Die Aquarien befanden sich in einem modernen Neubau aus viel Holz und noch mehr Glas und empfingen uns im Inneren mit einem dämmrigen, unwirklich erscheinenden Blau.

»Wow!«, entfuhr es mir flüsternd, da ich mich nicht traute, in dieser friedlichen Stimmung und der Atmosphäre von Ruhe und träger Gelassenheit laut zu sprechen. Sphärische Musik schwebte durch den Raum, ganz unaufdringlich und doch irgendwie sehr bewusst.

»Wahnsinn«, sagte nun auch David. »Das sind Walgesänge. Hör mal.«

Wir lauschten einträchtig. Ich konnte es mir kaum vorstellen, doch das, was ich für esoterisch angehauchte Musik gehalten hatte, die man auch gut als Hintergrundkulisse für Yogastunden hätte verwenden können, war wohl tatsächlich tierischen Ursprungs.

»Wale wären übrigens meine bevorzugte Forschungsrichtung gewesen, aber das hat leider nie so ganz geklappt.« Er verzog bedauernd das Gesicht. Die Reflexionen des Lichts im Wasser wanderten als Schatten über sein Gesicht, das wie alles um uns herum in Blau getaucht war. Ich war völlig gefangen von dieser eigenartigen Atmosphäre und blickte fasziniert in die bunten Unterwasserwelten voller Fische, Korallen, Algen und Schildkröten.

»Oh, den kenne ich.« Ich deutete auf einen kleinen orangefarbenen Fisch.

David verdrehte die Augen und seufzte übertrieben auf. »Lass mich raten: Nemo.«

Ich strahlte ihn an. »Ja! Und da hinten habe ich Dory gesehen.«

»Grmpf«, entfuhr es ihm, doch dann musste er lachen, bevor er mir einen kleinen Vortrag über die Vergesellschaftung von diversen Fischarten und Korallen und Anemonen erzählte.

»Jetzt aber mal ab zu diesem Nautikus.«

»Nautilus.« David lachte und zog mich mit. »Da hinten.« Wir blieben vor einem kleineren Aquarium stehen, in dem ein fremdartig wirkendes Wesen fast bewegungslos vor sich hin trieb. Mit seinen Tentakeln sah es beinahe aus wie ein …

»Tintenfisch?«, fragte ich David.

»Völlig richtig erkannt. Der Nautilus gehört zur Familie der Tintenfische, aber – und jetzt kommt seine Besonderheit – er ist sozusagen ein lebendes Fossil, also eine Tierart, die sich über Jahrmillionen der Erdgeschichte hinweg kaum verändert hat. Wie eine Art Blick in die Vergangenheit.«

»Oh«, bemerkte ich tiefsinnig und betrachtete den Calamari-Verwandten näher. Er sah nicht besonders possierlich aus mit seinem großen, dominanten Auge an der Seite und dem eingerollten, gestreiften Gehäuse, doch seine Fangarme fand ich dafür ziemlich niedlich.

»Und warum genau ist er jetzt etwas Besonderes im Zoo? Ist er so selten geworden?«

David schüttelte den Kopf. »Nein, eigentlich nicht. Aber er lebt bevorzugt in der Tiefsee und dieses ökologische Fenster künstlich nachzubilden, ist ziemlich schwierig. Es gibt weltweit nur ganz wenige Zoos, die Spezialisten haben, die so etwas können. Druck, Temperatur, Mineralstoffgehalt, das muss alles stimmen. Eine ganz schöne Mimose sozusagen, dieser Nautilus. Wehe, etwas passt ihm nicht. Wusstest du eigentlich, dass der Begriff Mimose von …«

Jetzt war es an mir, genervt die Augen zu verdrehen, was David mit einem Knuff bestrafte.

»Hey, dann stirbst du eben dumm, wenn du nicht an meinem vielfältigen biologischen Wissen teilhaben möchtest«, scherzte er.

»Erzähl mir lieber was zu diesen … Dingern hier.« Wir waren weitergeschlendert zum nächsten Aquarium. Ich deutete auf ein paar längliche Exemplare, die verdächtig nach etwas ganz anderem aussahen.

David hatte die gleiche Assoziation, denn er hob zweideutig die Augenbrauen. »Du meinst Seegurken?« Seine Stimme hob sich belustigt. »Die Penisse der Ozeane?«

Ich prustete laut los.

»Was denn?« Er hob unschuldig die Arme. »Du hast angefangen. Sieh sie dir doch mal an.«

Das rief leider nur erneut einen Lachanfall hervor. Ich wischte mir die Tränen aus den Augen. »Was können die, außer echt schräg aussehen?«

»Nicht besonders viel. Komm, ich zeig dir lieber die Seesterne. Die sind übrigens mit den … Gurken verwandt, auch wenn man das kaum glauben kann.«

Ich folgte ihm lachend. Irgendwann hatten wir alle Aquarien angeguckt, und das lang gestreckte Gebäude entließ uns wieder in den hellen Tag. Geblendet kniff ich die Augen zusammen und versuchte, mich wieder in der Realität zurechtzufinden. Ein wenig war mir, wie aus einem Traum aufzuwachen, sich langsam nach oben zu kämpfen aus dieser diesigen

Zwischenwelt. David schien es nicht anders zu gehen, denn er legte sich eine Hand als Sonnenschutz über die Augen.

Beinahe eine Minute lang sagte niemand von uns etwas, dann drehte er sich zu mir um und griff nach meiner Hand. Überrascht blickte ich auf meine Hand, die so plötzlich und so selbstverständlich in seiner lag. Seine Finger verschränkten sich mit meinen wie zu einer Einheit, und es kam mir vor, als wäre es nie anders gewesen. Es fühlte sich … richtig an, gut an. Ich spürte, wie Hitze in mein Gesicht schoss, und traute mich nicht, David anzuschauen.

Irgendwann zog er mich weiter, und ich folgte ihm bereitwillig, seine Hand weiterhin an meine geklammert, bis wir bei den Elefanten waren. Auch hier gab es Nachwuchs. Ein kleiner Elefantenbulle hielt sich mit seinem Rüssel vertrauensvoll am Schwanz seiner Mutter fest, während er die großen Ohren hin- und herschlackern ließ.

Ich trat näher an die Absperrung und wollte David mit mir ziehen, doch in diesem Moment lösten sich unsere Hände voneinander. Er hat losgelassen, fuhr es mir durch den Kopf, schmerzhaft kurz wie ein Nadelstich, und doch hallte der Schmerz nach. Meine Handinnenfläche pochte. Ich konnte deutlich spüren, wie das Blut durch meinen Körper gepumpt wurde. Unwillkürlich wurde mir kalt, doch ich versuchte, es mir nicht anmerken zu lassen. David sollte nicht mitbekommen, was seine fehlende Berührung in mir auslöste. Ich beugte mich nach vorn, lehnte die Unterarme auf die Brüstung und versuchte, mich ganz auf das Treiben der Dickhäuter vor mir zu konzentrieren.

Und beinahe hätte ich es auch geschafft. Die Tiere taten ihr Möglichstes, um meine Aufmerksamkeit zu bekommen. Besonders das Kleine war so niedlich in allem, was es tat, dass ich fast vergessen hätte, dass David meine Hand losgelassen hatte.

Doch dann spürte ich, wie er von hinten zu mir trat, sich ganz dicht an mich stellte und seine Arme um meinen Bauch schlang. Und mich noch dichter an sich zog.

Zwischen uns passte kein Blatt Papier mehr. Er lehnte seinen Kopf an meinen, sodass ich seinen Atem an meinem Ohr spüren konnte. Die Gänsehaut, die sich vorhin nur angedeutet hatte, überzog meinen ganzen Körper. Mir wurde heiß und kalt zugleich, und einen Moment lang hatte ich die Befürchtung, dass sich ein Stöhnen aus meiner Kehle lösen würde.

Doch glücklicherweise passierte das nicht. Dazu war ich viel zu angespannt. Ich merkte, dass sich mein Körper völlig versteift hatte und ich den Atem anhielt. Ich brannte, ich fror und ich hatte Angst. Irgendwann musste ich wieder atmen und holte zittrig Luft. David musste gespürt haben, dass mein Körper kurz erbebte. Als Reaktion drückte er sich noch fester an mich. Sein Atem an meinem Ohr wurde wärmer und schneller. Ich biss mir auf die Unterlippe. Was taten wir hier nur?

Dennoch fuhr meine Hand unwillkürlich und ohne, dass ich es hätte verhindern können, zu seinen, die immer noch auf meinem Bauch lagen. Meine Finger tasteten nach seinen, und seine Finger antworteten. Unsere Hände verschränkten sich.

Ich löste meinen Blick von unseren Händen und wandte mich ihm zu. Er sah mich direkt an und in seinen dunklen Augen lag etwas, das ich nicht deuten konnte, doch auf irgendeiner unterbewussten Ebene sprach mich dieser Blick an. Mein Blick huschte über sein Gesicht, blieb an seinen sinnlichen Lippen hängen. Er hatte es bemerkt, und sein Blick blieb auf meinen Lippen haften und kehrte dann wieder zu meinen Augen zurück. Eine Frage schien zwischen uns zu hängen.

Etwas in mir – ein instinktgesteuertes, animalisches Etwas – beantwortete diese Frage. Meine Hand löste sich aus seiner, um sein Gesicht zu berühren und es tiefer zu mir zu ziehen. An meine

Lippen. Ich war nun diejenige, die ihn küsste. Und er erwiderte den Kuss bereitwillig, als hätte er nur darauf gewartet.

Kein sanfter Kuss, kein vorsichtiges Taxieren. Seine Zunge war augenblicklich in meinem Mund und ich antwortete mit meiner. Wir küssten uns wild und hart, und ich stöhnte nun doch, direkt in seinen Mund hinein. Das machte ihn heiß, ich spürte, wie etwas in ihm aufbrach. Er löste unsere Umarmung. Unsere Lippen waren für wenige Sekunden getrennt, nur damit er mich herumwirbeln und erneut an sich drücken konnte. Jetzt standen wir dicht beieinander und versanken erneut ineinander.

Sein Herz klopfte an meinem, seine Hände waren in meinen Haaren vergraben, und er presste sich an mich.

Etwas in mir jubilierte, dass ich einen solchen Eindruck auf seinen Körper machte. Ein anderes Etwas in mir schrie, aufzuhören. Sie hielten sich die Waage, und mir fehlte die Kraft für eine Entscheidung, also blieb ich in seiner Umarmung, in seinem Kuss.

Meine Lippen brannten, meine Zunge kribbelte und zwischen meinen Beinen machte sich ein schmerzhaft-wohliges Gefühl breit. Himmel, er machte mich scharf, das konnte ich nicht leugnen. Seine Hand legte sich auf meinen Po und drückte meinen Unterleib an seinen. Seine Absichten waren eindeutig, als er seinen Unterkörper an meinem rieb.

Jäh wurde mir bewusst, dass wir für alle anderen Zoobesucher gut zu sehen waren und wie die Tiere übereinander herfielen. Wie überaus passend … Hastig schaute ich mich um. Wir waren glücklicherweise allein, noch, denn ich sah weitere Besucher, die gemächlich in unsere Richtung schlenderten.

Auch David hatte sich umgesehen. »Verdammt!«, murmelte er und warf mir einen ziemlich eindeutigen Blick zu. Seine Wangen waren gerötet, und er atmete schneller. »Komm, lass uns einen anderen Platz suchen«, sagte er, griff erneut nach meiner Hand und zog mich hinter sich her. Das war fast schon ein leichter Lauf, den er da an den Tag legte. Er wusste selbst nicht, wohin er lief. Seine Entscheidung, welchen Weg wir nahmen, war absolut spontan, das konnte ich daran sehen, wie hektisch er sich immer wieder umsah. Nach wenigen Minuten landeten wir an einem Teich, der durch tief hängende Weidenzweige vom Weg abgeschirmt war. Außer Enten, Schwänen und ein paar Gänsen waren wir völlig allein. Eine kleine Metallbank stand versteckt in einem mannshohen Rhododendrongebüsch.

Ohne ein weiteres Wort zog David mich dorthin mit, setzte sich und zog mich auf seinen Schoß. Meine Beine hingen locker über seinen und meine Arme waren um seinen Hals geschlungen, während er zu mir aufblickte. Erneut war ich es, die ihn zuerst küsste. Seine Hände waren überall auf meinem Rücken, und ehe ich es mich versah, hatte er mich dazu gebracht, dass ich mit gespreizten Beinen auf ihm saß.,

Seine Hand hatte sich unter mein Shirt geschoben und berührte nun meinen Rücken. Seine Fingerspitzen fuhren sacht an meiner Wirbelsäule entlang, und mir war, als würden sie eine Spur aus Feuer hinterlassen, für jeden weithin sichtbar und nie wieder löschbar. Langsam wanderte seine Hand von meinem Rücken zu meinem Bauchnabel, stoppte dort kurz und wanderte dann nach oben zu meinem BH. Ich atmete schneller, als seine Hand meinen BH nach oben schob und mit einem Mal auf meiner Brust lag. Meine Brustwarzen wurden hart, als er sie berührte. Und als er sie zwickte, entfuhr mir erneut ein Stöhnen, und ich drückte mich an ihn. Er erwiderte es und packte mich erneut fester. Gleichzeitig nahm er seine Hand von meiner Brust. Kurz wusste ich nicht, wo sie war, doch dann merkte ich, dass diese Hand den Knopf meiner Jeans öffnete.

Ich atmete scharf ein und sah ihm in die Augen. Er erwiderte meinen Blick, sehr dunkel und sehr ernst, während sich seine Hand in meinen Slip hinunterarbeitete. Wir sahen uns immer noch an, schweigend, voller ungesagter Worte, als ich seine Finger an meinen Schamlippen spüren konnte. Erneut stöhnte ich auf, und dass war ihm Aufforderung genug, weiterzumachen. Seine Finger versenkten sich in mich und mir war, als würde etwas in mir explodieren. Ich warf den Kopf in den Nacken, überrascht von der Wirkung, die David auf mich hatte.

Ich wollte mehr, ich wollte alles von ihm, als seine Finger sich gekonnt in mir bewegten und mir einen Schauder nach dem anderen über den Rücken schickten. Meine Hände fuhren ebenfalls zu seinem Schritt und wollten seine Hose öffnen, doch nun war er es, der mich stoppte. »Aufhören«, raunte er, während seine Finger immer noch in mir waren und mich schier wahnsinnig machten.

»Warum?«, flüsterte ich rau zurück.

»Weil ich sonst für nichts garantieren kann.«

Peinlich wurde mir bewusst, dass er die Stimme der Vernunft war. »Du hast recht«, flüsterte ich und kletterte von ihm herunter. Ich fühlte die Nässe zwischen meinen Beinen und das Echo seiner Finger. Mein Schritt pulsierte, und Röte schoss mir in die Wangen. Verlegen schloss ich den Hosenknopf.

Was war nur in mich gefahren? Ich hätte um ein Haar ohne jede Scham und in aller Öffentlichkeit mit ihm geschlafen. Was tat er nur mit mir? So war ich nicht, so kannte ich mich nicht. Ich hatte noch nie an einem öffentlichen Ort Sex gehabt, erst recht nicht mit jemandem, von dem ich wusste, dass er ein Frauenheld war, ein manipulativer Marionettenspieler, der genau wusste, welche Fäden er bei mir – und jeder anderen Frau – ziehen musste.

»Scheiße«, murmelte ich zu mir selbst und strich mir die Haarsträhnen, die mir wild ins Gesicht hingen, nach hinten. David selbst sah nicht besser aus. Seine Lippen waren rot und leicht geschwollen, ich hatte mehrmals darauf herumgebissen, und Haarsträhnen hatten sich aus dem Zopf gelöst. Sein Brustkorb hob und senkte sich heftig.

»Es tut mir leid«, sagte er in die Stille hinein. Ich wusste nicht, was er meinte. Tat es ihm leid, dass wir übereinander hergefallen waren, oder tat es ihm leid, dass er derjenige war, der unseren leidenschaftlichen Beinahe-Akt unterbrochen hatte. Wollte ich es überhaupt wissen?

Mir wäre jetzt ein riesiges schwarzes Loch am liebsten gewesen, in das ich mich hätte verkriechen können.

»Ich schätze mal, den Luftballon kann ich mir wohl abschminken«, sagte er und sandte einen uneindeutigen Blick hinterher. »Das war alles andere als brav.«

Ich erwiderte seinen Blick. »Das war es allerdings nicht.«

Er hob die Augenbrauen. »Du warst aber auch nicht besonders … zurückhaltend.«

Kurz überraschte mich seine direkte Art. Wow, er hielt wirklich nicht hinterm Berg. »Kommt nicht wieder vor«, sagte ich. Seine Worte überrumpelten mich, und ich wusste nicht, wie ich darauf reagieren sollte. Er antwortete mir nicht, doch mir war so, als würde ein Schatten über sein Gesicht huschen, als hätten meine Worte ihn getroffen.

»Dann komm, machen wir uns auf den Rückweg. Nicht, dass Christopher in der Zwischenzeit den Campingplatz komplett neu gestaltet hat.« Er versuchte, seinen Worten eine Spur Witz zu verleihen, doch es misslang. Er wirkte geknickt. Die gute Stimmung, seine Unbeschwertheit von vorhin waren dahin, und ich hatte den starken Verdacht, dass ich daran schuld war.

Wir ließen die anderen Gehege links liegen und bewegten uns auf den Ausgang zu. Eine dunkle Wolke hing zwischen uns, und ich hatte Angst, dass der Ausflug das Gegenteil bewirkt hatte. Ich hatte doch nur die besten Vorsätze gehabt und ihn aufheitern wollen, ihn ablenken vom Campingplatz, von seinem Bruder, seiner Schwester, den ganzen Problemen, die sich aufgestaut hatten. Und für einen Moment hatte ich gedacht, ich hätte es geschafft.

Die Luftballons schwebten immer noch in der Luft, festgebunden an einem Metallgeländer. Ach, zum Teufel aber auch, dachte ich und holte meinen Geldbeutel hervor. David war bereits am Ausgang und durch das Gitter hindurch, als ich einen Flamingo-Luftballon kaufte.

Über Davids Gesicht ging kein Zucken und keine Gefühlsregung, als ich damit durch das Drehkreuz kam und ihm den schwebenden rosafarbenen Vogel an der Schnur entgegenhielt. Zögernd griff er danach und runzelte die Stirn. Er war sichtlich überfordert mit meinem Geschenk.

»Wofür …?«, begann er und brach dann ab. Er sah in diesem Augenblick so jung aus, wie ich ihn nie zuvor wahrgenommen hatte, und es war sein Blick, der ihn so wirken ließ. Völlig schutzlos, unverstellt, ungekünstelt, dachte ich. Er sah mich ohne seinen üblichen Schutzpanzer, ohne seine Maske an, die er sonst trug und die ihn von der Welt abschirmte. Zwischen ihm und mir stand nicht mehr der Frauenheld, der Casanova, der weltgewandte Nomade und erfahrene Liebhaber – vor mir stand einfach nur David. Der David, der auch immer wieder während unseres Besuches hier hervorgeblitzt hatte. Der sich einen Pinguin als Haustier wünschte und der völlig fasziniert von einem uralten Tintenfisch war und der sich an einer simplen Currywurst erfreuen konnte. Dieser David hatte mir gefallen, und diesem David wollte ich für den Tag Danke sagen.

Ich zuckte mit den Schultern. »Du warst ja nicht immer … nicht brav«, antwortete ich. »Meistens hast du dich ja benommen. Und ich hätte nie so viel gelernt ohne deine Biologiestunden.« Ich lächelte ihm zu und hoffte, dass es freundschaftlich-neutral rüberkam.

Er erwiderte nichts, sondern zog an dem Ballon, sodass der Flamingo zuckend tanzte. »Hmm … danke«, sagte er dann und drehte sich wieder um, um zum Auto zu gehen.

Ich atmete durch und wusste nicht, ob ich damit alles schlimmer oder etwas besser gemacht hatte. Seine Reaktion war, gelinde gesagt, überraschend gewesen.

»Ich fahre«, erklärte er, als er den Ballon im Auto verstaut hatte. Der Flamingo hing hinter uns an der Autodecke und wirkte im beengten Innenraum noch größer. Ich reichte David die Schlüssel. Sollte er ruhig fahren. Ich hatte nichts dagegen, im Gegenteil, meine Gedanken rasten, und ich war dankbar, nicht auf die Straße achten zu müssen.

Wir legten den Weg in Stille zurück. Weder sprachen wir miteinander noch machte David das Radio an. Außer den Fahrgeräuschen und meinen Gedanken war nichts anderes zu hören. Wir hatten den Weg vielleicht zur Hälfte geschafft, als David auf einen kleinen Parkplatz fuhr. Es war einer dieser selten benutzten, auf denen außer einem Mülleimer und einer windschiefen und morschen Tisch-Bank-Kombination nichts anderes stand. Er parkte unter Nadelbäumen mit tief hängenden Zweigen und stellte den Motor aus. Er blieb aber im Auto sitzen. Ich hatte gedacht, dass er vielleicht für kleine Jungs musste, doch er machte keine Anstalten, auszusteigen.

Es wurde mir langsam etwas unheimlich, und ich hielt es für eine gute Idee, mir kurz die Beine zu vertreten. Ich schnallte mich ab und wollte schon die Tür öffnen, als David sagte: »Warte kurz. Ich wollte … ich wollte mich bei dir bedanken.«

»Bei mir bedanken?«, wiederholte ich.

Er nickte und griff nach meiner Hand. Ich verkrampfte mich kurz, und er ließ sie augenblicklich los. »Ja. Der Ausflug war eine tolle Idee, und ich habe den Tag mit dir wirklich sehr genossen. Es war … schön.«

Seine Worte klangen ungekünstelt und sehr ehrlich. Ich musste schlucken. Unsere Fingerspitzen waren nicht weit voneinander entfernt. Ich hatte meinen Oberkörper in seine Richtung gedreht, und meine linke Hand lag auf meinem Oberschenkel. Es überraschte mich nicht, als seine Hand sich auf meine legte. Diesmal zuckte ich nicht zurück.

»Ich hatte gehofft, dass der Tag dich auf andere Gedanken bringt.« Meine Stimme klang nicht nach mir selbst. Viel zu rau, viel zu zittrig und zu hoch.

»Das hat er. Auf wirklich ganz, ganz andere Gedanken.« Auch er klang nicht nach dem selbstbewussten und allzu oft arroganten David. Auch jetzt wieder hörte ich etwas heraus, das er nicht oft zeigte. Einen Ernst und eine Ehrlichkeit, die ungewohnt an ihm wirkten. Seine Worte hätte er auch deutlich frecher, eindeutiger rüberbringen können.

Er legte die Hand an meine Wange. Ich schmiegte mein Gesicht hinein, als wäre es dafür gemacht.

»Darf ich dich küssen?«, fragte er, und nichts hätte mich mehr erstaunen können als diese Frage. Bisher hatte er sich stets genommen, was er wollte. Ich starrte ihn nur an, unfähig, auf ihn zu reagieren. Mein Kopf war leer, ich hatte alle Worte verloren.

»Ich möchte dich so gerne küssen. Aber nur, wenn du das auch möchtest«, flüsterte er nun und schob sich näher an mich heran, ohne jedoch weiter zu gehen.

Ich schluckte hart und spürte mein Herz kurz einen Schlag aussetzen, bevor es mit einem Stakkato weiterklopfte.

»Dann küss mich«, flüsterte ich zurück und wünschte mir in diesem Augenblick tatsächlich nichts sehnlicher als ihn ganz nah an mir.

Alles Wilde, alles Ungestüme war weg. David küsste mich sanft und zart. Seine Lippen legten sich federleicht auf meine, während seine Hand über mein Gesicht strich. Seine Zunge fuhr die Kontur meiner Lippen nach, und ich krallte mich in seine Haare, um ihn näher an mich zu ziehen. Seine Lippen waren alles, was ich wahrnahm. Vorsichtig tastend arbeitete sich seine Zunge in meinen Mund vor. Sie fuhr an der Innenseite meiner Lippen entlang, bis ich es nicht mehr aushielt und seinen Kuss drängend und mit vollem Zungeneinsatz erwiderte.

Die Leidenschaft von vorhin war unvermittelt wieder da.

»Küss mich«, stöhnte ich ihm entgegen, wo er doch nichts anderes tat, als mich fast zu verschlingen. Er unterbrach sich nur kurz, um mir mit einer schnellen Bewegung das Shirt auszuziehen. Ich tat es ihm gleich und zerrte ihm sein T-Shirt über den Kopf. Als wir uns wieder küssten, konnte ich seine Hitze spüren und die glatte Haut an seiner Brust.

Seine Hände waren überall, an meinem Hals, zwischen meinen Brüsten, auf meinem Rücken. Ich merkte, wie er kurz mit meinem BH kämpfte, dann streifte er mir einen BH-Träger von der Schulter, küsste mich dort und setzte den Kuss an meinem Hals fort. Die Gänsehaut, die ich schon hatte, hätte sich nicht noch intensivieren können, hatte ich geglaubt. Doch da lag ich falsch, denn seine Zunge und Lippen an der sensiblen Haut am Hals schickten mir noch heftigere Schauer über die Haut, als ich je für möglich gehalten hatte. Ich zog ihn an den Haaren wieder zurück zu meinen Lippen und küsste ihn hart. Gott, er machte mich verrückt! Ich konnte keinen klaren Gedanken mehr fassen und wusste nur, dass ich mehr von ihm wollte. Alles von ihm wollte.

Plötzlich hielt er inne, sah mich an und löste sich dann von mir. Irritiert sah ich ihm zu, als er mit ziemlich uneleganten Bewegungen vom Fahrersitz aufstand und sich zwischen unseren Sitzen auf die Rückbank nach hinten schob. Dann streckte er die Hand nach mir aus, und ich folgte ihm.

Der Pick-up hatte hinten verdunkelte Scheiben, wofür ich sehr dankbar war, denn mir wurde schlagartig bewusst, dass ich halb nackt in einem fremden Auto saß. Doch dieser Gedanke hielt nicht lange vor, denn David machte dort weiter, wo wir vorhin aufgehört hatten. Er zog mich auf sich und legte sich dann der Länge nach auf die Sitze. Unsere nackten Oberkörper berührten sich und erneut spürte ich sein Herz schlagen. Seine Hände hatten sich in meine Jeans geschoben und lagen nun auf meinem nackten

Po. Erneut drückte er mich an sich, und wieder spürte ich, dass er ebenso scharf auf mich war wie ich auf ihn.

»Ich will dich«, flüsterte er an meinem Ohr, und ich antwortete mit einem Kuss. Ich wollte nicht sprechen, keinen Atem verschwenden.

Obwohl der Platz auf der Rückbank beengt war, schaffte David es und drehte uns, sodass ich nun unter ihm lag. Seine Hände fuhren über meine Brüste, verweilten an meinen steifen Brustwarzen, dann setzten sie ihren Weg nach unten fort. Mein Becken hob sich ihm automatisch entgegen, als er mir die Hose langsam nach unten zog – und den Slip gleich mit dazu. Er machte keine halben Sachen. Ich fummelte ebenfalls an seiner Hose herum, deutlich ungeschickter, sodass er mir half und sie auszog. Davids Härte ragte mir entgegen, und ich konnte an nichts anderes mehr denken als an den Wunsch, ihn in mir zu spüren.

Ich wollte nach ihm greifen, doch er kam mir zuvor und tat das mit seinen Fingern, was er auch schon im Zoo getan hatte. Ich stöhnte auf und sah ihn an, während er mir innerhalb weniger Minuten einen Orgasmus allererster Güte verschaffte. Ich hatte das Gefühl, zu explodieren und doch noch mehr zu wollen. Mein Atem ging keuchend, und mir war heiß, ich schien regelrecht zu verglühen.

Ich holte kurz Atem, dann richtete ich mich auf und stieß David in die Bank. Er sah mir an, dass ich noch nicht genug hatte, und plötzlich war da ein Kondom in seiner Hand, das er sich in einer geübten und fließenden Bewegung überstreifte. In meinem Hinterkopf regte sich der Gedanke, dass er so etwas definitiv nicht zum ersten Mal machte, doch in diesem Moment hätte es mir nicht gleichgültiger sein können.

Er zog mich auf seinen Schoß, und ich setzte mich auf ihn. Als ich ihn in mir spürte, hörte ich, wie er aufstöhnte, und auch ich gab etwas von mir, dass sich eher wie ein genussvolles Wimmern anhörte. Er dirigierte unsere Bewegungen, bis wir einen Rhythmus fanden. Ich krallte mich in sein Haar und ritt ihn. Irgendwann übernahm er und stieß kraftvoll zu, während er mich küsste und mir in die Lippe biss. Ich spürte die erste Welle eines mächtigen Orgasmus und umfasste sein Gesicht, um ihm in die Augen zu sehen. Auch er würde nicht mehr lange brauchen – sein Atem, sein Herzschlag, alles wurde schneller und wilder. Ich spürte ihn zucken und wie er sich kurz versteifte, dann keuchend Atem holte. Nur wenige Sekunden nach ihm überrollte mich auch schon die zweite Welle und riss mich mit sich.

Nur Augenblicke später – und doch gefühlt Äonen – öffnete ich die Augen und mein Bewusstsein setzte wieder ein. Plötzlich konnte ich alles deutlicher wahrnehmen. Mein Rücken war schweißnass, ich spürte einzelne Tropfen, wie sie an meiner Wirbelsäule herabrannen. Ich roch den intensiven Duft von Sex, der zwischen uns hing. Ich fühlte, wie mein Herz immer noch in meiner Brust raste.

Und ich merkte, dass ich immer noch auf David saß. Vorsichtig kletterte ich von ihm herunter und setzte mich neben ihn. Schweigen hing zwischen uns wie dichter Nebel.

Scheiße! Was hatte ich getan? Meine eigene Geilheit hatte dazu geführt, dass ich mit ihm geschlafen hatte, in einem Auto, auf einem öffentlichen Parkplatz. Ich spähte nach draußen und rechnete schon damit, eine sensationsgierige, uns anfeuernde Menge an den Fensterscheiben kleben zu haben, doch wir waren immer noch allein.

Der überdimensionierte Flamingo hing über uns und verlieh der Szenerie etwas Absurdes. Ich würde Flamingos nie wieder unschuldig ansehen können. Die Röte kroch mir in die Wangen. Mist!

David rührte sich neben mir. Er griff nach meiner Hand und küsste meine Handinnenfläche. Diese Geste hatte etwas derart Intimes, etwas Ernstes und Ehrliches, dass ich nicht wusste, wie ich reagieren sollte. Mit weit aufgerissenen Augen blickte ich ihn an, sah seine Haare, die sich aus dem Zopf gelöst hatten und ihm wirr ins Gesicht hingen, seine Wangen, die ebenfalls deutlich röter waren als zuvor, seine Augen, die mich intensiv und sehr klar ansahen.

Er legte mir die Hand erneut an die Wange und streichelte sie, blieb an meinen Lippen hängen und fuhr diese dann mit seinem Daumen nach. Mir wurde kalt, als ich seine Ernsthaftigkeit und die Intensität dieser Berührung spürte. Er beugte sich zu mir herüber und legte erneut seine Lippen auf meine, für einen sanften Kuss.

Dann löste er sich von mir, griff nach den Kleidungsstücken, die überall im Wageninneren verstreut waren, und sagte: »Ob wir das jemals auseinanderdividiert bekommen?«

Da ich nicht wusste, wie sehr ich meine Stimme unter Kontrolle haben würde, schwieg ich, griff aber nach dem Slip und der Hose, die zuoberst lagen.

Umständlich streifte ich sie über, suchte dann meinen BH und mein Shirt. Als ich wieder vollständig angezogen war, stieg ich aus dem Wagen.

Frischluft! Meine Lunge sog die kühle und würzige Luft ein. Kurz schloss ich die Augen und versuchte, nur zu atmen und mich wieder zu erden. Einatmen, ausatmen, wiederholen. Nach wenigen Augenblicken beruhigte sich mein Puls.

Ich versuchte, mein Haar, das eindeutig zerzaust war, in den verspiegelten Scheiben zu ordnen und zu einem Zopf zu binden.

David tat es mir nach, bis wir beide wieder halbwegs zivilisiert wirkten und man uns nicht schon auf hundert Meter Entfernung ansah, dass wir soeben ziemlich wilden Sex gehabt hatten.

Er stellte sich neben mich, sodass wir uns beide in den Scheiben des Autos spiegelten. Dann packte er meine Hand und sagte, ohne den Blick von unseren Spiegelbildern zu wenden: »Lass uns fahren.«

Kapitel 16

Es hätte mich nicht gewundert, wenn wir nach unserer Rückkehr zum Campingplatz getrennte Wege gegangen wären, doch es kam alles anders.

Wir parkten das Auto, sahen kurz nach dem Rechten – Christopher saß im Büro und starrte uns an, als David sich ohne ein weiteres Wort den Schlüssel für eines der Nurdachhäuser schnappte und kurz »Bis morgen« murmelte.

Dann zog er mich an der Hand zur Hütte, öffnete mir die Tür und sagte: »Ich bin gleich wieder da.«

Ich stand völlig irritiert in der kleinen Hütte und Tausende Gedanken schossen mir durch den Kopf. Was hatte er vor? Zwischen meinen Beinen pulsierte es immer noch, und mir war, als könnte ich David noch immer spüren. Und riechen. Sein Geruch haftete an mir, und etwas verschämt wurde mir bewusst, wie leidenschaftlich es vor wenigen Augenblicken noch gewesen war.

David ließ mir nicht lang Zeit zum Grübeln. Kurz darauf war er wieder da, ein Tablett in der Hand, auf dem Wurst, Käse, Antipasti, ein aufgeschnittenes Baguette und etwas Butter lagen. Unter seinem Arm klemmte eine Flasche Rotwein.

Er lächelte mir offen zu, als er sagte: »Hilf mir doch mal und nimm mir die Flasche ab. Irgendwo müsste hier auch ein Korkenzieher sein.«

Perplex und überrumpelt tat ich, was er sagte. Hatte er vor, den Abend mit mir zu verbringen? Konnte es sein, dass unser … Zusammenstoß im Auto mehr für ihn war?

Ich verscheuchte meine Gedanken und konzentrierte mich ganz auf die zu öffnende Weinflasche. Ein Korkenzieher war leicht zu finden, das Öffnen wurde ebenfalls eine Fingerübung, aber Rotweingläser fanden sich nicht. Außer Emailletassen und Kaffeebechern war nichts anderes in der kleinen Küche, das sich zum Trinken eignen würde. Ich zuckte die Schultern, entschied mich für die Emailletassen und goss uns beiden ein.

David hatte währenddessen auf der kleinen Terrasse Vorbereitungen getroffen und zahlreiche Kissen und Decken von drinnen nach draußen getragen und uns einen Picknickplatz geschaffen.

Die Sonne war eben hinter den gewaltigen Nadelbäumen abgetaucht, und nur noch etwas fahles Restlicht begleitete uns. Die ersten Abendsterne waren schon am Himmel zu sehen. Es war still, fast schon zu still. Noch fehlten die typischen Geräusche der nachtaktiven Tiere. Die Zeit schien in einer Zwischenwelt zu hängen.

Ich folgte ihm nach draußen und reichte ihm wortlos eine gefüllte Tasse. Er griff danach, nicht ohne vorher wenige Sekunden bei meinen Fingern verharrt zu haben, dann stießen wir an und tranken. Der Rotwein war schwer und trocken, ein Tropfen ganz nach meinem Geschmack, und ich trank gierig. Sekunden später schmeckte ich den gleichen Geschmack, doch diesmal von Davids Zunge. Er hatte sich zu mir heruntergebeugt und mich ohne Vorwarnung geküsst. Er schmeckte nach der Schwere des Weins und doch nach ihm selbst, eine intensive Mischung.

David zog mich herunter zu den Kissen, und wir setzten uns eng nebeneinander, sodass sich unsere Körper berührten.

»Hier, probier mal«, sagte er und hielt mir ein Stück mit Frischkäse gefüllter Peperoni hin. »Ich glaube, das passt hervorragend zum Wein.« Er fütterte mich damit, und ich biss ab. Etwas vom Saft der Peperoni lief mir übers Kinn und ich wollte es mit den Fingern wegwischen, doch David kam mir zuvor und leckte es ab.

Ich schaute ihn an. Was genau passierte hier gerade? Was tat er mit mir? Wir hatten bislang kaum geredet, und die ganze Situation fühlte sich surreal an, wie ein Traum im halb wachen Zustand. Am meisten überraschte mich, dass ich mich so dirigieren ließ, wie ein Blatt im Wind, das von rechts nach links geweht wurde und keinen eigenen Willen besaß. Andererseits – wenn ich ehrlich zu mir war, dann fühlte sich der Moment gut an, wie eine natürliche Fortsetzung des bisherigen Tages. Ich beschloss, die Gedanken abzuschalten und mich nur noch auf den Augenblick zu konzentrieren.

Und der bestand darin, dass David mich weiter fütterte. Er hatte ein Stück Brot mit Butter bestrichen und darauf eine getrocknete Tomate gelegt. Die Kombination schmeckte hervorragend, und mir wurde bewusst, dass ich Hunger hatte. Wir sprachen auch jetzt nicht viel, während wir uns gegenseitig fütterten und Wein tranken. Es war sehr sinnlich. Immer wieder berührte David mich, ganz leicht nur – ein sanftes Streicheln an der Wange entlang, ein kurzes Verweilen seiner Finger an meinen Lippen, ein Zurückstreifen meiner Haare hinter die Ohren. Und doch brannten diese Berührungen sich in mich ein und sorgten dafür, dass auch ich ihn berühren wollte.

Als wir fast alles verputzt hatten – bis auf wenige Krümel Käse –, setzte David sich um, sodass er hinter mir war und mich von hinten umarmen konnte. Er hatte eine Decke um uns geworfen. Die Nacht war hereingebrochen und damit war es auch kühler geworden, doch mit ihm hinter mir und dem Wein in meiner Blutbahn spürte ich die Kälte nicht. Ich schloss die Augen und versuchte, mich ganz auf ihn einzulassen, seinen Duft, seinen Atem, seine Hände auf meinem Bauch. Minutenlang saßen wir so beieinander. Ich nahm nichts außer ihm und meinem eigenen Körper wahr.

Dennoch schlich sich ein Gedanke in diese wohlige Welt. Zu was machte uns das alles hier, fragte mein Geist. Das war mehr als nur ein One-Night-Stand, eine einmalige Sache, aber was genau war es? Ich wollte das Wort Beziehung gar nicht denken, doch irgendwie stand es zwischen uns, als Frage. Stellte er sich diese Frage auch? Er war so zärtlich, so aufmerksam, so ernst … und ich kannte ihn schlichtweg nicht gut genug, um das interpretieren zu können. Sein arrogantes, selbstgefälliges Gehabe war in den letzten Stunden verschwunden, und ein anderer David war zutage gekommen. Einer, den ich wesentlich lieber hatte, der mich ansprach, nicht nur körperlich.

Der Wein war irgendwann ausgetrunken, und die Kälte hatte sich durch die Decke geschlichen. Schweigend half David mir auf und führte mich ins Haus, wo wir exakt das wiederholten, was wir auch schon im Auto getan hatten.

Nur unendlich langsamer. Ich war längst nicht so schnell nackt wie am Nachmittag, doch es war nicht weniger leidenschaftlich. Wir zogen uns gegenseitig aus, kaum dass wir die Tür zugezogen und die altmodische Petroleumlampe angezündet hatten. Doch es wurde ein genussvolles Ausziehen, ein gegenseitiges Erkunden, und die Zeit dehnte sich, als wir uns an Stellen berührten, die sonst kaum jemand zu Gesicht bekam.

Wir schliefen mehrmals miteinander in dieser Nacht, in dem Bett unterhalb des Giebels, und es war jedes Mal leidenschaftlich, aber nicht mehr von dieser Wildheit wie beim ersten Mal. David war ein geübter Liebhaber, und ich selbst hatte nur selten das Problem, einen Orgasmus zu haben, doch diese

Nacht überraschte selbst mich. Gekonnt trieb er mich von einer Ekstase zur nächsten, bis ich das Gefühl hatte, nicht mehr zu können.

Als wir dann spät in der Nacht Arm in Arm langsam in den Schlaf dämmerten, da durchfuhr mich der Gedanke, dass sich das hier wie Zuhause anfühlte, wie etwas, das man lange ersehnt und von dem man nicht einmal gewusst hatte, dass man es wollte. Wie ein Hungergefühl, das erst dann geweckt wurde, nachdem der erste Bissen getan war. Mein Hunger nach David war geweckt worden, und obwohl ich jede Sekunde davon genoss, gab es doch einen kleinen Zweifel darüber, ob er die richtige Nahrung für mich war. Und ob ich nicht doch irgendwie verhungern würde.

Kapitel 17

Natürlich bereute ich alles am nächsten Morgen. Wie hätte es auch anders sein können. Erstaunlicherweise lag das jedoch nicht an David. Denn der war gar nicht da, als ich noch schlaftrunken die Augen öffnete.

Ich brauchte einen Moment, um mich zu orientieren. Kurz wusste ich nicht, weshalb ich in einem großen, sehr gemütlichen Bett mit gestärkter Leinenbettwäsche lag und von hier aus durch ein kleines Dachfenster direkt auf Nadelbäume blickte. Dann überfiel mich die Erinnerung – und ein wohliger Schauer. Ich konnte Davids Hände noch auf meinem Körper spüren, und wenn ich ehrlich war, wäre mir jetzt nichts lieber gewesen als eine Fortsetzung von letzter Nacht, zum besser Wachwerden. Doch er war nicht da.

Ich hörte aber jemanden unten rumoren und ein Lied pfeifen. Das konnte nur David sein. Roch ich da zufällig auch Kaffee? Kaffee und dann eine Runde Bettsport, viel besser konnte ein Tag gar nicht starten.

Leider kam es nicht dazu.

Ich hatte mir ein Shirt übergezogen, war aus dem Bett geklettert und wollte von oben entspannt zusehen, wie David Kaffee brühte, als es an der Tür klopfte.

Davids Blick schoss von mir – er hatte mich eben erst entdeckt und mich kurz angelächelt – zur Tür. Ein großes Fragezeichen stand auf seinem Gesicht. Jedoch nicht sehr lange. Das Fragezeichen wurde zu einer Mischung aus Ärger und Angst, als es erneut an der Tür klopfte, deutlich energischer diesmal.

»David? Bist du da drinnen?« Es war Joanna.

»Fuck«, entfuhr es mir, und meine Hand flog zu meinem Mund.

Fuck, fuck, fuck. Was sollte Joanna denken, wenn sie uns hier erwischte? Meine Beine hingen über der Leiter, und ich kam gar nicht dazu, sie rechtzeitig einzuziehen und mich unsichtbar zu machen.

Schon flog die Tür auf, und eine sichtlich genervte Joanna trat ins Haus.

Sie starrte David an, der ihr, nur mit engen Boxershorts bekleidet, mit zwei Tassen dampfenden Kaffees gegenüberstand und ein zu hoch geratenes »Hi« hervorpresste.

Joanna schaltete sehr schnell. Zwei Becher, halb nackter Bruder … ihr Blick ging nach oben, traf mich ohne jede Deckung. Ihre Augen weiteten sich ungläubig. Ich konnte ihr ansehen, wie sie versuchte, Logik in diese Situation zu bringen, eine Erklärung, die nicht das Offensichtliche zeigte.

Vielleicht etwas in Richtung Wasserrohrbruch im Haupthaus. Oder Piraten, die das Haupthaus gekapert hatten, und nun alle Bewohner zwangen, außerhalb zu wohnen. Eine Geiselnahme, vor der wir uns in Sicherheit gebracht hatten. Eine akute und wissenschaftlich noch nie da gewesene Ausbreitung von Schwarzschimmel. Oder das völlig unerklärliche Phänomen, dass sämtliche Kleidungsstücke, die mehr waren als nur Unterwäsche, über Nacht einfach so verschwunden waren. Irgendetwas, das erklärte, weshalb David und ich uns hier halb nackt im Haus befanden. Etwas außer Sex.

»Ach, Herrgott noch mal, jetzt sag doch was«, seufzte David, als sie nach zwei Minuten immer noch schwieg.

Sie erwachte aus ihrer Erstarrung, atmete geräuschvoll aus und fixierte ihn mit einem Blick, der bei mir den Wunsch weckte, sehr schnell sehr weit von hier zu verschwinden.

Sie wollte etwas sagen, schluckte es erst mal hinunter, um dann »Du Idiot!« von sich zu geben.

Sie hatte leise gesprochen, doch es kam rüber wie ein Peitschenschlag, und David zuckte tatsächlich zusammen.

»Es ist …« begann er, doch sie unterbrach ihn rüde. »Was? Nicht so, wie es aussieht?« Sie war auf hundertachtzig; sie äffte ihn nach und setzte die letzten Worte mit ihren Händen in Anführungsstriche. »Dass ich nicht lache, David. Ich fasse es nicht.«

Sie fuhr sich mit einer Hand müde über die Augen. David stand vor ihr wie ein begossener Pudel und fand keine Worte. Die zwei Tassen hielt er wie einen dampfenden Schild vor sich. »Da bin ich kaum mal zwei Tage weg und schon bricht hier das totale Chaos aus. Hast du gesehen, was Christopher mit meinem Buchungssystem gemacht hat? Wie konntet ihr ihn nur alleinlassen?«

Nun war auch ich involviert. Ihre Worte waren nicht nur an uns beide gerichtet. Diesmal sah sie auch mich an, und in ihrem Blick lag Enttäuschung. Das traf mich mehr, als wenn sie nur wütend gewesen wäre. Mit Wut konnte ich umgehen. Enttäuschung war schlimmer.

»Ich meine, ich kenne dich, Bruderherz. Ich weiß, dass du keine Gelegenheit auslassen kannst, und bisher habe ich meine Klappe gehalten, auch wenn ich gar nichts davon halte, dass du hier mit gefühlt jedem zweiten Gast etwas anfängst. Es wundert mich, dass das noch nicht in einer Bewertung aufgetaucht ist.« Sie lachte bitter auf. »Aber das jetzt … das ist eine ganz neue Dimension.«

»Jetzt mach aber mal einen Punkt.«

Ich hätte selbst nicht überraschter sein können, dass diese Worte von mir kamen. Zwei identische Augenpaare blickten mich von unten an, beide ungläubig. Wie ähnlich sich die beiden doch manchmal sahen …

»Ich meine, bitte beruhige dich doch erst einmal.« Ich versuchte, die Schärfe meiner Worte wieder etwas abzumildern. »Wir sind beide erwachsene Leute und können in unserer Freizeit tun, was wir möchten.«

Oder etwa nicht, hätte ich fast noch hinzugefügt, denn die Falten auf Joannas Stirn wurden immer tiefer. Sie war wirklich sauer, doch im Grunde genommen verstand ich es nicht. Das hier war tatsächlich absolute Privatsache, und wenn ich es genauer betrachtete, dann hätten David und ich vielmehr Grund dazu gehabt, wütend auf sie zu sein. Sie war hier einfach hereingeplatzt. Sie konnte von Glück sagen, dass wir beide etwas anhatten …

»Weißt du, Emily hat recht.« David hatte seinen Kopf schief gelegt, ein Kunstgriff, der vermutlich sonst bei jeder Frau funktionierte. Leider war Joanna seine Schwester und kannte jeden dieser kleinen Tricks. Bei ihr funktionierte das nicht.

»Ach, wisst ihr was? Tut doch, was ihr nicht lassen könnt. Es ist mir so was von egal.« Sie schnaubte, dann schoss ihr Zeigefinger vor Davids Nase. »Aber sollte ich auch nur ein einziges Mal etwas von einem Gast über dich hören – etwas Eindeutiges –, dann sorge ich dafür, dass du hier schneller weg bist als du am nächsten Morgen bei deinen ganzen Liebschaften. Ich habe mir das lange genug angesehen.«

Sie reckte den Kopf nach oben, zu mir. »Und du brauchst nicht zu mir zu kommen und dich über meinen Bruder zu beschweren, wenn er dir das Herz bricht. Ich habe dich gewarnt, wie er sein kann.«

»Hey«, sagte ich entrüstet. Langsam wurde ich wirklich wütend. Was glaubte sie eigentlich, sich herausnehmen zu können?

Joanna warf uns einen letzten, vernichtenden Blick zu, dann schmiss sie die Tür hinter sich zu. Sehr laut, sehr dramatisch. David zuckte zusammen, dann sackten seine Schultern herab.

»Verdammte Scheiße!«, murmelte er.

Ich kletterte zu ihm hinunter und nahm ihm eine Tasse ab. Bei all dem Schock und der Wut, die sich immer stärker in mir ausbreitete, brauchte ich dringend einen Schluck Kaffee.

Wir blickten uns über die Tasse hinweg an. Keiner wusste so richtig, was er sagen oder wie er reagieren sollte.

»Guten Morgen«, sagte David dann irgendwann. »Ich hatte mir eigentlich einen gemütlicheren Start gewünscht.«

»Ich auch.« Vorsichtig lächelte ich ihn an. Dann deutete ich zur Tür. »Kann man die gar nicht absperren?«

David brauchte einen Moment. Dann schlug er sich an die Stirn. »Das haben wir wohl gestern Abend völlig vergessen. Natürlich kann man. Und das machen wir jetzt auch.«

Der Schlüssel steckte seit gestern in Davids Hosentasche. Seine Hose hatte ich ihm ausgezogen und achtlos mitten im Raum liegen lassen, wo sie immer noch lag. Er fummelte den Schlüssel hervor und schloss dann mit einem befriedigenden Geräusch die Tür von innen ab.

»Jetzt kann uns keiner mehr stören.« Er kam auf mich zu, legte mir beide Arme um die Taille und hob mich hoch. Mit einem Quietschen protestierte ich halbherzig und versuchte, ihn nicht mit dem noch warmen Kaffee vollzuspritzen.

»Joanna wird fuchsteufelswild sein, wenn wir nicht bald auftauchen«, sagte ich.

»Scheiß auf Joanna!«, erwiderte er und verschloss meine Lippen mit seinen. »Eine Stunde früher oder später, was macht das schon.«

Es wurde dann doch etwas länger als eine Stunde, dafür waren wir jedoch hinterher entspannter als vorher, und zumindest ich sah mich in der Lage, dem Tag – und Joanna – entgegenzutreten.

Ich wollte meine übliche Arbeitsroutine starten, zwar etwas später, aber nichtsdestotrotz motiviert. Die Häuser mussten ja geputzt werden, auch nach einer Nacht wie dieser. Die Putzmittel hatte ich im Haupthaus deponiert, und ich rechnete fest damit, Joanna an der Anmeldung anzutreffen.

Doch weit und breit war nichts zu sehen von ihr. Auch nicht von Christopher. Die Anmeldung war verwaist. Der Laptop war zwar an, der Bildschirm schien aber im Ruhemodus zu sein. Wo waren sie? Es ging auf zehn Uhr zu, höchste Zeit also, erreichbar zu sein.

Unentschlossen blieb ich stehen. Sollte ich lieber putzen oder die Stellung halten, falls Anrufe oder Mails hereinkamen? Was war wichtiger? Ich sah kurz auf den Tagesplan. Heute checkten nur drei Familien aus, drei Häuser also plus die Duschen. Das war nicht viel, das konnte ich auch nachmittags erledigen.

Ich setzte mich auf den Bürostuhl und fuhr den Laptop hoch. Prompt sah ich, was Joanna gemeint hatte, als sie das Buchungssystem erwähnt hatte. Christopher hatte sämtliche Einstellungen, die Joanna vorab mühsam in der Software aktiviert hatte, nach eigenem Gutdünken abgeändert. Statt einer Monatsübersicht musste man nun von Tag zu Tag klicken. Belegte Häuser und Caravan-Stellplätze hatten zwar immer noch den Status Rot, dafür bedeutete nun Grün nicht mehr *frei*, sondern *angefragt*. Wie absurd. Als hätte ein Kleinkind wahllos auf die Tasten gedrückt, so wirkte Christophers Vorgehen auf mich. Warum hatte er das getan? Das war nun wirklich weder logisch noch irgendwie nachvollziehbar.

Ich atmete tief durch, dann begann ich, sämtliche Änderungen zurückzusetzen, so gut ich mich erinnern konnte. Joanna hatte mir anfangs eine Einweisung gegeben, und ich hatte auch schon des Öfteren mit dem System gearbeitet, doch ich konnte mich nicht an alles erinnern. Nach einer halben Stunde hatte ich das Gefühl, die Software halbwegs repariert zu haben. Zufrieden lehnte ich mich zurück. Ran an die Mails. So wie es aussah, hatte Christopher gestern keine einzige Mail beantwortet, also holte ich das nach und nahm mir auch gleich die aktuellen Mails vor.

Irgendwann lugte Josie herein. »Huhu«, machte sie und sah sich fragend um. »Wo sind denn alle? Der Platz ist wie ausgestorben.«

»Hi, Josie.« Ich sah von meiner Arbeit auf. War es tatsächlich schon Mittag? Tatsächlich, die Uhrzeiger waren unerbittlich auf die zwölf zumarschiert. Die Zeit war nur so verflogen, während ich alles Liegengebliebene abgearbeitet hatte. »Ich habe keine Ahnung, wo der Rest ist.«

»Matts Auto steht auf dem Parkplatz. Ich nehme an, Joanna ist wieder zurück? Wie ist ihr Gespräch gelaufen?«

Siedend heiß fiel mir ein, dass wir Joanna gar nicht gefragt hatten, was sich mit der Personalabteilung ihrer Firma ergeben hatte. Nicht einmal ansatzweise hatte ich daran gedacht. Mein Kopf war voll von David gewesen und seiner Wirkung auf mich.

Ich hoffte sehr, dass ich nicht rot geworden war. Ich musste jetzt lügen, anders ging es nicht. »Ich habe sie leider noch nicht gesehen. Vielleicht machen sie und Matt mit Smokey einen kleinen Spaziergang?« Ganz sicher sogar. Vermutlich war sie so wütend, dass sie durch den Wald joggte.

»Seltsam«, meinte Josie. »Normalerweise sagt sie doch erst mal Hallo. Na ja, egal, soll ich uns etwas zum Mittagessen machen?«

»Sehr gerne. Und kannst du nebenbei das Telefon hüten? Ich muss noch meine Putzrunde einlegen.«

Josie runzelte die Stirn. »Na hoppla, heute bist du aber spät dran. Alles okay? Fühlst du dich krank?«

Nun lief ich aber wirklich rot an. »Bisschen schwummrig ist mir«, log ich erneut und wehrte Josies augenblicklich einsetzende Bemutterung ab. »Ein bisschen Bewegung wird mir guttun. Ich verspreche, auch ganz langsam zu machen, okay?«

Das beruhigte sie so weit, dass sie mich ziehen ließ. Herrje, ich hasste es, sie anlügen zu müssen, aber noch schlimmer wäre es gewesen, ihr die Wahrheit zu sagen. Was würde sie dazu sagen, dass David und ich die Nacht miteinander verbracht hatten. Ich wollte es mir gar nicht vorstellen.

Als ich das erste Haus fertig geputzt hatte, trat ich zum Verschnaufen nach draußen. Mein Blick schweifte in die Landschaft, und ich sah zwei kleine Pünktchen auf mich zukommen. Ein Drittes, deutlich Wuseligeres, hüpfte von links nach rechts und wieder zurück. Smokey mit seinem Frauchen und Herrchen.

Ich blieb stehen, bis sie nahe genug waren, um mich zu bemerken. Mir war, als würde Joanna kurz stocken, doch sie setzte ihren Weg fort. Kurz sagte sie etwas zu Matt, der sich daraufhin aus dem Staub machte. Er warf mir aber noch einen undefinierbaren Blick zu. Herrje, das konnte ja was werden.

Joannas Gesicht war ausdruckslos, als sie sich neben mich stellte und mich ansah.

»Hi«, versuchte ich den Einstieg ins Gespräch. Sehr eloquent, Emily, wirklich. Selbst für dich eine reife Leistung.

Joanna schwieg.

Nervös wippte ich vor und zurück und vergrub die Hände in den Hosentaschen. Ich wusste nicht, wohin sonst damit. »Wie … wie lief denn dein Gespräch?«

Joannas Reaktion bestand in einer hochgezogenen Augenbraue. Das konnte von »Ach, danke, dass du endlich nachfragst« bis hin zu »Als ob dich das wirklich interessiert« alles bedeuten, denn immer noch hüllte sie sich in beharrliches Schweigen. Sie machte es mir heute wirklich schwer.

Ich hüstelte. »Hör mal.« Ich musste mich erneut räuspern. »Es war wirklich nicht meine Absicht, dir den Campingplatz so … chaotisch zu übergeben. Ich hatte keine Ahnung, dass Christopher sich dermaßen austoben würde. Ich habe seine Änderungen übrigens zurückgesetzt. Alles wieder beim Alten.« Ich äugte zu ihr hoch, den Blick weg von meinen sehr interessanten Schuhen hin zu ihr. Ich konnte immer noch nicht viel in ihrem Gesicht lesen.

»Ähm, ja, also … was ich sagen wollte, war eigentlich nur, dass es mir leidtut. Ich wollte den Platz nicht unbeaufsichtigt lassen. Aber Christopher hat es uns nicht leicht gemacht. Wir dachten, das Einzige, was ihn vielleicht aufrütteln würde, wäre, wenn wir streiken.«

»Streiken?«

Erstaunt hob ich den Blick. Endlich! Sie sprach mit mir.

Hastig beeilte ich mich, zu nicken. »Ja. Christopher war gerade dabei, die Tafel mit den Social-Media-Kanälen abzubauen. Wir konnten ihn gerade so davon abhalten.«

Ich konnte Zorn und Wut in ihren Augen aufflackern sehen, doch sie beherrschte sich, und bedeutete mir mit einem Nicken, fortzufahren. »Wir waren ziemlich sauer auf Christopher, ehrlich gesagt, sind sich die beiden fast an die Gurgel gegangen. Es hat nicht mehr viel gefehlt. Ich musste da irgendwie dazwischen. Und langsam geht mir der Streit auch echt auf die Nerven, ich hab die Nase voll davon. Also habe ich beschlossen, dass wir streiken. Dass wir einfach mal rausmüssen. Ich habe mir gedacht, dass Christopher mal selbst erfahren soll, wie viel Arbeit der Platz macht.«

Sie nickte vage. »Und ihm damit alle Zeit der Welt lassen, um alles so umzustellen, wie er es wollte.«

Verzweifelt rang ich die Hände. »Aber das konnten wir doch nicht ahnen! Ich hätte Stein und Bein schwören können, dass er absolut überfordert vor dem Telefon sitzen und seinen Fehler einsehen würde.« Ich zuckte mit den Schultern. »Aber das war wohl viel zu naiv. Joanna, bitte, es tut mir wirklich leid. Das habe ich nicht gewollt, und ich verstehe, dass du sauer bist. Ich hätte nicht gehen sollen, da du dich ja auf mich verlassen hast. Es tut mir ehrlich leid.«

Wir sahen uns an, und ich erkannte, dass sie meine Entschuldigung annahm. »Okay«, sagte sie. »Aber mach das nie wieder. Auch wenn wir hier unterbesetzt sind, eher trenne ich mich von verantwortungslosen Mitarbeitern und stemme alles allein.«

»Verstanden«, murmelte ich. Ich hätte in den Boden versinken können. Der Streik und der Ausflug mit David waren einmalig gewesen, aber der Preis, für den wir uns das alles erkauft hatten, war im Endeffekt vielleicht doch etwas zu hoch gewesen.

»Was den Rest angeht …«, setzte sie an.

Ich unterbrach sie eilig. Mir schoss die Hitze in die Wangen, als ich stammelte: »Nein, halt, lass uns bitte nicht darüber reden. Auch das tut mir leid … also, dass du es gesehen hast. Ich bin zwar der Meinung, das geht niemanden etwas an, aber es war dennoch unglücklich, die Tür nicht zu verschließen. Sorry.«

»Emily, das meinte ich nicht.« Ihr Tonfall war neutral, auch wenn ich das Gefühl hatte, eine Spur von Belustigung herauszuhören. »Ich wollte dir eigentlich von meinem Gespräch mit der Personalabteilung erzählen.«

»Oh«, sagte ich geistreich und musste sehr intelligent ausgesehen haben, denn Joanna lachte zum ersten Mal, seitdem sie zurück war. »Ich hoffe, es sind gute Nachrichten.«

Sie nickte. »Na ja, so halb wenigstens. Ich kann mich entscheiden. Entweder ich zahle diese Ablöse, die horrend hoch ist und eigentlich für mich nicht infrage kommt, oder ich verlängere meinen Vertrag auf zwei Jahre, kann davon aber die meiste Zeit im Homeoffice abarbeiten und muss nur für wichtige Meetings nach Seattle fahren.«

»Aber … das klingt doch super. Oder?« Homeoffice wäre die Traumlösung für ihr Problem, aber irgendetwas klang in ihrer Stimme an, das mir verriet, dass die Lösung einen Haken hatte.

»Komm, lass uns mal ein paar Schritte gehen«, sagte sie anstelle einer Antwort und ging voran. Ich folgte ihr, und gemeinsam schlenderten wir über den Platz.

»Es wäre wirklich die perfekte Lösung. Ich hatte gehofft, dass sie mir diesen Vorschlag unterbreiten würden. Ich könnte hierbleiben und im Hintergrund die Fäden ziehen.« Sie blieb abrupt stehen und wandte sich mir zu. »Aber genau da liegt das Problem. Die Verwaltung des Campingplatzes ist ein Vollzeitjob. Das kann man nicht nebenbei machen und garantiert nicht zusammen mit einem anderen Vollzeitjob.«

Ich schluckte schwer. Ich ahnte, was kommen würde, und eine Welle von Scham erfasste mich.

»Als ich zu meiner Chefin sagte, dass ich mir den Vorschlag mit dem Homeoffice überlege, da war ich eigentlich schon sicher, dass ich annehmen würde. Weil ich dich im Hinterkopf hatte. Als mein Back-up, als die Person, die mich an der Anmeldung, in der Organisation und Verwaltung ersetzen könnte. Ich dachte mir, dass du die ideale Person dafür wärest.«

Ich konnte ihrem Blick nicht lange standhalten.

»Und deswegen hat es mich umso mehr getroffen, als ich einsehen musste, dass ich vielleicht zu viel von dir verlangt habe. Zu viel in dich hineininterpretiert habe.«

»O Gott, Joanna … ich kann nur wiederholen, wie leid es mir tut. Es war ein Fehler, einfach abzuhauen und Christopher alles zu überlassen.« Meine Wangen brannten, und mir war furchtbar heiß. Am liebsten wäre ich einfach davongerannt. Wieso nur hatte ich alles so versemmelt?

»Ja, das war es, wobei ich dich da schon verstehen kann. Dein Plan, ihn allein zu lassen und ihm damit die Augen zu öffnen, hätte auch aufgehen können. Wirklich, so übel war die Idee gar nicht.« Sie grinste mir kurz zu. »Und ich glaube dir, dass du deine Entschuldigung ernst meinst. Ich trage dir auch nichts nach. Von meiner Seite aus haben wir jetzt einen Neuanfang.«

Das »Aber« in ihren ungesagten Worten schrie mich schier an. Mit klopfendem Herzen sah ich sie an und wusste, dass mir nicht gefallen würde, was sie zu sagen hatte.

Sie griff nach meiner Hand und drückte sie. Überrascht ließ ich es zu.

»Hör mal, was ich dir jetzt sagen werde, geht mich vielleicht nichts an, aber ich muss es einfach. Weißt du, du bist nicht einfach nur eine Angestellte für mich, ich denke, dass wir das Potenzial für eine gute Freundschaft haben. Und gerade deshalb fällt es mir schwer, es dir zu sagen.«

Sie hielt kurz inne, ließ meine Hand wieder los und suchte sichtbar nach den passenden Worten.

»David.«

Sie seufzte den Namen ihres Bruders, und ich hatte gewusst, dass es im Endeffekt auf ihn hinauslaufen würde.

»Was ist mit ihm?«, fragte ich und versuchte, das Zittern in meiner Stimme zu unterdrücken. Ich fühlte mich wackelig auf den Beinen und wünschte, wir hätten uns irgendwo setzen können.

»Ich liebe meinen Bruder. Wirklich und ehrlich. Er ist ein toller Mensch. Ich glaube, außer unseren Eltern gibt es nicht viele Menschen, die ihn besser kennen als ich. In manchen

Punkten kenne ich ihn vielleicht sogar am besten. Das muss diese Zwillingssache sein, von der immer alle sprechen.«

»Zwillinge?«, entfuhr es mir. Das war mir neu.

Sie nickte. »Ja, wir sind Zwillinge. Klar, sieht man bei Zweieiigen natürlich nicht. Irgendwie dachte ich, du wüsstest es. Was ich sagen wollte: In vielen Dingen sind wir uns ähnlich. Zu ähnlich manchmal. Ein paar Dinge sehen wir anders. Aber es gibt einen Bereich in unseren Leben, da sind wir komplett verschieden.«

Sie hielt inne, wie um sich selbst für die nächsten Worte zu stärken. »Beziehungen. Das ist etwas, das David nicht kann. Oder vielleicht zu gut kann? Ich könnte es dir nicht einmal genauer erklären. Aber David ist schon immer jemand gewesen, der von einer Beziehung zur nächsten gehüpft ist. Er hat es nie besonders lange bei einer Frau ausgehalten. Schon als Jugendlicher nicht, und als Erwachsener erst recht nicht.« Sie hob eine Hand, als sie merkte, dass ich sie unterbrechen wollte. »Damit will ich nicht sagen, dass er keine echten Gefühle hat. Ich denke eher, er hat irgendein Bindungsproblem, das dafür sorgt, dass er immer weiter will, immer weiter muss.«

»Was willst du mir damit sagen?«, flüsterte ich, weil ich meiner Stimme nicht trauen konnte.

Sie verzog das Gesicht zu einem traurigen Lächeln. »Ich weiß, es geht mich überhaupt nicht an, was da zwischen euch läuft. Aber ich muss dich einfach warnen. David hat schon vielen Frauen das Herz gebrochen, auch wenn er das sicher nur selten geplant hatte. Er hält es einfach nie besonders lange bei einer aus, ich weiß nicht, woran das liegt. Wir haben nicht wirklich darüber gesprochen.«

Ausdruckslos starrte ich sie an. »Und du denkst, dass es bei mir genauso sein wird.« Ich holte tief Luft. »Vielleicht ist er für mich ja ebenfalls nur ein … Abschnitt. Ich habe gerade erst eine Beziehung hinter mir. Eigentlich will ich keine neue, im Moment jedenfalls nicht.«

Ich wusste, dass meine Worte nur die halbe Wahrheit waren. Ja, es stimmte, eine Beziehung jetzt, und dann ausgerechnet mit David, war nicht die klügste Idee. Aber der David aus dem Zoo, der unbeschwerte, nicht taktierende David, ging mir nicht mehr aus dem Kopf.

Joanna legte den Kopf schief, was mich auf irritierende Weise an die gleiche Geste heute Morgen bei David erinnerte. »Ich will einfach nicht, dass er dich in irgendeiner Weise verletzt. Sei einfach ein wenig vorsichtig bei ihm.« Sie lachte kurz auf. »Und ja, ich weiß, wie fies sich das für eine Schwester anhört. Aber ich kenne ihn. Falls du vorhast, länger hierzubleiben, vielleicht wirklich mehr in der Organisation mitzuarbeiten, dann sollten sich meine beiden besten Mitarbeiter gut verstehen und sich nicht aus dem Weg gehen müssen. Aus welchen Gründen auch immer.«

»Okay«, sagte ich, auch wenn sich alles in meinem Kopf drehte und die Gedanken von vorn nach hinten purzelten und wenig Sinn ergaben.

»Alles wieder gut bei uns?«, fragte Joanna, als ich weiter nichts sagte.

»Alles wieder gut«, beeilte ich mich zu erwidern. Nichts war gut, gar nichts.

Joanna strahlte und zog mich in eine spontane Umarmung. »Das freut mich. Ich hasse Streit.« Sie lachte befreit auf. »Was hältst du von einem Mädelsabend? Im Kino läuft ein Schnulzenfilm, in den ich Matt nie und nimmer reinbekomme. Sollen wir?«

»Heute?«, fragte ich überrascht und auch ein wenig besorgt. Was wäre, wenn David den Abend mit mir verbringen wollte? Andererseits, er hatte bislang nicht gefragt.

»Ja, warum nicht gleich heute?«

»Gut, bin dabei«, entschloss ich mich spontan, und wir verabredeten uns für sieben Uhr abends. David konnte warten. Nach allem, was Joanna mir erzählt hatte, und meinen eigenen Beobachtungen war es nur sinnvoll, ihm erst einmal nicht zu viel Platz in meinem Leben einzuräumen.

Kapitel 18

Trotz meines Vorsatzes war ich überrascht und enttäuscht, als ich ihn später am Abend mit einer fremden Frau sah.

Joanna und ich waren wie geplant im Kino gewesen. Sie hatte einen wirklich schrecklich schnulzigen, vor Romantik nur so triefenden Schinken ausgesucht. Das war normalerweise kein Film, den ich mir freiwillig ansah, aber dennoch hatte ich Spaß. Die Geschichte war abstrus, an den Haaren herbeigezogen und absolut überzogen. Wir machten uns darüber lustig, bis sich die Leute in den Reihen vor uns umdrehten und uns böse ansahen. Ich erinnere mich nicht, wann ich zuletzt so viel gekichert hatte.

Wir verdrückten eine gigantische Portion süßes Popcorn, tranken eine Weinschorle dazu, und als der Abspann lief und die Lichter im Kinosaal langsam angingen, hielten wir uns die Bäuche. Ich hatte Bauchweh von zu viel Lachen und zu viel süßem Zeug.

»O Gott, ich glaube, ich brauche ein Bier«, stöhnte ich, als wir uns mit den anderen Kinogängern langsam Richtung Ausgang schoben.

»Warum nicht?«, antwortete Joanna und sah auf ihre Uhr. »Es ist gerade mal zehn. Die Nacht ist noch jung.«

Belustigt sah ich sie an. Mittlerweile kannte ich sie gut genug, um zu wissen, dass sie morgen früh wieder pünktlich am Schreibtisch sitzen und garantiert nicht sehr lange mit mir um die Häuser ziehen würde.

Wir entschieden uns für eine relativ neue Bar und setzten uns an einen kleinen Tisch nahe dem Fenster. Gedankenverloren beobachtete ich die Passanten, während Joanna uns Bier organisierte.

Sie kam gerade mit zwei Flaschen Light-Beer zurück an den Tisch, als ich David draußen entdeckte. Mit einer anderen Frau. Sie schlenderten den Weg entlang ohne jeden Körperkontakt, doch sie schienen sich außerordentlich gut zu verstehen. Sie lachte über etwas, das er gesagt hatte, und warf selbstvergessen den Kopf beim Lachen in den Nacken. Sie war bildhübsch, volles, lockiges Haar und ebenmäßige Gesichtszüge, ein super Körper. Er lachte ebenfalls, und ihre Sympathie füreinander war offensichtlich.

Etwas sehr Kaltes durchfuhr mich bis in die Fußspitzen, durchbohrte mich förmlich und ließ mich erstarrt zurück. Joanna musste meinen schockierten Blick gesehen haben und folgte meinem Blick. Ich hätte schwören können, dass sich ihre Miene verdüsterte.

Wortlos streckte sie mir das Bier entgegen. Sekundenlang sagte niemand von uns etwas, auch wenn ich ihr gedachtes »Ich habe es dir doch gesagt« laut und deutlich hören konnte.

Ich verdammte Idiotin! Ich gottverdammte, dämliche Kuh. Ich hatte mich ja so von ihm einlullen lassen, von seinem sexy Körper, seinen Worten, und war so blind für meine eigenen Instinkte gewesen. Mir war doch von vornherein klar gewesen, was für eine Art Typ er war. Kurz durchfuhr mich der Gedanke an seinen Gesichtsausdruck, als ich ihm den Flamingo schenkte, doch ich schob ihn weit weg von mir. Das war ohne jede Bedeutung.

»Hattet ihr für heute etwas geplant?«, fragte Joanna zaghaft, als sie sich zu mir gesetzt und einen Schluck Bier getrunken hatte.

Tatsächlich hatte ich David heute nicht mehr gesehen. Immer wieder hatte ich Ausschau nach ihm gehalten, doch er war wie vom Erdboden verschluckt. Ich hatte die Befürchtung gehabt, er würde mir ausweichen, doch Josie erzählte mir, dass einer der Boiler in den Hütten ausgefallen war, und er dringend Ersatz hatte holen müssen. Das erklärte zwar seine Abwesenheit, aber dennoch hätte er sich ja kurz bei mir melden können.

Andererseits … ja, was eigentlich? Mir war völlig unklar, wie ich das benennen sollte, was zwischen uns gewesen war. War es ein One-Night-Stand? Ich konnte es nicht sagen. Ich wusste nicht, wie er auf mich bei unserem nächsten Wiedersehen reagieren würde. Ich wollte nicht wie Miss Riesenhut von ihm abgewiesen werden. Mir graute davor, und doch sehnte ich mich nach ihm.

Mir war hundeelend zumute, auch wenn sich tief in mir etwas rührte, das sich wie Aufstand anfühlte.

»Nein, hatten wir nicht«, antwortete ich nach einigen Sekunden.

»Das muss nichts bedeuten, weißt du? Er hat ziemlich viele Bekanntschaften hier«, sagte sie, doch das hörte sich an, als würde sie selbst nicht daran glauben.

Sieht das wirklich nur nach einer Bekanntschaft aus, hätte ich am liebsten gefragt, doch ich biss mir auf die Zunge und zuckte stattdessen die Schultern. Die gute Laune von eben war dahin, bei uns beiden. Wir tranken unser Bier, doch ein echtes Gespräch kam nicht zustande und wir verabschiedeten uns. Sie ging nach Hause zu Matt, ich fuhr mit dem Pick-up zurück zum Campingplatz.

Ich versuchte krampfhaft, alle Gedanken daran, was ich in diesem Auto mit ihm getrieben hatte, zu verdrängen, doch die

Erinnerung an seine Hände auf meinem nackten Körper holte mich ein, als ich mich auf den Fahrersitz setzte und den Wagen startete.

Zu meinem Glück verlangte der kurvenreiche Weg zurück zum Campingplatz meine volle Aufmerksamkeit.

Als ich im Bett lag, ertappte ich mich dabei, dass ich meine Ohren spitzte und auf Geräusche von unten lauschte. Würde ich hören, wenn er heimkam? Würde er allein sein oder wieder jemanden mitbringen? Oder würde er zwar heimkommen, aber auch diesmal eine Nacht in einer der Hütten bevorzugen? So wie er es mit mir gemacht hatte?

Entnervt zog ich mir die Decke über den Kopf. Ich hatte die Befürchtung, gar nicht mehr einschlafen zu können, doch irgendwann musste ich weggedämmert sein, denn ich erwachte mit einem Ruck und heftig klopfendem Herzen. Was hatte mich geweckt? Ich setzte mich auf und lauschte in die Stille. Außer meinem eigenen rauschenden Blut konnte ich nichts hören. Ich blieb noch eine Weile zitternd sitzen, bis sich auch mein Puls wieder beruhigt hatte.

Diesmal dauerte es noch länger, wieder einzuschlafen, und es überraschte mich nicht, dass ich mit einer richtig schlechten Laune aufwachte. Ich hatte so gar keine Lust auf diesen Tag und wäre am liebsten liegen geblieben.

Ich quälte mich auf und hoffte, niemanden in der Küche anzutreffen. Doch die Geschwister tranken gerne zusammen eine Tasse Kaffee, und normalerweise war auch der Frühstückstisch reichlich gedeckt. In Clearwater Campsite war Diät ein eher unbekanntes Wort.

David saß schon am Küchentisch.

»Guten Morgen«, begrüßte er mich strahlend.

Ich blieb stocksteif stehen und beäugte ihn. Wieso nur sah er so unverschämt gut aus, während ich mich wie ein ausgedrückter Putzlumpen fühlte? Meine Haare waren heute strähnig und dünn, und ich hatte mir in purer Verzweiflung einen Messy Bun gesteckt. Ich hatte das Gefühl, meine Augen wären vom Schlafmangel klein und verquollen, von meiner teigigen Haut ganz zu schweigen.

David hingegen: Haare wie aus einem Werbespot für Shampoo, offener, klarer Blick, rosige Wangen. Ich musste wegsehen. Er sah einfach verboten gut aus.

Ich murmelte eine Entgegnung, dann goss ich mir Kaffee ein und setzte mich möglichst weit weg von ihm. Er runzelte die Stirn und kratzte sich an der Wange.

»Alles okay?«, fragte er.

»Schlecht geschlafen«, gab ich zurück und nippte am kochend heißen Getränk.

Zu gerne hätte ich ihn nach seinem gestrigen Abend gefragt. Würde er mir die Wahrheit sagen? Doch es würde mich wie eine eifersüchtige Ziege dastehen lassen, und so schluckte ich meine Frage hinunter.

»Schade, dass wir uns gestern verpasst haben. Josie erzählte mir, du und Jo wart im Kino.«

Erstaunt sah ich ihn an. »Waren wir, ja. Wieso? Was wolltest du machen?«

Er zuckte die Schultern. »Ach, nichts Besonderes. Mir ein wenig die Beine in der Stadt vertreten.«

Nun zuckte ich die Schultern. »Deine Schwester war schneller dran.«

Er lachte auf. »Sieht wohl ganz so aus. Doch heute wird ihr das nicht gelingen. Heute Abend gehörst du mir.«

Seine Worte lösten einen Wirbelsturm in meinem Magen aus, und kurz wurde mir ganz flattrig. Ich zwang mich, ruhig zu bleiben und rief mir das Bild von ihm und der schönen Frau zurück in Erinnerung. Er hatte das Treffen mit ihr nicht erwähnt.

»Was hast du vor?«, fragte ich vorsichtig.

»Gute Frage.« Er lachte. »Eigentlich ist mir das egal. Hauptsache, etwas Zeit mit dir.«

Erneut dieses Gefühl in meiner Körpermitte. Er wollte Zeit mit mir verbringen. Das war etwas Gutes. Und auch wenn ich es nicht wollte, es hob meine Laune schlagartig. Dennoch blieb ich vorsichtig. Joannas Worte hallten in mir nach.

»Dann überrasch mich. Du weißt ja, wo ich bin«, gab ich zurück und versuchte ein Lächeln.

Er hob zweideutig die Augenbrauen. »Ich hätte ja durchaus eine Idee …« Er hielt kurz inne. »Ach übrigens, wenn du gestern mit meiner Schwester im Kino warst, dann nehme ich an, dass das große Donnerwetter, das über mich hereingebrochen ist, an dir vorbeigegangen ist?«

Ich seufzte auf. »Das wäre zu schön gewesen. Das Gegenteil war der Fall. Joanna hat mich ordentlich zusammengefaltet. Und sie hatte ja recht. Wir hätten nicht türmen sollen.«

David schnaubte. »Ja. Oder aber, Christopher sollte aufhören, sich wie der Oberarsch aufzuführen. Dann wäre das auch nicht notwendig gewesen. Na klar, der Anpfiff war wohl gerechtfertigt. Ich habe ihr schwören müssen, dass das nie wieder passiert.«

Er stand auf und räumte sein Geschirr weg. »Trotzdem war das ein toller Tag gewesen. So, ich muss mich leider ein wenig beeilen. Dieser Boiler von gestern hat sich als kleines Arschloch entpuppt und sich beim Einbauen geweigert, mitzuarbeiten. Da muss ich jetzt gleich wieder ran.«

Er drückte mir beim Vorbeigehen einen Kuss aufs Haar. Im gleichen Augenblick kam Joanna zur Tür herein. Sie kommentierte diese Geste mit keinem Wort, doch ihren Gesichtsausdruck hatte sie nicht ganz unter Kontrolle.

»Klapp den Mund wieder zu, Joanna«, meinte ihr Bruder beim Hinausgehen.

Ich selbst hatte noch mit den Auswirkungen seines beiläufigen Kusses zu kämpfen. Fröstelnd legte ich beide Hände um die Tasse und hielt sie vor mich wie einen Schild.

»Alles gut bei dir?«, fragte Joanna, als sie sich neben mich setzte.

»Ich denke schon.« Ich hatte keine große Lust auf ein Gespräch und wirklichen Hunger hatte ich auch nicht. Ich gab es ungern zu, aber es war wie eine kleine Flucht, als ich schnell meine Tasse ausspülte und das Putzzeug nahm.

Ich hatte heute nicht sehr viel zu tun, was meinem Kopf die Gelegenheit gab, zu viel zu grübeln. Ich konnte es einfach nicht abstellen. So schön es hier auch war, auf Campsite Clearwater schien ich mich zu einer Grüblerin zu entwickeln. Es gefiel mir nicht, aber ständig schob sich David vor mein inneres Auge, seine Art, sich zu bewegen, seine Art, mich zu küssen, die Leidenschaft in seinen Augen, und auch die Momente, wenn die Maske fiel, und ich das Gefühl hatte, den echten David zu sehen. Den David ohne jede Verstellung. Den David, der sich besorgt über die zusammengebrochene Josie beugte. Den David, der einem kleinen Jungen ein Dino-Pflaster aufs blutige Knie klebt. Den David, der sich über putzige Zootiere freuen konnte.

Immer wieder ertappte ich mich dabei, mir auszumalen, was er heute Abend mit mir vorhatte. Stets landeten meine Fantasien in dem großen, geräumigen, ungestörten Bett in Haus Nummer sieben. Verdammt, das musste aufhören.

Der Nachmittag sorgte für mehr Ablenkung, da endlich die bestellten Lebensmittel angeliefert wurden. Josie und ich machten uns daran, die leeren Regale aufzufüllen. Wir hatten bereits besprochen, welcher Artikel wohin kommen sollte. Noch immer war der Laden, verglichen mit einem Supermarkt, spartanisch bestückt, aber der Kontrast zu vorher war groß. Endlich hatten wir Konserven aller Art, Nudeln, Reis, Müsli,

Schokolade, Gummibärchen und Kekse. Aber auch Batterien, Mückenspray, Sonnenbrillen, aufblasbare Kissen und weiteren Kram, den Outdoor-Touristen gerne mal daheim vergaßen, aber dringend brauchten.

Nächste Woche würde der Kühlschrank geliefert werden, den wir online bestellt hatten. Dann konnten wir auch verderbliche Lebensmittel wie Käse, Wurst, Milch und Joghurt anbieten und das Sortiment erweitern. Die Luxusecke mit etwas Bier und Wein, für dessen Lizenz Joanna hart hatte kämpfen müssen, würde zuletzt aufgefüllt werden.

»Wir brauchen dringend noch einen Namen für unseren Laden«, meinte Josie und schnaufte. Ich drängte sie immer wieder zu kleinen Sitzpausen. Sie hatte es sich nicht nehmen lassen, mitzuarbeiten, was zu großem Protest von Joanna geführt hatte. Ich hatte ihr versprechen müssen, Josie genau zu beobachten und beim kleinsten Anzeichen von Schwäche ausruhen zu lassen.

»Einen Namen«, wiederholte ich und nickte. »Stimmt. Darüber haben wir noch gar nicht gesprochen. Gute Idee.«

Josie strahlte. »Was hältst du denn von *Clearwater Shopping*?«

»Na, ich weiß nicht so recht.« Ich runzelte die Stirn. Der Vorschlag haute mich nicht gerade von den Socken, um ehrlich zu sein. »Da könnte man auch gleich nur *Shop* darüber schreiben, das wäre vermutlich genauso aussagekräftig.«

Josie lachte. »Okay, langweilig, ich gestehe. *Camp Shop?* Nee, hört sich auch nicht wirklich interessant an. *Little Shopping?*« Nun runzelte Josie die Stirn. »Okay, vergessen wir es für heute. Alles grauenhafte Namen. Vielleicht sind wir morgen kreativer. Oder Joanna ist es.«

»Ich baue auf Joanna«, erwiderte ich, da mir selbst kaum kreativere Namen einfielen. Ich trat von einem Regal zurück, um mir die Anordnung von Weitem anzusehen. »Ja, doch, das sollte passen. Sieht ganz gut aus.«

»Sieht hervorragend aus. Gute Arbeit«, kommentierte Josie.

Ich deutete eine Verbeugung in ihre Richtung an. »Kann ich zurückgeben. Jetzt wird es aber Zeit, dass du daheim deine Füße hochlegst.«

»Ach herrje, wirst du jetzt zu einer zweiten Joanna und bemutterst mich ebenfalls?«, schimpfte Josie. »Nur zur Info: Der Arzt meinte, meine Werte wären wieder okay.«

»Der Arzt meinte aber ebenfalls, du müsstest dich noch schonen. Und Regale einräumen fällt nicht unbedingt darunter. Du legst jetzt die Füße hoch, Befehl von ganz oben«, entgegnete ich. Ich schien einen Tonfall getroffen zu haben, der Wirkung zeigte, denn Josie stand maulend auf.

»Okay, okay. Ich beuge mich. Euer Gejammer ist ja kaum zu ertragen.« Trotzdem konnte ich sehen, dass sich ein Grinsen über ihr Gesicht zog. »Bis morgen dann.«

Sie winkte mir beim Rausgehen zu. Stille senkte sich über den kleinen Laden. Ich räumte die leeren Kartons weg, fegte aus und schloss dann ab.

Mittlerweile war es beinahe dunkel geworden, und mein Magen knurrte. Es wurde höchste Zeit, etwas zu essen. Joanna hatte in der Zwischenzeit ein paar Sandwiches gezaubert und die Reste von Josies Gemüseeintopf vom Mittagessen aufgewärmt. Ein einfaches, aber herrlich wohltuendes Essen nach so viel Arbeit. David saß bereits am Tisch und tippte auf seinem Smartphone herum. Als er mich sah, lächelte er mir zu, senkte dann aber den Kopf. Matt kam wenige Minuten später dazu, und nun saßen wir zu viert am Tisch.

Joanna seufzte auf und lehnte sich auf ihrem Stuhl zurück. Wir hatten aufgegessen, die Teller wohlig von uns geschoben und nippten an der Limonade, die Josie ebenfalls heute Mittag angesetzt hatte. »Gott, bin ich froh, dass ich wieder hier bin.«

Wir nickten alle fast gleichzeitig und mussten dann lachen.

»Hast du dich denn schon entschieden?«, wollte David wissen.

Matt lachte auf und übernahm für sie das Wort. »Natürlich hat sie das. Wie kannst du überhaupt nur fragen?« Liebevoll lächelte er Joanna an.

David nickte und grinste breit. »Auweia, ob ich dich auf Dauer ertrage?«

Joanna tat, als würde sie mit ihrem Besteck nach ihm werfen wollen, sagte dann aber nur: »Ha ha. Glaub mir, wenn ich meinen Job anständig machen will, wirst du mich so oft gar nicht mehr sehen.« Sie sah von ihm zu mir und wieder zurück. »Ihr werdet so einige Aufgaben von mir übernehmen müssen, wenn das klappen soll. Ich habe mit Emily schon kurz darüber gesprochen: Die Camp-Leitung kann ich in dieser neuen Konstellation unmöglich auch noch stemmen. Da werdet ihr dann mit anpacken müssen.«

»Kein Problem, Schwesterherz. Ich bin zwar nicht der geborene Schreibtischtäter, aber ich bin dabei. Klar doch«, erwiderte David und stellte sein Glas wie ein real gewordenes Ausrufezeichen auf dem Tisch ab.

Ich nickte ebenfalls, sagte aber nichts. Mir waren unser Gespräch und das Gefühl von Enttäuschung, das ich in Joanna ausgelöst hatte, noch zu präsent. Auch wenn sie mir klargemacht hatte, dass zwischen uns alles wieder in Ordnung war.

»Was ist denn jetzt eigentlich mit Christopher?«, fragte Matt.

»Interessiert mich nicht die Bohne.« David starrte Matt finster an.

»Mein Gott, David, jetzt hör aber mal auf. Sollen wir ewig so weitermachen?« Joanna beugte sich zu ihm vor. »Wir brauchen hier langsam mal eine Lösung.«

»Und wie soll die aussehen? Wir arbeiten, und Christopher grätscht uns ständig mit eigenen, seltsamen Ideen dazwischen?«

Joanna verdrehte die Augen. »Natürlich nicht. Hör doch mal auf, dich wie ein trotziges Kleinkind zu verhalten.«

Davids Mund klappte auf, und er tauschte einen demonstrativ schockierten Blick mit mir. »Ich? Trotzig? Ich bin hier also der Trotzige? Dass ich nicht lache.« Er gab ein betont gespieltes »Haha« von sich.

»Quod erat demonstrandum«, murmelte Matt leise.

Ich konnte ein Lachen nicht unterdrücken und prustete laut los.

»Hey«, machte David daraufhin und knuffte mir spielerisch auf den Oberarm.

Auch das entlockte Matt eine Reaktion, nämlich sehr eindeutig hochgezogene Augenbrauen. Mir schoss Wärme in die Wangen, und ich versuchte, seinem Blick auszuweichen. Was nicht die einfachste Übung bei vier Leuten an einem Tisch war.

»Jetzt mal im Ernst. Wir müssen langsam zu einer Lösung kommen. Vielleicht wäre es keine schlechte Idee, einen Mediator oder so zu holen.« Joanna schaute in die Runde. »Was meint ihr dazu?«

David schüttelte vehement den Kopf. »Vergiss es! Christopher reißt dir eher den Kopf ab, als dass er Außenstehende in die Sache involvieren würde. Ich glaube, der Schuss würde nach hinten losgehen.«

»Aber Mediatoren sind Profis und verschwiegen. Der Inhalt eines solchen Gesprächs gelangt nicht nach außen«, schaltete sich Matt ein.

»Trotzdem. Ich weiß einfach, dass es für ihn unangenehm wäre. Und dass er von vornherein auf Widerstand programmiert wäre, weil er das Gefühl hätte, wir wären alle gegen ihn.«

Nun schüttelte Joanna den Kopf. »Aber nein. Auch wenn ich den Mediator beauftrage, steht er ja nicht automatisch auf meiner Seite. Im Gegenteil, er ist der neutrale Part in dem Gespräch und versucht, jede Seite zu Wort kommen zu lassen und keiner den Vorzug zu geben.«

»Nein«, entgegnete David und verschränkte die Arme vor der Brust. »Da würde ich Chris eher auf ein paar Bier in die Bar mitnehmen und versuchen, dort mal ein ernstes Wort mit ihm zu reden.«

Joanna zuckte mit den Schultern. »Na gut, aber wenn das nichts bringt, hole ich einen Profi. Wir haben schon ein paar Mal versucht, mit ihm zu reden. Bislang hat nichts gefruchtet, im Gegenteil, ich habe mittlerweile das Gefühl, dass er gegen uns arbeitet.«

Für einen Moment senkte sich schlechte Stimmung über uns wie dunkler Nebel.

»Übrigens soll das Wetter Ende dieser Woche ziemlich heftig umschlagen. Irgendein Tief kommt auf uns zu, und es soll stürmisch werden«, wechselte David das Thema. »Ich würde vorschlagen, das Thema Bühnenabriss so schnell wie möglich … ha ha … über die Bühne zu bringen.«

Ich musste kurz schmunzeln, und auch Joanna kicherte. »Dann schaffen wir es vermutlich aber nicht so wie geplant als große Party. Dafür reicht die Ankündigungszeit nicht.«

»Nein, vermutlich nicht. Aber warum sagen wir nicht Josh Bescheid, der kann sicher ein paar kurz entschlossene Helfer finden. Und wir könnten das hier auf dem Campingplatz bewerben. Jeder Gast, der Lust darauf hat, kann sich anschließen, und wir geben eine Runde Freibier aus. Plus das große Feuer aus den Resten der Bühne … das könnte doch funktionieren, oder?«

Joanna ließ sich seine Worte durch den Kopf gehen und nickte dann langsam. »Das könnte klappen, ja. Ich rufe Josh gleich morgen früh mal an und bastle uns ein paar Plakate. Bis wann sollten wir das dann …«, sie hüstelte kurz, »… über die Bühne bringen?«

»Laut Wettermeldung wird's ab Freitag ungemütlich. Also spätestens am Donnerstag.«

»Schneller werden wir es auch nicht schaffen, befürchte ich.«

»Ich mache euch gerne die Plakate«, schlug Matt vor. »Dann könnt ihr euch auf den Rest konzentrieren.«

Joanna strahlte ihn an. »Dann kann das ja nur ein Erfolg werden, bei deinem Talent.«

David gab ein demonstratives Kotzgeräusch von sich und grinste dazu breit.

»Nur kein Neid, Kumpel«, gab Matt trocken zurück und küsste Joanna auf den Mund.

Kalter Neid durchfuhr mich, und ich senkte den Kopf. Sie waren so wunderbar zueinander, miteinander, das perfekte Paar. Ich wünschte mir, ich könnte das haben, was sie hatten. Mit David. Dieser Gedanke war plötzlich da. Der Kerl in meinen Gedanken, der an meiner Seite sein sollte, sah aus wie David. Egal was ich tat, ich konnte ihn nicht durch einen anderen ersetzen.

Ich schielte zu David hinüber, doch er war wieder mit seinem Smartphone beschäftigt. Wer, zur Hölle, lenkte sich bitte dermaßen ab? Der Neid von eben wandelte sich in Eifersucht, und ich wusste nicht, was davon schlimmer war.

Kapitel 19

Trotz allem verbrachten David und ich diese Nacht miteinander. Und die nächste Nacht. Und die darauffolgende. Und dann noch eine. Wir liebten uns die Seele aus dem Leib, von leidenschaftlich wild bis zu zärtlich langsam war jede Variante dabei, und jede Nacht schliefen wir Arm in Arm ein. Jeden Morgen erwachte ich immer noch in seinen Armen. Jeden Morgen drückte er mir einen Kuss auf die Schläfe und begann, mich mit wunderbarem Morgensex zu wecken.

Seine zärtlichen Gesten, sein warmer Atem an meinem Ohr, die Art, wie er mich an sich drückte, als würde er mich nie wieder loslassen oder als wäre ich in diesem Moment der einzige Mensch für ihn, gaben mir das Gefühl, dass dieses Etwas zwischen uns vielleicht doch mehr war oder wurde als nur eine kleine Spielerei.

Wir hatten bislang nicht darüber gesprochen, was das mit uns eigentlich war. Das Wort Beziehung fiel nicht ein einziges Mal, und ich hatte eine seltsame Scheu davor, es anzusprechen. Ich wollte das zarte Gespinst nicht zerstören, das sich aufgebaut hatte.

Heute war der Tag des Bühnenabrisses. Wir hatten viel zu tun. Josh, der zweite Bürgermeister, den ich bislang noch nicht gesehen und vorgestern kennengelernt hatte, hatte seine Freunde zusammengetrommelt und würde am frühen Nachmittag da sein. Die Feuerwehr, oder zumindest zwei freiwillige Helfer, würden später auf das Feuer aufpassen. Josh hatte dank seiner hervorragenden Kontakte sogar Freibier für uns organisiert.

Matts Kreativität war förmlich explodiert. Er hatte ein wunderbares Plakat für die Aktion entworfen, das nun überall auf dem Campingplatz zu sehen war.

David und ich würden später den Grill aufbauen und Würstchen für jeden Freiwilligen grillen.

Wir waren bestens vorbereitet, und ich freute mich auf den Tag. Ich versprach mir eine tolle Party und gute Laune. Auch Christopher wollte kommen, und meine heimliche Hoffnung war, dass die Energie, die der Bühnenabriss auslösen würde, auch auf ihn überschwappen würde. Vielleicht würde er endlich erkennen, welches Potenzial sich die beiden Geschwister hier bereits aufgebaut hatten. Vielleicht würde er dann endlich an unserem Strang mitziehen und nicht mehr dagegenhalten.

Ich schwang meine nackten Beine aus dem Bett, drückte David, der sich noch wohlig und sehr nackt neben mir rekelte, einen Kuss auf die Brust und stand auf. Seine protestierende Hand streifte meinen Po, und ich wäre um ein Haar umgedreht und hätte mich wieder auf ihn gestürzt.

Doch leider musste die Routinearbeit auch noch erledigt werden, trotz aller anderen Dinge, die den Tag heute besonders machen würden. David murmelte protestierende Worte, die ich geflissentlich zu überhören versuchte, dann stand er ebenfalls auf. Ich quälte mich eilig in meine Klamotten von gestern und sprang weg von ihm, als er mich packen und wieder ausziehen wollte.

»Finger weg!«, schimpfte ich lachend. »Wir haben so viel zu tun.«

»Ich sollte ganz andere Dinge tun«, sagte er lüstern und ließ seine Hände unter mein Shirt zu meinen Brüsten wandern. »Dinge, die dir gefallen würden.«

»Ach ja?«, quietschte ich und versuchte halbherzig, mich aus seinem Griff zu lösen.

»Oh ja, Dinge, die dich gestern Nacht zum Stöhnen gebracht haben«, sagte er rau und spielte an meiner Brustwarze. Ich musste doch tatsächlich ein Geräusch von mir gegeben haben, das David in seiner Absicht bestärkte. Denn wenig später war ich erneut nackt, erneut erregt und erneut eins mit David.

»Jetzt ist aber Schluss«, keuchte ich atemlos und wischte mir den Schweiß von der Stirn. »Du böser Junge.«

Er grinste unschuldig sein gewohntes David-Lächeln. »Du stehst doch auf den bösen Jungen.« Er wackelte dazu anzüglich mit den Augenbrauen.

Ich ignorierte es und wiederholte meinen Versuch, mich anzuziehen. Diesmal klappte es, und ich verbrachte den Vormittag mit meinen üblichen Aufgaben. Putzen, Reinigen, ein wenig Büroarbeit, da Joanna immer mal wieder zum Organisieren raus aus dem Büro musste.

Die Stunden flogen nur so dahin, bis es langsam Nachmittag wurde und die ersten Freiwilligen kamen. Wir hatten das Büro für heute geschlossen und den Anrufbeantworter aktiviert.

»Ganz schön was los«, meinte ich, als ich mich zu den freiwilligen Helfern gesellte. David, der gerade sein Smartphone in der Hintertasche seiner Jeans verstaute und nun ein Fass Bier an eine Zapfanlage anschloss, schnaubte. »Oh ja, ich hätte nicht damit gerechnet, dass quasi jeder Gast mitmachen will.«

Es schien zumindest so. Josh konnte unmöglich derart viele Helfer aus dem Ort mitgebracht haben. Tatsächlich meinte ich, ziemlich viele der Gesichter vom Campingplatz her zu kennen. Unsere Aktion schien aufzugehen.

»Dürfte ich kurz um Ihre Aufmerksamkeit bitten?« Eine tiefe, sonore, sehr angenehme Stimme ertönte, und ich drehte mich um. Josh stand auf der wackligen Holzbühne und winkte mit beiden Armen. Die Menge starrte ihn erwartungsvoll an.

»Hallo zusammen! Ich bin Josh, der zweite Bürgermeister dieses netten Örtchens hier, in dem Sie entschieden haben, Ihren Urlaub zu verbringen. Vielen Dank dafür übrigens.« Er verbeugte sich theatralisch, was für vereinzeltes Lachen sorgte. Irgendein euphorischer Tourist jubelte laut.

»Wir haben heute etwas Besonderes vor, und Sie alle dürfen daran teilhaben«, fuhr Josh fort. »Meine Freunde Joanna und David, die bezaubernden Eigentümer dieses Campingplatzes – ja, zeigt euch mal kurz, ihr beiden, sehr schön –, haben beschlossen, dass dieses Ungetüm, auf dem ich stehe, unbedingt wegmuss. Und das heißt im Klartext für uns: Abrissparty!« Die letzten Worte schrie er, was erneut lauten Jubel auslöste. Mit einer Geste versuchte er, wieder Ruhe in die Menge zu bringen. »Ich weiß eure Begeisterung zu schätzen, Freunde. Bevor es losgeht, und obwohl ich weiß, ihr braucht keine Belohnung dafür, möchte ich euch dennoch auf die Belohnung danach hinweisen. Und wie sollte es auch anders sein, nach sehr harter körperlicher Arbeit gibt es Freibier und Fleisch und Würstchen!«

Der Jubel wurde noch frenetischer und lauter, und Josh reckte kampflustig eine Hand in die Höhe. »Hier kurz noch die unumgänglichen Regeln: Arbeitshandschuhe liegen da hinten in der Kiste, jeder bitte ein Paar davon schnappen und anziehen, und dann geht's auch schon los: Holz von hier bitte auf den Stapel da hinten legen. Das zünden wir nämlich später auch noch an. Super, oder? Und bitte, gebt ein wenig gegenseitig auf euch acht. Bitte niemanden Holz auf den Kopf hauen oder so, okay? Also Leute, lasst es uns angehen! «

»Wow!«, sagte ich, als der Applaus abgeebbt war. »Der Mann ist ja ein wahres Bühnentalent.«

»Ja, nicht wahr?« David grinste. »Ich verstehe bis heute nicht, warum er nur zweiter Bürgermeister ist. Oder nicht Comedian oder so. Der Typ gehört auf die Bühne.«

David und ich waren zuständig für den Ausschank und das Grillen, also hielten wir uns beim Abriss zurück und beobachteten es von Weitem, während wir die restlichen Vorbereitungen – Grill anwerfen, Testbier trinken – erledigten. Es war viel los, ich war abgelenkt, dennoch fiel mir auf, dass David immer wieder sein Smartphone hervorholte, darauf herumtippte und es dann wieder einsteckte. Mit wem schrieb er nur so eifrig? Ich verdrängte die ungewollte Eifersucht und konzentrierte mich wieder auf das Treiben um uns herum.

Josh beteiligte sich mit hochrotem Kopf und einem breiten Grinsen am Abriss. Seine kindliche Freude konnte ich fast körperlich spüren, und sie übertrug sich auf die Menge um ihn herum. Überall wurde gelacht, mit sichtlichem Elan Holz zerkleinert, mit den Händen weggerissen und zum Feuerstapel rübergewuchtet.

Lachen, Juchzen und Schreie lagen in der Luft. Es war die pure Freude, und es juckte mir in den Fingern, mitzumachen. Matt war ebenfalls inmitten der Abrissparty, während Joanna mit den Feuerwehrmännern den Holzstapel umschichtete und Fragen beantwortete.

Jeder hatte seine Aufgabe. Auch Josie hatte es sich nicht nehmen lassen, zu kommen. Sie hatte allerdings ihren Mann dabei und war stille Beobachterin.

Von Christopher war noch nichts zu sehen. Er hatte versprochen, zu kommen, doch ich konnte ihn nirgendwo entdecken, wenn ich nach seiner hohen Gestalt Ausschau hielt.

Wenig später war ich schwer beschäftigt und kam gar nicht mehr dazu, mir Gedanken um ihn zu machen, denn die ersten Durstigen strömten auf uns zu, und ich hatte ordentlich zu zapfen. Josh hatte uns sogar richtige Biergläser besorgt, sodass wir auf Plastikbecher verzichten konnten.

Eine Stunde später war die Abrissparty vorbei und hatte sich in eine richtige Party verwandelt. Jeder hatte ein Bier in der Hand, die Leute standen in Grüppchen zusammen, und ich konnte sehen, dass Einheimische und Touristen miteinander schwatzten und lachten. Die Bühne war nun ein elegant aufgeschichteter Holzstapel. Der Geruch von gegrillten Würstchen lag in der Luft. David wendete und brutzelte in Rekordgeschwindigkeit, damit auch jeder etwas bekam.

Josh und Joanna kamen zu uns.

»Ein voller Erfolg, Leute«, meinte Josh und sah sich zufrieden um. »Ich glaube, das könnt ihr ab jetzt jedes Jahr machen.« Sein sonores Lachen dröhnte in meinen Ohren. »Jetzt brauche ich aber erst mal ein Bier.« Er strahlte mich an.

»Hast du Christopher schon gesehen?«, fragte mich Joanna in einem unbeobachteten Moment.

»Nein.« Ich schüttelte den Kopf. »Ich bin ein wenig enttäuscht.«

»Ich auch.« Sie zuckte mit den Schultern. »Warten wir einfach noch ab. David, kann ich noch ein Würstchen haben, oder sind die schon alle?«, fragte sie.

David war erneut in sein Smartphone vertieft.

»David«, sagte sie lauter und schnippte demonstrativ mit den Fingern vor seinem Gesicht. »Hallo? Kannst du bitte das olle Ding endlich mal aus der Hand legen? Wir haben hier zu tun.«

»Was?«, fragte er gedankenverloren und sah uns an, als wäre er gerade aus einem Traum erwacht. »Sorry, ich war gerade … abgelenkt.«

»Das sehe ich auch«, erwiderte sie ein bisschen sauer. »Was ist denn da so wichtig?«

Ja, stimmte ich ihr in Gedanken zu und war froh, dass sie es ansprach und nicht ich.

David grinste breit. »Ich habe da eine Idee. Noch ist sie nicht ganz ausgereift, aber es könnte ganz cool werden.«

»Aha«, machte Joanna unbeeindruckt. »Vielleicht hast du die Güte, uns davon zu erzählen? Und bekomme ich jetzt endlich noch eine Wurst?«

»Sorry, der Grill ist offiziell geschlossen. Wir haben keine Würstchen mehr. Und auch nichts anderes. Erfolg auf ganzer Linie sozusagen.« Er sah seine Schwester bedauernd an. »Und was das andere angeht: Das könntest du genauso gut Emily fragen.«

»Mich?«, echote ich ungläubig. »Äh, was?«

Er grinste. »Der Zoobesuch hat mich auf eine Idee gebracht. Nein, das stimmt nicht ganz: Emily hat den Vorschlag gemacht.«

»Ich? Was habe ich denn gesagt?«

Er beugte sich verschwörerisch zu mir herunter. »Alpakas! Du erinnerst dich?«

»Ähm, ja, Alpakas«, murmelte ich überrascht. Er hatte sich also meinen Vorschlag mit den Alpakas für Wanderungen gemerkt.

»Moment«, mischte Joanna sich ein, einen ungläubigen Ausdruck auf dem Gesicht. »Was ist mit Alpakas? Was zur Hölle habt ihr vor?«

David ließ sich nicht beirren. »Kennst du Lucy noch? Aus dem Ort? Sie war früher ab und zu in den Ferien hier oben und hat bei den Ferienaktivitäten mitgemacht. Ich kenne ihren Mann aus der Bar, wir sind uns immer mal wieder über den Weg gelaufen, und irgendwann kamen wir ins Gespräch. Die beiden haben ein ehrenamtliches Programm für sozial benachteiligte Kinder ins Leben gerufen.«

»Mal langsam, ich komme da nicht mit«, sagte Joanna. Mir ging es ähnlich. »Lucy«, murmelte Joanna, bevor sich ein wissender Ausdruck auf ihr Gesicht schlich. »Da klingelt was … kann es sein, dass du neulich mit ihr im Ort unterwegs warst?«

Nun war es an David, erstaunt auszusehen. »Ja. Woher …?«

»Wir haben euch gesehen«, unterbrach sie ihn.

Es dauerte einen Augenblick, bis auch ich es verstand. Der Abend, an dem ich mit Joanna im Kino gewesen war. Die Frau, die wir mit David aus der Bar heraus am Fenster hatten vorbeigehen sehen. Das sollte besagte Lucy sein? Besagte verheiratete Lucy? Mir schwirrte der Kopf.

David runzelte kurz die Stirn über Joannas kurzen Einwurf, fuhr dann aber fort: »Äh, ja … jedenfalls, ich habe mich mit ihr getroffen, weil ich mal grundsätzlich die Möglichkeiten einer Zusammenarbeit ansprechen wollte. Emily hatte doch die tolle Idee, dass wir zukünftig Alpaka-Wanderungen unternehmen könnten. Aber weil ich mir sicher bin, dass wir gerade am Anfang nicht immer ausgebucht sein werden, habe ich mich noch einmal mit Lucy in Verbindung gesetzt, weil ich mir dachte, wir könnten das mit ihr zusammen auch für die sozial benachteiligten Kinder anbieten.«

Er strahlte uns an, sichtlich begeistert von seiner Idee, und ich konnte nicht anders, als zurückzustrahlen. Sein Vorschlag war … Wow! Ein warmes Gefühl machte sich in mir breit. Er hatte sich meinen spontanen Vorschlag nicht nur gemerkt, sondern daraus etwas viel Besseres gemacht. Etwas, mit dem er anderen auch noch helfen konnte.

»Na, was sagt ihr?«, fragte er aufgeregt, als wir uns zwar Blicke zuwarfen, aber immer noch zu erstaunt für eine Antwort waren.

Joanna schüttelte sich, als würde sie erwachen. »Äh ja, sorry … ich meine, tolle Idee, wirklich. Echt mal was anderes. Wir werden nur intensiv darüber nachdenken müssen, weil … na ja, Tiere und so. Auflagen, Genehmigungen und so weiter …«

Etwas in mir übernahm die Kontrolle. »Kein Problem«, hörte ich mich sagen. »Meine Eltern haben einen Pferdehof. Mit Auflagen kennen die sich aus. Die kann ich fragen, was man so alles braucht. Das sollte alles kein …«

»… Problem sein«, beendete David meinen Satz. »Pferde wären vielleicht auch eine gute Idee, für irgendwann mal. Reiterausflüge, mehrtägige Wanderritte – stellt euch das mal vor!«

»Ja.« Ich ließ mich von seinem Enthusiasmus anstecken. »Pferde eignen sich hervorragend zur Therapiebegleitung. Das würde den Campingplatz auch für neue Zielgruppen interessant machen, nicht nur für Familien mit Kindern oder Reitbegeisterte.«

»Richtig. Und wenn wir das ordentlich anstellen, bekommen wir dafür vielleicht sogar Subventionen. Öffentliche Gelder.«

»Das sollten wir definitiv prüfen.«

Joanna beobachtete uns mit offenem Mund und blinzelte irritiert. »Äh, wow, Leute. Wenn ich es nicht besser wüsste, würde ich meinen, ihr arbeitet schon seit Jahren zusammen und seid ein eingespieltes Team. Ein bisschen wie ein altes Ehepaar, nur ohne den Streit.« Sie zwinkerte uns zu. David, der etwas hatte sagen wollen, verstummte urplötzlich.

»So, ich muss weiter. Lasst uns das Thema nach dem Fest mal genauer durchsprechen.« Sie ging, nicht ohne uns vorher noch zwei Daumen nach oben zu zeigen.

David klopfte sich die Hände ab. »Kann ich dich kurz allein lassen? Die Natur ruft.« Er zwinkerte mir zu. Aber ich hatte den Eindruck, er war aus irgendeinem Grund plötzlich in sich gekehrt.

»Aber klar doch.« Ich zwinkerte zurück und beobachtete ihn, wie er sich seinen Weg durch die Menge bahnte. Er kam nicht wieder. Eine Viertelstunde verging, dann eine halbe.

Zuerst merkte ich es nicht, da ich gut beschäftigt war. Doch mit einem Mal war das erste Fass Bier leer, und ich hatte nicht die blasseste Ahnung, wie man ein Bierfass an eine Zapfanlage anschloss. Und da fiel mir erst auf, dass er schon eine ganze Weile verschwunden war.

Ich sah mich nach ihm um, doch er war in der Menge nicht auszumachen. Matt musste meinen hilflosen und leicht verzweifelten Blick bemerkt haben, denn er kam zu mir und fragte besorgt: »Was ist los?«

»Gut, dass du da bist«, sagte ich und meinte es auch so. »Das Fass ist leer, und ich weiß nicht, wie ich es wechseln soll. Und David ist leider irgendwie verschwunden.«

Matt sah mich auf eine undefinierbare Art an. »Das bekommen wir schon hin. Lass mich kurz ran. Ich habe das vor Ewigkeiten mal gemacht, das sollte ich doch irgendwie hinbekommen.«

Und er bekam es hin, mühelos sogar, als hätte er nie etwas anderes getan. Ich atmete auf, war einerseits erleichtert, andererseits wütend. Wo zum Teufel steckte David nur? Es war nicht gerade die feine Art, mich alleinzulassen bei all dem Ansturm. Mittlerweile taten mir die Arme weh vom ungewohnten Hantieren, und ich wäre für eine Ablöse, wenigstens für ein paar Minuten, dankbar gewesen. Hoffentlich war er nicht wieder am Smartphone in eine Unterhaltung über Alpakas vertieft. Das hatte doch nun wirklich Zeit bis morgen.

Matt zapfte ein Testbier, trank und nickte zufrieden.

»Danke«, seufzte ich, was mir erneut einen seltsamen Blick einbrachte.

»Ich löse dich gerne ab«, schlug Matt vor. »Dann kannst du dich auf die Suche nach David machen und ihn mal ordentlich zusammenstauchen.«

»Wirklich? Macht es dir nichts aus?«

Er lachte laut auf. »Hey, ich stehe hier bei Gratisbier. Was könnte besser sein?« Er grinste breit und sehr zufrieden.

»Okay, überzeugt. Aber lass den Gästen noch was über.« Ich zog eine Grimasse.

»Ich versuche, mich zurückzuhalten. Nun geh schon.« Er scheuchte mich mit einer Geste davon.

Ich konnte David nirgendwo entdecken. Er war wie vom Erdboden verschluckt. Stattdessen war Christopher endlich da und in ein – scheinbar sehr ernstes – Gespräch mit Josh vertieft. Um die beiden herum war konzentrierte Energie zu spüren. Josh hatte eine Hand auf die Schulter von Christopher gelegt und redete auf ihn ein. Ich hatte das Gefühl, dass ich da besser nicht störte. Ich winkte ihm lediglich zu, als er seinen Blick hob und mich entdeckte. Er lächelte zu mir herüber, dann wandte er sich wieder Josh zu.

Wo war David denn nur? Ich spürte erneut, dass Wut in mir hochkroch. Er wusste doch, dass wir zu tun hatten. Wie hatte er mich nur alleinlassen können. Hoffentlich war ihm nicht irgendwie schlecht geworden.

Ich war noch damit beschäftigt, mir ein Horrorszenario mit einem auf dem Boden liegenden David – ähnlich der Situation mit Josie – auszumalen, als ich ihn endlich entdeckte. Er stand auf dem Parkplatz vor einem altersschwachen Campingbus, der mich stark an Kyles erinnerte. Um ihn herum eine Traube von jungen Frauen. Genauer gesagt drei Frauen, alle sehr hübsch, zurechtgemacht wie für ein Fotoshooting für Instagram. Sie trugen trotz der abendlichen kühlen Temperaturen alle Hotpants, als Kontrast dazu klobige Pseudo-Cowboystiefel und dazu weite, bunte Tuniken. Möchtegern-Hippies, fuhr es mir durch den Kopf. Bunte Halsketten und Kopftücher oder große Hüte vervollständigten diesen gewollten Look.

Sie ließen eine Flasche Wein kreisen und waren ins Gespräch vertieft. David lachte und trank mit und sonnte sich in ihrer

Bewunderung. Er war der Mittelpunkt ihrer Aufmerksamkeit, das konnte ich an ihrer Körpersprache erkennen. Sie lachten immer wieder über etwas, das er sagte und ich von Weitem nicht hören konnte.

Schockiert stand ich da und sah ihnen weiter zu. Eine der Hippie-Barbies erdreistete sich sogar, anerkennend eine Strähne seines Haars in die Hand zu nehmen und damit herumzuspielen. Mir wurde beinahe schlecht, auch deshalb, weil David keine Anzeichen machte, dass ihm das unangenehm war oder er etwas dagegen hatte. Im Gegenteil. Sein Blick war flirtend, wie ich es schon tausendfach bei ihm gesehen hatte, und nichts deutete darauf hin, dass er damit aufhören wollte.

Das Kichern der Mädchen ging mir allmählich auf die Nerven, doch ich konnte mich einfach nicht von der Stelle rühren. Wie gelähmt, wie eingefroren stand ich da und beobachtete ihn. Auch meine Gefühle waren wie eingefroren. Ein lähmender Schockzustand hatte sich meiner bemächtigt.

Irgendwann wandte David zufällig den Kopf und entdeckte mich. Er winkte mir zu. Und das war es. Er winkte mir zu und machte keine Anstalten, zu mir zu kommen oder mich mit einer Geste zu sich zu bitten. Er setzte das Gespräch fort, griff nach der Flasche und prostete den Mädchen zu. All das im Wissen, dass ich nur wenige Meter entfernt von ihm stand und ihm zusah. Im Wissen, dass er eigentlich auf der Abrissparty helfen sollte. Dass er mir versprochen hatte, mich nur kurz alleinzulassen und gleich wiederzukommen.

Ich bin ihm völlig egal, schoss es mir durch den Kopf. Obwohl innerlich alles in mir raste, war mein Verstand eigenartig rational. Ja, ich war nichts Besonderes für ihn. Jedenfalls uninteressanter als ein neu eingetroffenes Trio bildschöner Frauen, die ihn alle anhimmelten. Alles, was ich mir in den letzten Tagen eingebildet hatte, war genau das: Einbildung. Wunschdenken. Naive Träumerei.

Ich biss mir auf die Lippen, als heiße Tränen in mir hochstiegen. Verdammte Scheiße, nein, ich würde jetzt nicht weinen. Nicht hier. Nicht vor ihm. Ich. War. Ihm. Egal. Er sollte mir auch egal sein.

Abrupt wandte ich mich um und rannte beinahe wieder zurück. Menschen! Ich brauchte jetzt dringend andere Menschen um mich herum und Ablenkung. Ich würde den Teufel tun und David hinterher weinen.

Grimmig und wortlos stellte ich mich neben Matt, griff ein Glas, füllte es, gab es einem Gast. Und wiederholte diese Prozedur. Stur und grimmig.

Matt sah mir dabei zu. »Alles in Ordnung?«, fragte er nach einer Weile.

»Nein, ganz und gar nicht«, grummelte ich zurück und hob eine Hand. »Bitte, keine weiteren Fragen. Lass uns das einfach machen.«

Er beäugte mich, sagte dann aber: »Du kannst mit mir reden, das weißt du schon, oder?«

Ich nickte ruckartig.

»Dieser Idiot«, murmelte er, was dafür sorgte, dass ich den Kopf hob und ihn ansah.

»David«, sagte er daraufhin und zuckte mit den Schultern. »Ich bin ja nicht ganz blöd und blind.«

Ich grinste ihn schief an, unsicher, wie ich sonst reagieren sollte. »Idiot trifft es ganz gut.«

Matt schien zu zögern. »Ich frage nur ungern, aber kann ich dich einen Moment alleinlassen? Das Feuer wird gleich angefacht, und ich soll für die Homepage ein paar Fotos davon machen.«

Ich zuckte mit den Schultern. »Geh nur. Du wärst heute nicht der erste Kerl, der mich im Stich lässt.«

»Hey. Ich bin gleich wieder zurück. Versprochen.«

Mir war es egal. Blind starrte ich vor mich hin, als wenig später die Flammen nach oben durch den Holzstapel züngelten und ihn in ein gigantisches Lagerfeuer verwandelten. Aaahs und Ooohs waren von überallher zu hören. Ich konnte sehen, dass Josie und ihr Mann eng und vertraut aneinandergedrückt davorstanden und sich die Gesichter wärmten. Christopher und Joanna standen ebenfalls beieinander und schienen sich gut zu unterhalten. Sie wirkten gelöst und locker.

Ich spürte die Traurigkeit, die in mir hochstieg. Wenn ich ehrlich zu mir war, dann hatte ich mir für den heutigen Abend etwas anderes gewünscht. David, wie er mich in eine Umarmung zog und wir das Feuer beobachteten. Seine Hand in meiner, seinen Duft um mich herum. Ich hatte mir Zweisamkeit mit ihm gewünscht, wie wir es die letzten Tage auch gehabt hatten. Ich hatte es sehr genossen, vielleicht zu sehr, und mich zu sehr fallen lassen. Und dabei das Wissen um seine Art außer Acht gelassen. Ich hatte doch gewusst, was für ein Typ er war. Ich hatte doch gewusst, dass ich besser nicht auf ihn hereinfiel.

Und doch war mir das passiert. Ich war sehenden Auges in etwas Vermeidbares geraten. Ich dämliche Kuh.

Und plötzlich war er wieder da. Und er hatte die Abgebrühtheit, die drei Grazien mitzubringen. Fassungslos starrte ich die Gruppe an, noch fassungsloser als vorher. Er ignorierte mich völlig, warf keinen Blick über die Schulter, um zu gucken, wie ich hier allein zurechtkam, wie es mir ging. Verschwendete keinen Gedanken an mich.

Ich wusste nicht, ob ich vor Wut ausflippen oder vor Trauer in Tränen ausbrechen sollte. Alles in mir wirbelte wild durcheinander. Ich war überfordert mit der Intensität dieser beiden Gefühle.

»Du trinkst das jetzt mal, dann geht's dir gleich ein wenig besser.« Joannas Stimme riss mich aus meinem Gedanken- und Gefühlskokon und holte mich wieder in die Realität zurück.

Blinzelnd versuchte ich, mich zurechtzufinden. Sie stand neben mir, hatte mir eine Hand auf die Schulter gelegt und hielt mir mit der anderen eine Flasche Bourbon entgegen.

»Was?«, fragte ich, irritiert darüber, woher sie so plötzlich kam.

»Keine Widerrede, trink«, forderte sie mich erneut auf und hielt mir die Flasche unter die Nase.

Ich tauschte einen Blick mit ihr und sah ehrliche Sorge in ihren Augen. Das trieb mir prompt Tränen in die Augen und so griff ich hastig nach der Flasche, verschluckte mich und hatte somit eine ideale Ausrede für die Tränen auf meinem Gesicht.

»Idiot«, wiederholte sie die Worte ihres Freundes, ob bewusst oder nicht, das war mir nicht klar.

»Ich hab es dir ja gleich gesagt«, murmelte ich, woraufhin sie auflachte.

»Das würde ich nie sagen«, protestierte sie, und ich musste ebenfalls lachen. Scheiß auf ihn, scheiß auf seinen sexy Körper. Scheiß auf die Gefühle, die er in mir aufgewirbelt hatte.

»Wir gehen uns jetzt mal amüsieren.« Joanna zog mich weg.

»Und was ist mit dem Stand?«, fragte ich.

»Ich habe Matt beauftragt, David zu suchen und ihn notfalls mit Gewalt herzuschleppen. Ich habe keine Ahnung, was in ihn gefahren ist. Das kann doch nicht sein, dass er sich einfach so aus dem Staub macht.« Sie stampfte mit dem Fuß auf, eine Bewegung, die mich erneut zum Lachen brachte. Spontan stampfte ich ebenfalls auf. »Aber echt!« Wir mussten beide lachen, und für einen Moment wurde mir leicht ums Herz.

Wir mischten uns unter die Leute, plauderten mit den Gästen und tranken aus der Flasche, wo immer Joanna sie auch herhatte. Mit jedem Schluck des hochprozentigen Gebräus wurde David mir immer egaler. Hin und wieder wanderte mein Blick zum Bierausschank, doch es machte mir nichts aus, ihn dort zu sehen. Er war immer noch in Begleitung, aber es war nur noch eine der drei Frauen bei ihm. Dafür schien sie noch mehr an ihm zu kleben. Egal! Unwichtig! Wegsehen!

Ich merkte selbst, dass ich langsamer trinken sollte. Doch ich tat es nicht. Joanna hakte mich irgendwann mal unter, da sie merkte, dass ich wackeliger auf den Beinen wurde. Noch war ich nicht völlig betrunken, aber definitiv ziemlich beduselt. Dafür hatte ich jedoch Spaß und Ablenkung, und ein kleiner Teil meines noch denkfähigen Ichs war ihr sehr dankbar dafür.

Dennoch, ob direkt, indirekt, bewusst oder unbewusst, immer wieder suchte mein Blick David. Eine Zeit lang war er noch am Bierausschank, doch irgendwann war auch das zweite Fass Freibier leer und er verschwunden. Tief in mir drin hatte ich gehofft, dass er mich suchen, zu mir kommen würde, als wäre nichts gewesen. Eine Entschuldigung erwartete ich nicht einmal mehr, vermutlich war er sich nicht einmal bewusst, wie sehr er mich verletzt hatte. Hoffte ich zumindest. Aber dass er mir so völlig aus dem Weg ging, das schmerzte trotz des Alkohols, der alle anderen Gefühle irgendwie verdrängte.

Ich sah ihn später noch, kurz bevor ich ins Bett ging. Ich war völlig fertig. Der Tag war nicht nur emotional eine Achterbahnfahrt gewesen. Auch ohne diese unwillkommene Ablenkung wäre ich nach so einem aufregenden, vollgepackten Tag platt. Das ständige Stehen, das Arbeiten an der frischen Luft, die Eindrücke, die neue Idee, die mich begeistert und mitgerissen hatte, die vielen Menschen – all das summierte sich zu etwas, das meine Energiereserven vollkommen erschöpft hatte.

Joanna und Matt saßen noch am Feuer und beobachteten den restlichen heruntergebrannten Holzhaufen – die Feuerwehr hatte sich längst aus dem Staub gemacht –, und außer ihnen waren nur noch ein paar hart gesottene und feierwütige Touristen da. Ich verabschiedete mich mit wackligen Beinen von der Runde und kämpfte mich nach Hause. Am Waldrand sah ich zwei Personen nebeneinandersitzen. Sie waren in ein

Gespräch vertieft, und erst beim zweiten Hinsehen erkannte ich, dass eine davon David war. Die andere war vermutlich eines der Instagram-Barbies. Sie berührten sich nicht, er küsste sie nicht, sie saßen nur nebeneinander, dennoch versetzte mir der Anblick einen erneuten Schock.

Ich hatte gedacht, alle Gefühle heute schon erlebt zu haben, deshalb überraschte mich die Wucht und Heftigkeit dieses neuerlichen Schocks. Da war sie wieder, die ohnmächtige Wut und die sich tiefer in meinen Magen bohrende Traurigkeit. Zittrig holte ich Luft und sah weg. Ich musste ihn schnellstens vergessen. Ich musste.

Heute Morgen noch hatte er die Finger nicht von mir lassen können, hatte mehrfach mit mir geschlafen, mich verführt. Heute Abend hatte er mir das Gefühl gegeben, dass wir zusammen etwas Neues schaffen könnten, nur um mich später zu ignorieren, weil eine hübschere unbekannte Frau daherkam, der er imponieren konnte.

»Arschloch!«, murmelte ich in die Stille hinein.

Die Befürchtung, nicht einzuschlafen und mich stundenlang mit seinem Bild im Kopf herumzuwälzen, erfüllte sich glücklicherweise nicht. Der Alkohol knockte mich schlagartig aus, kaum dass mein Kopf das Kissen berührte, und bescherte mir einen dumpfen, traumlosen, fast schon komatösen Schlaf.

Kapitel 20

Natürlich wurden die nächsten Tage für mich unerträglich. Als wäre diese Nacht eine Art Zäsur gewesen, änderte sich Davids Verhalten mir gegenüber. Er wurde nicht abweisend oder mutwillig bösartig, er verhielt sich einfach wieder so wie ganz am Anfang. Als hätte unsere gemeinsame Zeit nie stattgefunden. Als hätten wir uns nicht stundenlang geküsst, berührt, miteinander geschlafen. Als würden wir nicht unseren gegenseitigen Herzschlag kennen, den Geruch um uns, nachdem wir Sex hatten, die Art, uns am nächsten Morgen in die Augen zu sehen. Als hätte es all das niemals gegeben.

Ich staunte über seine Fähigkeit, das alles einfach so auszublenden. Ich tat mich schwer, höllisch schwer damit. Ich musste meine zittrigen Finger bewusst davon abhalten, ihm beifällig über das Haar zu streichen. Ich musste meine Lippen davon abhalten, seine zu berühren, meine Zunge davon, seinen Geschmack in mich aufzunehmen.

Manchmal ertappte ich mich dabei, mir Gründe für sein Verhalten auszumalen. Irrationale, total abstruse Gründe, die keinen Sinn ergaben, die sich niemals erfüllen würden. Jedes Mal, wenn ich aus solch einem Tagtraum erwachte, kam ich hart auf dem Boden der kalten Realität auf, und mein Herz schmerzte.

Alle klassischen Symptome eines Liebeskummers begleiteten mich: schlechte Laune, die ich mit allen Mitteln versuchte, nicht allzu offensichtlich zu zeigen. Joanna war sehr feinfühlig. Appetitlosigkeit, Lustlosigkeit, stundenlanges In-die-Luft-Starren, nächtliche Weinattacken, endloses Liebeslieder-in-Dauerschleife-Hören, noch mehr Weinen. Klägliche Versuche, sich mit anderen Dingen abzulenken.

Ich musste David nicht einmal selbst aus dem Weg gehen. Ich hatte das Gefühl, er tat das schon von sich aus. Ich sah ihn kaum mehr. Ab und zu beim Frühstücken auf einen kurzen Kaffee, mittags und abends. Dazwischen natürlich bei der Arbeit, doch unsere Aufgabengebiete überschnitten sich kaum, sodass wir nicht genötigt waren, mehr als das Nötigste miteinander zu sprechen.

Der Kontrast zwischen der Innigkeit, die wir davor hatten, und der Kälte und dem Abstand jetzt war so groß, dass er mir immer wieder in den ungünstigsten Momenten den Atem nahm. Ich stockte dann, was immer ich auch gerade tat, und rang nach Luft, versuchte, die aufsteigenden Tränen wegzublinzeln und irgendwie weiterzumachen. Mein Credo *Er-muss-mir-egal-sein* wurde zu meinem zweiten Herzschlag. Ich sagte es mir immer und immer wieder auf, wenn ich einen schwachen Moment hatte – und ich hatte viele dieser schwachen Momente.

Das Schlimmste war eigentlich, dass ich das so nicht kannte. Klar, ich hatte schon oft Liebeskummer in meinem Leben gehabt. Es war nicht das erste Mal, dass ich abserviert wurde oder dass ich jemanden abserviert hatte und es mir auch wehtat. Doch das hier war etwas vollkommen anderes. Es war, als hätte David etwas von mir mit sich genommen, als er sich von mir abgewandt hatte. Und dieses Etwas fehlte mir nun, machte meinen Tag grauer, als er eigentlich war, und nahm mir die Freude an kleinen Dingen, die ich vorher hatte genießen können. Es war, als könnte ich mein Leben in eine Vor-David-Zeit und eine Nach-David-Zeit einteilen. Und das gefiel mir überhaupt nicht. Es gefiel mir nicht, dass er eine solche Macht über mich hatte und ich nichts dagegen ausrichten konnte. Dass es mir bewusst war und ich trotzdem keine Mittel hatte, um dem etwas entgegenzusetzen. Ich fühlte mich hilflos, entmachtet. So war ich nicht, war ich nie gewesen. Zumindest nicht bis jetzt.

Normalerweise war ich der Typ Frau, der sich nach einem solchen Verhalten vor ihm aufgebaut und eine Erklärung verlangt hätte, gekrönt mit ein paar deftigen Kraftausdrücken. Bei David fehlte mir schlichtweg die Kraft dazu. So blieb mir vorerst nichts anderes übrig, als jeder Begegnung, wo irgend machbar, auszuweichen, oder sie so kurz wie möglich zu halten und jedweder Unterhaltung aus dem Wege zu gehen. Ich hatte Angst vor seiner Reaktion, vor möglichen Konsequenzen daraus. Schon um meiner eigenen Würde willen hätte ich ihn zur Rede stellen sollen, müssen – doch ich konnte nicht. Und ich hasste mich dafür.

Irgendwann, ungefähr eine Woche nach der Abrissparty, musste ich etwas aus seinem Zimmer holen. Er hatte irgendeinen wichtigen Quittungsblock oder Stempel oder etwas anderes bürokratisch Notwendiges verlegt, und Joanna bat mich beiläufig, in seinem Zimmer nachzusehen. Ich konnte ihr den Gefallen nicht abschlagen, also ging ich mit klopfendem Herzen nach oben in sein Zimmer. Ich wusste natürlich, dass ich ihn dort nicht mit einer anderen Frau erwischen würde, er war draußen und spaltete Holz. Doch ich wusste, dass dieses Zimmer nach ihm riechen würde, dass ich dort seine Präsenz spüren könnte, und ich hatte Panik, was das in mir auslösen würde.

Letztlich war das gar nicht so schlimm. Schlimmer war, dass das Erste, was ich sah, als ich die Tür öffnete, der gigantische Flamingo-Luftballon war, der unter der Decke hing.

Er hat ihn behalten, schoss es mir durch den Kopf. Warum? Ich starrte den pinkfarbenen, heliumgefüllten, nicht besonders hübschen Vogel an und vergaß für einen Moment, was ich hier oben eigentlich wollte. Warum hat er ihn noch? Warum hatte er ihn nicht längst entsorgt, so wie mich? Für einen winzigen Moment wollte ich nichts lieber, als etwas Spitzes in den unschuldigen Plastikvogel zu stechen und zuzusehen, wie die Luft langsam entwich und er zu Boden segelte, wo ich dann darauf herumtrampeln konnte. Aber natürlich tat ich das nicht. Das war nicht meine Art.

Der Flamingo stand für einen wunderbaren Tag, für einen David, den ich zuvor noch nicht gekannt hatte. Er musste auch für ihn eine Bedeutung haben, wenn er ihn so lange danach noch hatte. Das Teil war immerhin riesig, er sah es täglich, und wenn es ihn stören würde, hätte er es längst entsorgt. Das verwirrte mich vollends.

Das Gedankenwälzen und -sortieren musste ich bald auf nachts verlegen. Tagsüber hatte ich dazu keine Zeit mehr, denn so, wie David es vorhergesagt hatte, drehte das Wetter, nur etwas später. Aus den anfänglich leichten Winden, die die ersten Blätter von den Bäumen rissen und als buntes Mosaik auf dem Boden drapierten, wurde langsam ein handfester Sturm.

Wir waren alle vollauf damit beschäftigt, den Campingplatz sturmsicher zu machen. Selbst Matt schloss für einen Tag seine Agentur und half uns. Er und David rüttelten quasi an jedem einzelnen Baum auf dem Gelände, um seine Standfestigkeit zu überprüfen, und schnitten vorsorglich kranke und morsche Äste ab, die drohten, bei dem Sturm heruntergerissen zu werden. Rückblickend hätten sie einen Profi für diese Arbeit holen sollen und alles hätte verhindert werden können, doch das konnten wir vorab nicht wissen, und sie legten sich wirklich ins Zeug. Von früh bis spät schnitten, sägten, rissen sie loses Geäst ab, krabbelten auf den Dächern der Hütten umher, um lockere

Dachziegel zu ersetzen oder wieder zu befestigen, verstärkten marode Holzkonstruktionen.

Joanna und ich sorgten dafür, dass es möglichst wenig Dinge auf dem Campingplatz gab, die uns beim Sturm um die Ohren fliegen konnten. Campingstühle, die sonst unachtsam quer über den Platz verstreut herumstanden, wurden in den Schuppen verstaut. Werkzeuge, die David auch mal nachts draußen vergaß, weil er sie am nächsten Tag sowieso wieder brauchte, wurden aufgesammelt und in die Werkstätten zurückgebracht. Klapprige Regenrinnen wurden notdürftig repariert. Der Lagerfeuerplatz, sonst ein einladender Treffpunkt für alle, wurde seiner Funktion beraubt, als wir den wackligen Grill abmontierten und die Sitzbänke zusammenschoben.

Wir mussten die geplante Eröffnung des Shops und die Lieferung des Kühlschranks absagen, da uns schlicht die Zeit fehlte, uns auch noch darum zu kümmern.

Und zusätzlich warnten wir alle Gäste. Die meisten, die hier ankamen, waren auch deswegen hier, um eine Weile aus ihrer geschäftigen Welt zu verschwinden, und damit auch den Smartphones zu entkommen. Digital Detox sozusagen. Wir mussten davon ausgehen, dass nicht jeder die Sturmwarnungen mitbekommen hatte. Und so klopften wir an jede Haustür, an jeden Caravan oder Van und rüttelten an jedem Zelt. Allein das beanspruchte beinahe einen halben Tag und ebenso viel Energie, die gleichen Dinge immer und immer zu wiederholen. Zusätzlich hängten wir eine gedruckte Warnung aus, für all die, die wir nicht erwischten, weil sie wandern oder in der Stadt unterwegs waren.

Und irgendwann war der Tag vorbei, Dunkelheit auf dem Campingplatz, während der Wind um uns herum tobte, die Bäume zum Tanzen brachte und wir unser eigenes Wort kaum mehr verstehen konnten.

Wir waren völlig erledigt, müde bis in die Knochen. Josie hatte es sich nicht nehmen lassen, zu kommen. Sie hatte selbst eingesehen, dass sie uns draußen nicht von großer Hilfe war. Dafür stand am Abend – oder war es bereits tiefste Nacht, meinem Körper kam es zumindest so vor – ein herrlich duftendes Gulasch für uns bereit. Es war ein seltsam tröstendes Essen, das uns erdete und uns ein wenig Optimismus und Kraft zurückgab.

Obwohl wir natürlich alle Fenster und Türen geschlossen hatten, war der Sturm immer noch zu hören. Immer wieder klapperte etwas und sorgte dafür, dass wir von unserem Essen hochfuhren, unsere Gespräche erstarben und wir horchten nach, ob irgendwo etwas krachte.

Jeder von uns sah irgendwie blass aus. Wir saßen um den großen Holztisch herum, das Essen in unserer Mitte und löffelten uns wieder Wärme in den Körper. Ich äugte immer wieder schweigend in die Runde. Joanna stand die Sorge ins Gesicht geschrieben, David sah einfach nur total kaputt aus, als würde er jeden Moment über seinem Teller einschlafen und mit dem Gesicht in das Gulasch fallen. Nur Matt schien noch etwas Energie zu haben. Zwar war sein Gesicht längst nicht mehr so frisch wie heute Morgen, aber seine Bewegungen hatten nichts völlig Erschöpftes wie bei den anderen.

Als etwas gegen das Haus schlug, ruckten unsere Köpfe nach oben.

»Ich bekomme noch einen Herzinfarkt, wenn das so weitergeht«, kommentierte David mit einer Stimme, die rau vor Energielosigkeit und Schlafmangel war.

Joanna nickte. »Ich weiß gar nicht, ob ich heute zum Schlafen komme.«

»Vermutlich werde ich wie ein Zombie umfallen«, meinte David, doch ich konnte sehen, dass er es nicht ganz ernst meinte, da er zusammenzuckte, als erneut ein lautes Geräusch zu hören war.

Wir würden heute Nacht alle nicht besonders gut schlafen.

»Wenigstens werden wir nicht verhungern.« Matt nahm sich noch eine Portion und grinste uns an. Ich sah ihm an, dass er versuchte, uns bei Laune zu halten. Joanna hatte mit ihm wirklich einen Glücksgriff getan.

Josie war die Einzige, die sein Grinsen erwiderte. »Oh nein, werden wir nicht. Und Teig für Brötchen habe ich auch schon angesetzt, wenn der Sturm schlimmer wird, müssen wir nicht einmal das Haus verlassen, um etwas zum Frühstück zu haben.«

»Großartig«, murmelte Joanna. Sie war mit den Gedanken ganz woanders, das sah man ihr eindeutig an. Ich konnte es ihr nachfühlen. So ein Sturm konnte gigantische Schäden anrichten, und der Campingplatz stand finanziell nicht auf sicheren Beinen, noch nicht. Ich hoffte, sie hatten eine gute Versicherung. Oder überhaupt eine Versicherung. Vielleicht hatten sie, um Geld zu sparen, darauf verzichtet. Ich traute mich nicht, dieses sensible Thema ausgerechnet in diesem Augenblick anzusprechen.

»Legt euch doch hin, wenn ihr möchtet. Ich halte hier Wache. Ich muss sowieso nebenher noch ein bisschen arbeiten«, sagte Matt, als es still im Raum geworden war und außer dem Sturm nichts zu hören war.

»Gute Idee. Danke, Kumpel. Weck mich einfach, wenn du Ablösung brauchst«, sagte David und stand gähnend auf. »Gute Nacht.« Ohne einen weiteren Blick erhob er sich und schlurfte müde nach oben. Ich löste meinen Blick von seinem Rücken.

»Jo, na los, leg dich auch hin«, forderte Matt sie auf.

»Du kannst dich gerne zu mir ins Bett legen«, schlug ich vor. Sie hatte hier sonst keine andere Schlafmöglichkeit.

Doch sie schüttelte vehement den Kopf. »Wenn überhaupt, dann lege ich mich hier kurz auf die Couch.«

»Josie, und was ist mit dir?«

Auch Josie schüttelte den Kopf. »Danke, Liebes. Aber ich werde kein Auge zu tun können. Ich bleibe lieber hier unten und halte die Stellung. Der Kühlschrank könnte mal wieder abgetaut und sauber gemacht werden.«

Joanna machte eine Geste. »Los, Emily. Geh ins Bett. Wir sind hier unten genügend zum Aufpassen. Es bringt keinem was, wenn jeder von uns todmüde ist.«

Sie hatte recht, und ich hatte weder Lust noch Energie auf ein Gespräch, also folgte ich dem Vorschlag und ging schlafen. Die Müdigkeit besiegte alle wild durcheinanderwirbelnden Gedanken und ließ mich in einen schweren Schlaf fallen.

Ich erwachte von einem dumpfen Knall und dem Gefühl, dass mein Bett einen kurzen Satz machte. Schläfrig und mit einem diffusen Kopfschmerz blinzelte ich mich langsam wach. Draußen war es trüb und diesig und immer noch stürmisch. Der Wind pfiff nur so um das Haus. Ich setzte mich auf und lauschte. Unten war hektischer Lärm zu hören, zu hektisch. Meine Schläfrigkeit war wie weggeblasen. Es musste etwas passiert sein, denn ich hörte, wie ein Stuhl umfiel und dass Davids Türe sich öffnete.

»Was ist passiert?«, rief er und polterte die Treppe hinunter. Die Antwort hörte ich nicht.

Eilig zog ich mich an und rannte ebenfalls nach unten. Alle waren bereits wach und im Begriff, aus dem Haus zu stürmen.

»Was ist los?«, fragte ich und wiederholte damit Davids Frage.

Joanna und Matt rannten bereits nach draußen, gefolgt von David. Josie drehte sich mit schreckgeweiteten Augen zu mir um. »Ich weiß es nicht genau. Wir haben einen furchtbaren Schlag gehört, und ich hätte schwören können, dass irgendetwas zu Boden gekracht ist.«

»Ach du Scheiße«, murmelte ich und dachte an das Rumpeln, das mich geweckt hatte. Ich schlüpfte in meine

Wanderstiefel, die ich gestern an der Türe ausgezogen hatte, und rannte ebenfalls hinaus.

Die Geschwister und Matt liefen zur hinteren Wiese, auf der üblicherweise Zelte standen. Schon von Weitem war zu sehen, was der Grund für den Krach und das Poltern gewesen war. Einer der großen Nadelbäume, die den Rand des Grundstücks markierten, war vom Sturm umgeknickt worden. Er lag auf der Wiese, ein grüner Gigant mit hilflos nach oben gestreckten Ästen.

»Scheiße«, wiederholte ich schockiert und lief schneller. O Gott, hoffentlich liegt kein Zelt darunter, schoss es mir durch den Kopf.

Die anderen mussten den gleichen Gedanken gehabt haben, denn sie sprangen von einer Seite des Baumes zur anderen, krochen teilweise darunter und hoben Äste an, um zu sehen, ob der Baum irgendetwas zermalmt hatte. Ein kleines, knallorangenes Zelt stand nur wenige Meter entfernt, die völlig verängstigten Bewohner, die den Schock ihres Lebens haben mussten, daneben. Sie zitterten und hielten sich gegenseitig fest, und ich eilte zu ihnen, um zu fragen, ob alles in Ordnung wäre.

»Entwarnung«, schrie David. »Es scheint niemand darunter zu sein.«

Ich stieß meinen angehaltenen Atem aus. Nicht auszumalen, wenn da ein Zelt gestanden hätte … Wir hätten bereits gestern daran denken sollen. Wieso war uns das nicht eingefallen? Wieso hatten wir dieses Szenario nicht durchgespielt?

Joanna stand stocksteif vor dem Baum, als Matt auf sie zutrat und sie in die Arme nahm. Ich hörte ihr Schluchzen an seiner Brust und sah, wie er ihr tröstend über die Haare strich und ihr etwas ins Ohr flüsterte. Erneut dieser Neid, der sich absolut unpassend in mir aufbaute. Schluss! Ich hatte anderes zu tun.

Ich strich der jungen Frau, die sich an ihren Freund klammerte, beruhigend über den Oberarm und sagte, dass ich gleich wieder da wäre.

»Wir sollten die Zelte evakuieren«, schrie ich den anderen über den Sturm hinweg zu. »Wir können nicht ausschließen, dass so etwas noch einmal passiert.«

Joanna sah nicht so aus, als wären die Worte bei ihr angekommen. Ihr Blick war unfokussiert über Matts Schulter hinweg ins Nichts gerichtet. Matt hingegen nickte und sah zu David. »Sie hat recht. Wir dürfen keine Zeit verlieren. Am besten wäre es, wir würden den kompletten Platz sperren.«

David starrte ihn grimmig an, dann wandte er sich mir zu. Sein Gesichtsausdruck wurde nicht freundlicher. Kurz war mir, als würde er mir die Schuld an dieser Misere geben, dabei hatte ich nur einen unliebsamen, aber wahren Punkt angesprochen.

»Verdammt!«, sagte er und strich sich mit einer wütenden Bewegung die Haare hinter die Ohren, die ihm der Wind jedoch gleich wieder ins Gesicht trieb. »Das kommt uns gerade recht.«

»Willst du, dass jemand zu Schaden kommt?« Matt klang trotz seines Gebrülls ungläubig. »Na los, Mann. Wir können diejenigen, die nicht fahren wollen oder können, auf die leeren Häuser verteilen.« Er wartete Davids Antwort gar nicht ab, sondern beugte sich zu Jo herunter und strich ihr beruhigend über die Wange. »Jo, welche Häuser sind denn gerade frei?«

Ich konnte sehen, wie sie sich mühsam aus ihrem Schockzustand nach oben kämpfte. Sie blinzelte und versuchte zu antworten. »Ich … ähm … ich weiß nicht genau …«

»Es sind die Zwei, Fünf, Sieben und Acht«, sprang ich ein, als sie verstummte und wieder zu Boden blickte.

Matt nickte mir dankbar zu. »Dann bring die beiden da doch schon mal in eins der Häuser. Dort sind sie zumindest vorerst sicher und können sich erholen.«

Ich nickte kurz, froh darüber, dass jemand das Kommando übernahm und klare Anweisungen gab.

»David, du informierst die anderen. Ich bringe Joanna zurück ins Haus, und dann kümmern wir uns um den Rest der Botanik. Das sollte der letzte Baum hier sein, der einfach umfällt.«

Als David keine Anzeichen machte, zu folgen, scheuchte Matt ihn mit barschen Worten fort. »Na los, worauf wartest du noch? Soll das hier völlig eskalieren? Beweg deinen Arsch, und zwar zackig.«

Das Mädchen, das immer noch in den Armen ihres Freundes hing und nun unkontrolliert zitterte, hatte definitiv einen Schock. Sie brauchte Wärme und Ruhe und etwas zu trinken. Ich lotste die beiden in eines der Häuser. Sie stolperten mehr hinein, als dass sie gingen, und atmeten beinahe gleichzeitig auf, sobald ich die Tür hinter ihnen geschlossen hatte.

Ich holte eine der dicken Decken vom Bett herunter und legte sie ihr um die Schultern. »Mach ihr am besten gleich mal eine große Tasse Tee und halt sie warm«, empfahl ich ihrem Freund, der endlich wieder Farbe im Gesicht bekam und ruhiger atmete. Er nickte mir ernst zu und dankte mir leise.

»Wenn ihr was braucht, es ist immer jemand in der Anmeldung. Kommt einfach vorbei, okay? Obwohl ihr eigentlich das Haus im Augenblick so selten wie möglich verlassen solltet. Es ist einfach zu gefährlich. Versucht, den Sturm einfach abzuwarten. Irgendwie.« Ich probierte ein aufmunterndes Lächeln, obwohl mir selbst nach Aufmunterung war und ich nicht wusste, woher ich die Energie dafür nehmen sollte.

»Danke«, murmelte er, bevor er sich wieder seiner Freundin zuwandte. Ich verließ das Haus und prompt riss mir der Sturm an den Haaren. Sofort hatte ich das laute Heulen in den Ohren und Tränen in den Augen. Ich blinzelte die Tränen weg und stemmte mich gegen den Wind, der mich fast von jeder Seite angriff und an meinen Kleidern zog.

Matt und David waren nicht zu sehen. Ich kämpfte mich zurück zum Haupthaus und war froh, schließlich das rettende Innere erreicht zu haben. Kaum war die Tür zu, senkte sich eine pfeifende Stille auf mich herab. Der Sturm heulte ums Haus, doch er war so abgedämpft, dass es beinahe wie eine Filmkulisse wirkte.

Josie saß neben Joanna auf der Couch, beide starrten auf den Fernseher. Ein ungewöhnliches Bild. Der Fernseher war hier kaum an. Bislang hatte ich nur erlebt, dass sich die Jungs die Übertragung eines Eishockeyspiels angesehen hatten, sonst blieb die Kiste aus.

Jetzt verfolgten beide mit ernsten Gesichtern den Wetterbericht. Ein rotes alarmierendes Info-Band zog sich im unteren Bereich schleppend durch. Breaking News, Warnung, Sturmtief. Großbuchstaben, nur unterbrochen von Ausrufezeichen. Es war beunruhigender als gehofft.

»So ein Mist«, murmelte Josie immer wieder. Ich setzte mich zu ihnen und starrte ebenfalls auf den Bildschirm. Wenn wir Pech hatten, dann konnte und würde diese Sturmlage noch drei weitere Tage anhalten. Verflucht! Das würde nicht nur jeden Besucher vergraulen – völlig verständlich –, sondern auch Schäden anrichten, die wir noch gar nicht abschätzen konnten. Mit einer entschlossenen Bewegung griff ich mir die Fernbedienung und würgte das Programm ab.

»Will jemand Tee?«, flüsterte Josie fragend in die Stille hinein. Niemand antwortete ihr.

Joanna seufzte laut, dann stand sie mit einem Mal auf und warf die Decke, die sie um sich geschlungen hatte, von sich. »Okay, Leute, Herumjammern hilft gar nichts. Ich werde Josh anrufen und schauen, ob er uns irgendwie helfen kann. Ich denke da vor allem an die Bäume. Da muss ein Fachmann ran und prüfen, welcher noch umstürzen könnte. Und wir sollten alle Touristen in den Zelten sofort evakuieren.«

Ich hob die Hand. »Das machen David und Matt gerade. Wir bringen die aus den Zelten in den Häusern unter, sofern sie nicht abreisen wollen.« Sie schien vorhin tatsächlich nicht viel mitbekommen zu haben.

»Super.« Sie nickte mir anerkennend zu und hob den Daumen. »Ich hoffe nur, die Häuser sind sicher. Für mein Empfinden stehen sie genauso nah an den Bäumen wie die Zelte.«

Ich tat ihren Einwand ab, ich hatte noch gut Matts klare Entschlossenheit vor Augen. »Ich glaube, die sind stabil genug.«

»Wenn du meinst. Josie, kannst du Josh anrufen?«

»Wird erledigt, meine Süße.« Josie wuselte davon, und ich konnte ihr allein an der Haltung ihres Rückens ansehen, wie froh sie war, dass Joanna aus ihrer schockbedingten Lethargie aufgetaucht war. Ich ebenfalls. Sie war nicht der Typ, der einfach so zusammenklappte, doch in letzter Zeit hatte sie so einiges einstecken müssen.

Für einen Moment hatte ich keine Aufgabe. Nichts zu tun, außer die anderen zu beobachten, den Geräuschen des pfeifenden Windes um das Haus nachzuhorchen und sich ängstlich zu ducken, sobald ein unerwartetes Geräusch zu hören war – und das passierte andauernd.

Nach einer Weile wurde Matt förmlich ins Haus geweht. Er schüttelte sich und strich sich die völlig zerzausten Haare nach hinten. In einer seiner Locken hatte sich ein Laubblatt verfangen, und er griff irritiert danach und zog es heraus.

»Wir haben alle Gäste informiert. Die meisten haben sich in den Häusern verschanzt und möchten den Sturm abwarten. Wir haben noch zwei leere Häuser, falls etwas sein sollte«, informierte er uns.

»Was ist mit den Gästen in den Caravans und Wohnwagen?«, fragte ich. Auch so ein Bus hielt einem stürzenden Nadelbaum mit mehreren Tonnen Gewicht nicht stand und würde ihn in eine zerquetsche Blechbüchse verwandeln.

Matt setzte sich auf die Couch und nahm dankbar die Tasse Tee entgegen, die Josie ihm ungefragt in die Hand drückte. »Die haben wir umparken lassen. Sie stehen jetzt alle ziemlich zentral nebeneinander, weit weg vom Waldrand, da kann nichts passieren. Wie in so einer Wagenburg.« Er grinste uns an. »Sie haben jetzt zwar keinen Strom mehr, weil wir keine Anschlüsse mitten auf der Wiese haben, aber dafür ging vorhin schon die erste Flasche Rotwein herum, und die Stimmung scheint recht ausgelassen zu sein. Apokalypse-Weltuntergangs-Party irgendwie. Sie machen das Beste draus.«

»Wo ist David?« Joanna sprach exakt die Frage aus, die auch mir schon seit Matts Eintreffen durch den Kopf geisterte.

Matt schüttelte nur den Kopf. »Ich weiß es nicht genau. Wir haben noch gemeinsam die Caravans umparken lassen, dann wollte er noch etwas prüfen. Ich denke, er wird bald hier sein. Allzu lange möchte man da draußen nicht unterwegs sein.«

Joanna runzelte die Stirn und warf mir einen unbestimmbaren Blick zu. »Ich schwöre, wenn er …« Ihre Worte waren gemurmelt und an niemanden gerichtet, und doch wusste ich, was sie sagen wollte. Denn auch mir fuhr dieser Gedanke durch den Kopf. Weltuntergangsparty, Weinflaschen, die kreisten, David mittendrin, sich in der Bewunderung der Gäste sonnend. Ich schüttelte diesen Gedanken ab. Nicht einmal er wäre in dieser Situation so egoistisch. Ich tat ihm unrecht. Das hier war eine absolute Ausnahmesituation, und jeder half, wo er nur konnte. David würde es nicht anders machen.

Und dennoch kam er nicht wieder. Eine halbe Stunde verging, dann eine ganze. Joanna blickte immer wieder besorgt auf ihre Uhr, und auch in mir begannen sich Ängste zu regen. Wo blieb er nur? Was machte er dort draußen nur so lange? Es war gefährlich, und jeder von uns versuchte, Aufgaben draußen so schnell wie nur möglich zu erledigen.

»Ich rufe ihn mal an«, sagte Joanna irgendwann.

»Hoffentlich erreichst du ihn. Bei Josh hatte ich keine Chance. Das Telefonnetz ist völlig lahmgelegt«, erklärte Josie und runzelte die Stirn. Auch sie sah aus, als würde sie mit aller Macht ihre Sorgen unterdrücken.

»Verdammt!«, murmelte Joanna und nahm das Handy vom Ohr. »Keine Verbindung.«

»Soll ich mal draußen nach ihm suchen?« Matt war bereits aufgestanden und griff nach seiner Jacke.

Joanna trat zu ihm und legte ihm die Hand auf den Arm. »Sei bitte vorsichtig.«

Er küsste sie auf die Nasenspitze und legte dann seine Wange auf ihre. Was er zu ihr sagte, konnte ich nicht hören, doch sie drückte sich fester an ihn.

Ich musste wegsehen. Mein Begleiter Neid, der sich als hartnäckiger und unliebsamer Freund entpuppte, erfasste mich erneut. Aus, schrie ich innerlich und versuchte, dieses Gefühl körperlich von mir zu stoßen. Bewegung! Ich musste irgendetwas tun.

»Ich begleite dich«, rief ich Matt zu, der fast schon draußen war. Josie rief mir irgendetwas nach, doch weder beachtete ich sie noch hörte ich ihre Worte. Ich musste etwas tun, mich vom Denken abhalten, raus aus dieser abwartenden, gespannten Stille im Haus.

Matt beäugte mich, als ich neben ihm herlief, und ich konnte ihm ansehen, dass er mich gerne gefragt hätte, was das mit David und mir war. Doch er hielt sich zurück. Ich war ihm sehr dankbar dafür.

Wir umrundeten einmal das Gelände und hielten nicht nur nach David Ausschau, sondern auch nach Bäumen, die umfallen könnten, auch wenn wir keine Ahnung davon hatten. Kein David weit und breit. Die Caravan-Wagenburg stand als blecherne Ansammlung weit weg von allem, was irgendwie nach großem Baum aussah. Die Bewohner hatten versucht, eine der Seiten provisorisch mit Planen vor dem Wind zu schützen. Es klappte erstaunlich gut. Der Sturm zerrte sichtbar daran, doch noch hielt das Konstrukt.

Trotz der Lautstärke des Windes konnten wir hören, dass sich im Inneren der Wagenburg Leute aufhielten. Lautes Lachen, immer wieder Gläser, die angestoßen wurden, und noch mehr Lachen.

Matt streckte den Kopf zwischen zwei Wohnmobilen hindurch und rief: »Alles okay bei euch da drinnen?«

Ein vielstimmiges »Ja« kam als Antwort, und er zog seinen Kopf wieder zurück.

Auf meinen fragenden Blick hin sagte er: »Von David keine Spur. Wo steckt er bloß?«

Wir prüften noch das Duschhaus, die leeren Häuser, ein paar weitere Winkel und Ecken, doch dann kehrten wir ohne David ins Haus zurück.

Langsam schlug das ungute Gefühl in meinem Magen in echte Angst um. Ihm musste doch etwas passiert sein. Wo war er nur?

Nach einer weiteren Stunde, die wir mit Warten und Teetrinken verbrachten, öffnete sich die Tür. Alle blickten gespannt auf, doch wir wurden erneut enttäuscht. Es war nicht David, der endlich heimkam, es war Christopher, mit dem keiner von uns gerechnet hatte.

Kapitel 21

»Was machst du denn hier?«, fragte Joanna ungläubig und sprang auf ihren Bruder zu, um ihn zu umarmen. »Bist du völlig irre, bei dem Sturm aus dem Haus zu gehen?«

Er drückte sie an sich und hielt sie dann auf Armeslänge von sich. »Ich muss zugeben, im Wald ist mir doch ein wenig mulmig geworden. Es hat ein paarmal mächtig gekracht. Zum Glück hinter mir. Aber ich kann euch doch nicht mit all dem alleinlassen.« Ehrliche Entrüstung spiegelte sich auf seinem Gesicht. »Setzt euch mal kurz, ich muss euch was sagen.« Er lotste uns alle zum Tisch, dann blickte er sich fragend um. »Wo ist David?«

Joanna strich sich müde eine lose Strähne hinters Ohr. »Wir wissen es nicht, und langsam mache ich mir wirklich Sorgen. Er war heute Vormittag noch mit Matt draußen unterwegs. Es gab leider einen Vorfall, einer der Bäume wurde vom Sturm entwurzelt und ist umgekracht … nein, nein, keine Angst, es ist sonst nichts passiert … aber seitdem haben wir nichts mehr von David gehört. Das Telefonnetz ist …«

»Ja, ich weiß, ich versuche euch schon seit heute Morgen zu erreichen. Völlig ausgefallen«, unterbrach er sie. »Mist. Wenn er nicht bald wieder da ist, sollten wir die Polizei informieren.«

»Was kann die denn schon ausrichten, bei diesem Sturm? Die werden mit anderen Dingen beschäftigt sein.« Joanna zuckte mit den Schultern. Christopher griff nach ihrer Hand und drückte sie. »Jetzt nicht aufgeben, ich bin sicher, es geht ihm gut. Du kennst ihn doch, er ist halt manchmal ein Sturkopf.«

Er lächelte uns entwaffnend zu. »Jedenfalls … was ich euch eigentlich sagen wollte. Ich habe ziemlich viel nachgedacht in letzter Zeit.« Er schaute seine Schwester an. »Ich war ein Arsch. Und habe mich auch wie einer benommen. Tut mir leid. Das, was ihr hier mit dem Campingplatz gemacht habt, war genau richtig, das ist genau richtig. Alles davon. Das Ding lebt, und zwar nur wegen euch, eurer Ideen und eurer Arbeit. Und ich komme einfach so wieder her und möchte alles zurückversetzen, als nichts lief und nichts funktionierte. Ich war ein Idiot.« Er verzog reumütig das Gesicht und sah aus, als wäre es ihm sehr ernst.

Joanna grinste ihn an. »Ja, das warst du.«

Er grinste zurück und nahm ihr ihre Worte nicht übel. »Es ist einfach so … ich hatte das Gefühl, dass ich Greg nicht mehr spüren konnte. So als hättet ihr ihn Stück für Stück durch eure Ideen ersetzt. Aber das ist Blödsinn. Greg würde kein Wort mit mir reden, wenn er miterleben könnte, wie ich mich euch gegenüber verhalten habe. Es tut mir wirklich leid. Als dieser Sturm heute losbrach, wollte ich nur noch hierher zu euch. Vielleicht ist das hier jetzt nicht der günstigste Augenblick, aber mir ist mit einem Mal klar geworden, wie wichtig mir das alles hier ist, wie wichtig ihr mir seid.« Er holte tief Luft. »Das musste ich unbedingt loswerden. Und wenn ihr noch bereit dazu seid, würde ich gerne wieder an Bord kommen. Nicht als euer Chef, auch wenn ich offiziell eingetragener Eigentümer bin, sondern als gleichberechtigtes Mitglied.«

Jetzt strahlte Joanna bis über beide Ohren – pures Glück, und für einen Moment war die Sorge um David scheinbar vergessen. »Erlaubnis erteilt, Matrose. Schön, dich wieder an Bord zu haben.« Sie drückte ihn an sich. »Greg wird immer ein Teil dieses Campingplatzes sein. Wir hatten niemals vor, ihn …«

»Ich weiß«, unterbrach er sie. »Danke.« Ich konnte die Erleichterung in seiner Stimme hören.

Für diesen Augenblick war die gute Laune förmlich mit den Händen zu greifen. Mir wurde leicht ums Herz, und ich freute mich für Joanna und David. Wenn sich doch alle Probleme nur so leicht erledigen könnten.

Doch das gute Gefühl hielt nicht lange an, denn mit einem Mal, scheinbar aus dem Nichts heraus, wurde mir klar, dass ich nicht bleiben konnte.

David! Jetzt, wo keiner wusste, wo er war, wurde mir bewusst, dass ich mir Sorgen um ihn machte. Große Sorgen. Mein Herz zog sich schier zusammen vor Angst um ihn. Ich wusste nicht, ob es ihm gut ging, ob etwas passiert war. Ich sehnte mich danach, ihn zu sehen, ihn zu umarmen, ihn zu küssen, ihn zu spüren und ihm in die Augen zu blicken. Ich vermisste ihn so sehr. Und das tat so unendlich weh.

Doch ich war mir ebenfalls ganz sicher, dass es ihm nicht so ging. Er vermisste mich nicht. Ich war ihm egal. Das hatten mir die letzten Tage und sein Verhalten nur zu deutlich gezeigt. Ich war für eine Weile gut genug gewesen, eine Abwechslung in seinem Bett, eine Abwechslung zu seinen Touristinnen. Es musste aufregend für ihn gewesen sein, sich eine Mitarbeiterin zu schnappen und sich für ein paar Tage mit ihr zu vergnügen.

Seine Art, mich zu behandeln, hatte mir jedoch deutlich vor Augen geführt, dass ich nichts Besonderes für ihn war und er mich jederzeit austauschen konnte. Und austauschen würde. Ausgetauscht hatte.

Ich hatte mich der naiven Hoffnung hingegeben, ich wäre etwas Besonderes für ihn. Dass ich die Eine und Einzige wäre, diejenige, die ihn von seinem üblichen Verhalten abbringen würde. Die ihn zu etwas Besserem machen würde. Die ihm zeigte, dass er ohne mich nicht leben konnte.

So naiv, so klischeehaft … jeder Hollywood-Schinken mit einem Bad Boy als Hauptcharakter handelte exakt davon. Ich war einer romantischen Vorstellung auf den Leim gegangen. Hatte gehofft, dass das zwischen uns außergewöhnlich war, etwas, das nur wir beide gemeinsam hatten, und dass er süchtig danach werden würde und ohne dieses Gefühl nicht mehr sein konnte. Nicht mehr sein wollte. Wie hatte ich mich nur in dieser Fantasiewelt verfangen können?

David war nicht der Traummann für mich, auch wenn es sich in den Stunden, die wir innig und verliebt miteinander verbracht hatten, genauso angefühlt hatte. Gefühle konnten täuschen, das wurde mir nun klar.

Ich würde ihn nicht ändern können. Ich war nicht die eine Frau, auf die er gewartet hatte. Vielleicht gab es die für ihn nicht, und vielleicht gab es auch nicht den einen Typen für mich. Vielleicht war auch das nur naives Wunschdenken, das uns durch romantische Filme über Jahre hinweg sorgsam auferlegt wurde. Das war nicht die Realität.

Mein Blick huschte zu Matt und Joanna. Und doch gab es dann noch Pärchen wie diese beiden. Immer wenn ich sie zusammen beobachtete, wurde mir klar, dass es eben doch etwas gab, das mehr war. Dieses Etwas, dieses Mehr wollte ich immer noch. Ich musste nur einsehen, dass ich das mit David niemals haben würde. Was auch immer dafür gesorgt hatte, dass David von einer Frau zur nächsten hüpfte … es würde mich davon abhalten, dieses Etwas mit ihm zu haben.

Hier und heute war er nicht der Richtige für mich. Und deshalb war meine Entscheidung reiner Selbstschutz. Ich konnte nicht länger mit schmerzendem Herzen neben ihm herleben, ihn jeden Tag mit einer anderen Frau sehen und mir wünschen, ich wäre sie. Ich musste weg von hier. Ich musste ihn aus meinem Leben herausreißen und hoffen, dass die leere Stelle sich mit etwas Neuem füllen würde.

Etwas in meiner Brust zog sich schmerzhaft zusammen. Ich liebte es hier. Die atemberaubende Natur um mich herum, die kollegiale, freundschaftliche Atmosphäre aller Mitbewohner – sie hatten mich so freundlich und unvoreingenommen aufgenommen, als ich nicht weiterwusste –, das Gefühl, gemeinsam an einem Strang zu ziehen und auf etwas Gutes hinzuarbeiten, das Erfolg haben würde. Mir würde dies alles fehlen. Es war ein so wichtiger Teil meines Lebens geworden, dass ich gar nicht wusste, was ich anderes haben wollte. Aber es würde nicht funktionieren. Über kurz oder lang würde ich meine Energie verlieren, mich selbst in all dem verlieren, in meiner Sehnsucht nach David.

Ich musste es zugeben: Ich hatte mich verliebt. Ich hatte mich tatsächlich in einen Frauenhelden verliebt, der selbstverliebt und egozentrisch und sich seiner Wirkung auf die Frauenwelt nur zu bewusst war. Auch wenn das Äußere passte, so war er vom Charakter her überhaupt nicht mein Beuteschema, doch mein Herz hatte mich in diesem Fall so richtig reingelegt. Nun musste ich mein Herz austricksen und ihn komplett daraus verbannen. Und das ging nur durch einen rigorosen Entzug.

Meine größte Angst dabei war die Reaktion von Joanna. Ich wusste, sie baute darauf, dass ich ihre rechte Hand wurde, dass ich sie entlastete, solange sie vertraglich an ihren Homeoffice-Job gebunden war. Joanna war nicht dumm, sie würde sofort wissen, dass David der Grund für mein Fortlaufen wäre. Sie hatte mich davor gewarnt. Sie kannte ihren Bruder. Vielleicht brauchte ich eine Ausrede, damit sie nicht David die Schuld gab, wenn ich fortging.

Doch noch hatte ich etwas Zeit. Ich würde erst gehen, wenn das hier ausgestanden war, wir den Laden eröffnet hatten und die Sturmschäden aufgeräumt waren.

Was mich zurück ins Hier und Jetzt brachte und zurück zur Sorge um David.

Christopher und Joanna versuchten es immer wieder auf seinem Handy, doch das Ergebnis war stets das Gleiche: Sie kamen einfach nicht durch. Der Sturm hatte unsere Verbindung zur Außenwelt gekappt.

»Warte mal«, sagte Christopher plötzlich. »Ich glaube, ich habe den Geländewagen gar nicht gesehen, als ich gekommen bin. Habt ihr den umgeparkt?«

Joanna riss die Augen auf. »Nein! Der sollte auf dem Parkplatz stehen, wie immer.«

»Das heißt, er ist weggefahren?«, fragte Matt und rieb sich das Kinn. »Warum? Bei dem Wetter? Ohne uns etwas zu sagen?«

»Ich verstehe es auch nicht, aber das könnte erklären, warum er hier nirgendwo zu finden ist.«

»So ein verdammter Idiot«, schimpfte sie. »Was geht nur in seinem Spatzenhirn vor? Er lässt uns allein und fährt in diesem Sturm durch den Wald? Es könnte ihm sonst was passieren.«

Ich konnte ihre Wut nachvollziehen. Obwohl ich keinerlei Anspruch auf ihn hatte, fühlte ich, dass mich seine selbstsüchtige Art, die Dinge ohne Rücksicht auf andere einfach in die Hand zu nehmen, aufregte. Immer dachte er nur an sich. Was sein Verhalten bei anderen anrichtete, interessierte ihn nicht.

Fünf Minuten später öffnete sich die Tür. Josh, der körperlich beeindruckende rothaarige Bär von einem Mann, kam hereingepoltert. Hinter ihm drückte David gegen den Widerstand des Sturms die Tür lautstark hinter sich zu.

»David!«, schrie Joanna und sprang auf ihn zu. »Verdammt, wo warst du nur? Wir machen uns seit Stunden Sorgen um dich.« Sie verpasste ihm einen Schlag auf den Oberarm, der ihm wehtun musste.

Doch er zuckte nicht zusammen und gab auch sonst keinen Laut der Entrüstung von sich. Unsere Blicke trafen sich über die Köpfe der anderen hinweg, nur für wenige Sekunden. Irgendetwas war da in seinen Augen, das ich nicht benennen konnte, doch dieser Blick ging mir durch und durch. Er erinnerte mich an das Gefühl, das ich im Zoo gehabt hatte. Der andere David, der, in den ich mich verliebt hatte, war da zu erahnen.

»Sorry«, sagte er. »Ich dachte, es wäre eine gute Idee, Josh um Hilfe zu bitten. Es könnten noch weitere Bäume umstürzen, und wir sollten das schnellstmöglich verhindern.«

»Mann, die gleiche Idee hatten wir auch. Wäre irgendwie nett gewesen, du hättest mit uns darüber gesprochen.« Matts Stimme war ruhig, doch ich konnte heraushören, dass er ebenfalls wütend war.

David hüstelte und versuchte es mit einem Lachen. »Jaaa … ich dachte mir, ich rufe euch vom Auto aus an … dumme Idee, ich weiß, das Telefonnetz ist komplett hinüber.«

»Ach nee«, sagte Joanna und verschränkte die Arme vor der Brust.

»Egal, Leute, wir sind ja jetzt da«, mischte sich Josh mit seiner sonoren und autoritätsvollen Stimme ein. »Wäre schneller gegangen, wenn nicht ein paar umgestürzte Bäume den Weg zum Campingplatz versperrt hätten.«

Joanna holte erschrocken Luft. »Was hab ich gesagt? Verdammt, David, dir hätte sonst was passieren können.«

»Ist es aber nicht, okay?«, maulte er zurück. Doch anstatt sie wütend anzufunkeln, sah er zu mir. Stumm erwiderte ich seinen Blick, unfähig, irgendetwas zu tun oder zu sagen. Warum tat er das?

»Regt euch ab, Leute, das bringt doch nichts.« Josh schlug mit der Faust auf den Tisch und hatte sofort die Aufmerksamkeit aller. »Also, hergehört. Ich hab ein paar fähige Jungs zusammengetrommelt. Wir haben so ein Hubkrandings dabei, keine

Ahnung wie das heißt, mit dem wir Bäume fällen und die Stämme heben können. Die sind schon dabei, sich bei euch umzugucken.«

»Danke, Josh. Das ist wirklich gut.« Joanna seufzte und trat auf ihn zu. »Kaffee? Tee?«

»Kaffee«, sagte er und ergänzte, als Josie sich einmischen wollte: »Egal was mein Arzt sagt, heute muss es einfach Kaffee sein. Keine Widerrede, Josie.«

Josie, die noch gar nichts gesagt hatte, klappte den Mund wieder zu und ging grummelnd in die Küche, um Kaffee aufzusetzen. Ich konnte ihre Missbilligung bis hierher hören und musste grinsen.

»Der Sturm ist ein wenig abgeflaut«, informierte uns Josh, als Josie mit einem Tablett voller Tassen und Kaffee zurückkam. »Danke, du bist die Beste. Na, jedenfalls, das wird leider nicht lange anhalten. Die Sturmwarnung würde ich ernst nehmen, heute Nacht geht es in Runde zwei, bis dahin haben meine Jungs hoffentlich ein paar andere wacklige Kandidaten identifiziert und unschädlich gemacht. Das sollte euch ruhigere Stunden bringen.«

Das waren gute Nachrichten. Tatsächlich merkten wir alle, dass es ruhiger geworden war. Der Wind war zwar immer noch das dominante Geräusch, aber es war nicht mehr so laut, dass wir uns normal unterhalten konnten.

David saß an einem Ende der Couch und wirkte in sich selbst zurückgezogen. Seit er mit Josh zurückgekehrt war, hatte er nicht viel gesagt. Auch jetzt beteiligte er sich nicht an unseren Gesprächen, sondern hielt sich an seiner Tasse fest.

Seine Blicke von vorhin verfolgten mich. Mit einem Mal hatte ich das Gefühl, nicht mehr atmen zu können. Ich musste hier raus, und wenn es nur für einen Moment war. Panik stürmte auf mich ein.

Ich stand auf und sagte: »Ich gucke mal eben nach dem Pärchen im Haus. Das Mädchen hatte definitiv einen Schock, und ich möchte mich vergewissern, dass es ihr gut geht.«

»Okay, aber sei vorsichtig, ja? Es ist immer noch gefährlich da draußen«, warnte Joanna mich. David schien von meinen Worten nichts mitbekommen zu haben.

Ich flüchtete nach draußen.

Kapitel 22

Kaum hatte ich die Tür hinter mir zugeworfen, atmete ich tief durch und lehnte mich schwer dagegen. O Gott, was war nur los? Mir war, als wäre ich kurz vorm Ersticken gewesen, etwas hatte mir die Luft abgeschnürt. Gierig atmete ich ein und versuchte, für einen Moment an nichts zu denken und nur den Wind um mich herum zu spüren.

Mein Herz klopfte schmerzhaft in meiner Brust. War das eine leichte Panikattacke gewesen? Durch was ausgelöst? Ich schüttelte den Gedanken ab und stemmte mich gegen den Wind.

Der Sturm drückte mich mal von rechts nach links, dann wieder in die andere Richtung. Ich stolperte mehr, als dass ich ging, und der Wind zerrte an meinen Haaren und trieb sie mir peitschend ins Gesicht.

Plötzlich griff etwas nach mir, und ich schrie erschrocken auf. Ich war so darauf konzentriert gewesen, mir meinen Weg zu bahnen, dass ich nicht mitbekommen hatte, dass mir jemand gefolgt war. Ich drehte mich um und hatte das Gefühl, dass mein Herzschlag für einen Moment aussetzte. David! Er hatte meine Hand fest in seiner und ließ sie nicht los, als ich instinktiv versuchte, mich von ihm zu lösen.

Im Gegenteil, er zog mich mit sich.

»Hey«, rief ich und kämpfte dagegen an, einfach so mitgezogen zu werden. Ich hatte keine Chance. David war stärker und offensichtlich gewillt, meine Wünsche zu ignorieren. Wie immer. Zorn stieg in mir auf, überdeutlich und alles andere auslöschend.

»Lass mich los!«, schrie ich gegen den Wind an. Das musste er doch trotzdem gehört haben. Ich schüttelte meine Hand und versuchte, mich so aus seinem Griff zu befreien. Endlich eine Reaktion von ihm: Er drehte sich zu mir um und hielt inne. Mit einer letzten kraftvollen Bewegung riss ich mich von ihm los.

»Was soll das? Wieso machst du das ständig? Lass mich endlich in Ruhe. Ich bin niemand, den du andauernd nach Belieben benutzen kannst.« Ich schleuderte ihm die Worte mit voller Wucht ins Gesicht und sah, dass sie ihn trafen. Er wollte wieder nach mir greifen, doch ich trat einen Schritt zurück. »Fass mich ja nicht an!«

Wir starrten uns an, schweigend – er hatte noch kein einziges Wort von sich gegeben –, bis die Stille dröhnend wurde. »Was willst du?«, fragte ich, als er immer noch nichts sagte. »Warum bist du mir gefolgt?«

Er sah mich an, als hätte er eine solche Frage nicht erwartet. Sein Brustkorb hob sich ruckartig. »Ich … weiß es nicht«, erwiderte er erstaunlich ehrlich und blinzelte mich irritiert an. Er wirkte, als wäre er aus tiefem Schlaf gerissen worden und wüsste für einen Augenblick nicht, wo er war.

»Du weißt es nicht?«, echote ich ungläubig. Unser Gespräch ergab irgendwie keinen Sinn.

»Nein«, antwortete er und wirkte immer noch so, als müsste er sich zurechtfinden und orientieren. »Was machst du mit mir?«

»Was ich mit dir mache?« Erneut wiederholte ich seine Worte, diesmal fast hysterisch. Wollte er mich verarschen? Er war doch derjenige, der mit mir spielte wie eine Katze mit ihrer Beute. »Spinnst du? Was ist los mit dir?« Ich schleuderte ihm meine Fragen entgegen. »Was stimmt nicht mit dir?«

Er fuhr sich mit der Hand übers Gesicht und weckte in mir den Wunsch – trotz allem –, es ihm gleichzutun und meine Hände in seinen Haaren zu vergraben, seine sinnlichen Lippen zu küssen und in seinen Augen zu versinken. Und gleichzeitig war ich versucht, um mich zu schlagen und nach ihm zu treten. Natürlich tat ich nichts von all dem, sondern verschränkte nur meine Arme vor der Brust, um noch eine Barriere mehr zwischen uns aufzubauen. Eine Mauer, ich brauchte etwas Schützendes vor mir, das mich von ihm abhielt, denn der Sog, den er auf mich ausübte, war beinahe körperlich zu spüren. Trotz meiner Wut, meiner Entscheidung, alles hinter mir zu lassen, wollte ich nichts lieber, als mich in seine Arme zu werfen und ihn ganz nah bei mir zu spüren. Ich wollte, dass er mich an sich zog, und ich wusste, würde er jetzt erneut nach mir greifen, ich wäre zu schwach gewesen, um mich ernsthaft zu wehren. Ich hasste mich für diese Schwäche, und ich hasste ihn in diesem Moment dafür, dass er keine Anstalten machte, mich zu berühren. Mir nahe zu sein.

»Es tut mir leid«, murmelte er und sah weg. Nicht einmal mehr seinen Blick hatte ich. Er blickte zu Boden. Mir wurde kalt, als hätte er mir etwas Wärmendes weggenommen, entzogen.

»Ich werde weggehen.« Ich spuckte ihm diese Worte regelrecht entgegen. Ich hatte gar nicht vorgehabt, es ihm jetzt schon zu sagen, doch etwas in mir hatte das Ruder übernommen und anders entschieden. Er zuckte zusammen, als hätte ich ihn tatsächlich geschlagen. Doch er schwieg und blickte auch nicht auf. Seine dichten, langen Wimpern lagen wie Halbmonde auf seinen Wangen und ließen ihn verletzlich aussehen, so verletzlich und jung. Ich wollte ihn berühren, ich wollte ihn riechen, schmecken, atmen. Aber ich hielt die Mauer aufrecht. Mehr noch, ich hatte sie höher gebaut als gewollt. Unüberwindlich.

Endlich hob er den Blick und starrte mich an. Seine dunklen Augen waren strahlend und fokussiert und absolut nicht zu deuten für mich. Ich konnte nicht herauslesen, was er dachte und fühlte, was in seinem Kopf vorging. Auch er schien eine Mauer errichtet zu haben, eine solide Mauer. Ich wusste nicht, ob ich sie einreißen konnte oder überhaupt wollte.

»Nein«, sagte er, »geh nicht.«

Ich holte zittrig Luft. Geh nicht! Geh. Nicht. »Warum nicht?«, antwortete ich und wunderte mich, dass sich unsere Worte trotz des Windes fanden.

»Du würdest mir fehlen.«

Tränen schossen mir in die Augen, und ich wandte mich ab, damit er sie nicht sah. »Ich habe dir in den letzten Tagen ja auch nicht gefehlt.«

Er verzog keine Miene, aber ich erkannte, dass er mit meinen Worten kämpfte. Und es war ja wahr. Er hatte mich kaum beachtet. Wenn das seine Art war, mir zu zeigen, dass ich ihm fehlte, dann konnte ich nichts Besseres tun, als zu gehen. Und mich am Besten nie wieder auf blonde, langhaarige, gut aussehende Typen einlassen. Das war nicht das erste Mal, dass es schieflief.

»Du würdest mir fehlen«, wiederholte er mit Nachdruck und machte einen Schritt auf mich zu. Mein Herz hämmerte, und ich hatte Angst, es würde mir gleich aus der Brust springen. Mit schreckgeweiteten Augen sah ich zu, wie er die Mauer zwischen uns einriss und immer näherkam. So nah, dass uns nur noch wenig trennte. Dann zog er mich heftig und fast schon schmerzhaft an sich und küsste mich.

Unsere Lippen fanden sich, und es war mehr ein Aufprall als eine zärtliche Begegnung. Er küsste mich hart und ohne Kompromisse. Es tat weh, und doch biss und küsste ich ihn zurück. Es musste animalisch aussehen, wie wir gegenseitig über uns herfielen, mit einer Heftigkeit, die uns beide zu überraschen schien. Seine Zunge war dominant und eroberte immer wieder meinen Mund. Seine Hand hatte er in meinen Haaren verkrallt und presste meinen Kopf an sich. Ich hatte nicht den Hauch einer Chance, mich aus dieser Umarmung zu befreien. Selbst wenn ich es gewollt hätte, was ich natürlich nicht tat. Das Einzige, das ich in diesem Augenblick wollte, war, ihn zu schmecken, ihn bei mir zu haben und nichts außer ihm wahrzunehmen.

Er stöhnte in meinen Mund, fuhr auch mit der zweiten Hand in meine Haare, und das intensive Gefühl, das ich für nicht steigerungsfähig gehalten hatte, wurde noch mächtiger. Lippen, Zungen, Hände – mehr nahm ich nicht wahr.

Und doch durchfuhr mich plötzlich mein Entschluss. Nein! Das hier war unmöglich, falsch, ziellos. Keuchend und völlig atemlos löste ich mich von seinem Mund. Meine Lippen kribbelten und brannten, meine Zunge tat weh, denn David hatte irgendwann darauf gebissen, und meine Wangen brannten.

»Nein«, sagte ich und bewegte mich weg von ihm. »Ich glaube dir nicht. Kein Wort.« Ich würde ihm nicht fehlen, das wusste mein beobachtendes objektives Ich. Es war das instinktive, gefühlsbetonte Ich, das sich schon wieder hatte hinreißen und sich erneut von Gefühlen hinters Licht hatte führen lassen. Sich erneut von David in die Falle hatte locken lassen.

Ich hatte noch seinen Geschmack auf der Zunge, das Gefühl seiner Zunge an meiner, als ich mich mit schier übermenschlicher Anstrengung von seinem Anblick losriss und mich einfach umdrehte und ging. Weg von ihm, einfach nur Distanz schaffen, sonst würde ich wieder schwach werden. Er folgte mir nicht, und ich drehte mich auch nicht nach ihm um.

Ich sammelte mich einen Moment und holte tief Luft, bevor ich an die Tür des Pärchens klopfte. Es tat sich nichts, ich klopfte erneut. Vermutlich hörten sie es bei dem Sturm einfach nicht. Vorsichtig drückte ich die Klinke hinunter und spähte ins Innere.

»Hallo?«, rief ich fragend. »Alles okay bei euch?«

Ich bekam keine Antwort, doch die Neugierde und auch ein wenig Sorge ließen mich eintreten und nochmals rufen.

»Hallo?«

Waren sie ausgeflogen? Über einem Stuhl hing ein Fleecepullover. Sie schienen also noch da zu sein. Oben waren sie nicht, ich konnte von hier aus sehen, dass das Bett unbenutzt war.

Ich zuckte mit den Schultern. Vielleicht waren sie im Duschhaus und folgten nur eben kurz einem natürlichen Bedürfnis.

Ich würde einfach später noch mal vorbeikommen. Ich wollte das Haus schon wieder verlassen, als ich mit einem Mal spürte, wie alles um mich herum erbebte. Ein Geräusch, das mir in den Ohren zu explodieren schien, nahm meine gesamte Wahrnehmung ein, bis mich etwas hart am Kopf traf und das Geräusch schlagartig ausblendete. Dann spürte ich nichts mehr und sank in eine schwarze, alles umfassende Stille.

Kapitel 23

Ich wusste, irgendetwas war nicht normal. Ich lag unglaublich unbequem, etwas drückte gegen meinen Brustkorb, gegen meine Beine, und als ich versuchte, die Arme zu bewegen, spürte ich Widerstand. Das konnte unmöglich mein Bett sein.

Dann dieser Kopfschmerz. Hatte ich gestern zu viel getrunken? Es hämmerte und pochte und fühlte sich doch anders an als jeder Kater, den ich jemals gehabt hatte. Ich versuchte, die Augen zu öffnen, doch es brachte nichts. Überall um mich herum nur Dunkelheit. Als ich vorsichtig versuchte, mich irgendwie aufzurichten, stieß mein Kopf gegen etwas und das löste einen stechenden Schmerz aus. Stöhnend ließ ich mich wieder zurücksinken auf mein unbequemes … ja, was eigentlich? Auf was lag ich? Was war passiert?

Die Luft war stickig und erfüllt von etwas … Holzigem … ja, es roch nach Holz und Regen und Harz. Ich musste husten, als wäre die Luft angefüllt mit vielen kleinen Staubpartikeln, die sich ihren Weg in meine Lunge suchten.

»Autsch«, murmelte ich, als ich erneut versuchte, meine Position zu ändern, und etwas sich in meine Hand bohrte. Ich konnte immer noch nicht viel sehen, doch langsam wandelte sich die Dunkelheit in etwas Trübes, Diesiges, in dem ich zumindest

Schemen und vage Schatten wahrnehmen konnte. War das … Holz, das um mich herum lag? Ich tastete mit den Fingern um mich herum und hatte das Gefühl, raue Oberflächen zu spüren. Fühlte sich so nicht Holz an?

Schlagartig überfiel mich die Erinnerung. Ich war im Haus gewesen, als es plötzlich Nacht um mich herum wurde. War ich etwa immer noch im Haus? War das etwa das Haus? Ich erinnerte mich an das laute Geräusch und dass dann alles um mich herum irgendwie implodierte.

Noch weigerte sich mein Gehirn, aus diesen Informationen eine Realität zusammenzubauen. Ich lehnte mich erneut zurück und holte tief Luft. Der Kopfschmerz dröhnte in mir und drohte alles andere auszublenden. Tränen traten mir in die Augen, als ich das Gefühl hatte, mich gleich übergeben zu müssen. Doch der Augenblick verging, und die Übelkeit klang ab. Der fiese Kopfschmerz blieb.

Ich versuchte, mich auf meine Atmung zu konzentrieren, um den Schmerz etwas einzudämmen, als ich hörte – oder vielmehr spürte –, wie um mich herum etwas ins Rutschen geriet. Die Dinge um mich herum bewegten sich plötzlich, gaben mit einem Mal eines meiner Beine frei, und dankbar streckte ich mich.

»Emily? Emily!«

»Emily? Hörst du uns?«

»Emily!«

Zunächst leise, dann immer lauter hörte ich, wie nach mir gerufen wurde. Mal eine Stimme, mal mehrere … Sie waren laut, sie waren leise, von weiter her, dann wechselten sie wieder die Richtung. Mir war, als würden meine Ohren mir einen Streich spielen.

»Ich bin hier«, gab ich leise von mir und meine Stimme brach. Ich fühlte mich schwach und müde wie ein neugeborenes Kätzchen und hatte kaum die Kraft, mich zu räuspern.

»Hier«, krächzte ich erneut und schlug mit einer Faust gegen die holzartigen Dinge um mich herum.

Holz! Aber natürlich! Endlich setzte mein Gehirn die Informationen an den richtigen Platz, und ich wusste, ich war inmitten der Überreste des Hauses begraben. Vermutlich war ein weiterer Baum umgefallen, direkt auf das Haus, und hatte es in seine Einzelteile zerlegt. Während ich drinnen war.

Seltsamerweise gab mir dieses Wissen die Kraft, mich erneut bemerkbar zu machen. »Hilfe!«, schrie ich mit all der Kraft, die ich irgendwie tief in mir mobilisieren konnte. »Ich bin hier.«

»Emily«, schrie jemand, und erneut bewegten sich die Dinge, die ich endlich als Teile des Hauses identifiziert hatte, um mich herum. Sie gaben ein zweites Bein frei, und ich spürte schmerzhaft, wie es zu kribbeln und mein Blut wieder zu zirkulieren begann.

Wenig später drang ein einzelner Lichtstrahl zu mir. Er beleuchtete Myriaden von Staubpartikeln, die mir das Atmen so schwer machten, und brachte sie zum Tanzen. Es war wunderschön, und für einen Moment genoss ich ihren Anblick und war froh, dieses dünne Licht zu sehen.

Dann sah ich, wie sich zuerst eine Hand, dann eine zweite Hand in mein Blickfeld schob. Ein dumpfer Knall, ein Riss, dann sah ich ein Gesicht. Matts Gesicht, das besorgt von oben auf mich herabblickte.

»Ich hab sie gefunden! Sie liegt hier unten! Sie lebt!«, schrie er und lachte mich gleichzeitig an.

Noch nie war ich so froh gewesen, jemanden zu sehen. Beinahe betrunken vor Freude blinzelte ich ihn selig an.

»Bleib ruhig liegen, Emily. Wir holen dich hier raus!«, beruhigte er mich und verschwand aus meinem Blickfeld. Seltsamerweise schob sich kurz danach erneut ein Stück Holz über das soeben erst frei geschaufelte Loch und mir war danach, in Tränen auszubrechen. Doch nur Sekundenbruchteile später vergrößerte sich das Loch wieder, mehr und mehr, bis eine Flut von Licht nach unten zu mir drang.

Irgendwann konnte ich den Himmel sehen, ein graues Etwas mit stürmisch dahinjagenden Wolken, die Regentropfen auf mein Gesicht fallen ließen.

»Emily!« Davids Stimme! Voller Panik, rau, sich beinahe überschlagend. Seine blonden langen Haare klebten ihm im Gesicht. »O Gott«, murmelte er, dann sah ich ihn nicht mehr. Stattdessen fühlte ich, wie der Druck des Holzes um mich herum weniger wurde, bis ich mich endlich aufstützen und mich in eine sitzende Position bringen konnte. Mein Kopf schoss mir spitze Schmerzpfeile durchs Gehirn, doch das nahm ich in Kauf. Ich konnte mich endlich wieder bewegen.

Nach und nach konnte ich mit ansehen, wie sich Matt, Joanna, Josie, Josh, David und die beiden Touristen sowie andere Personen, die ich nicht kannte, zu mir vorkämpften. Stück um Stück trugen sie die Teile des Hauses ab, um zu mir durchzudringen.

»Emily, kannst du meine Hand greifen?« David hatte sich zu mir vorgearbeitet, lag inmitten dieses gigantischen Mikados auf dem Bauch und streckte mir eine Hand entgegen. Er war nass bis auf die Knochen, dennoch war er das Schönste, das ich je gesehen hatte.

Ich nickte, richtete mich noch mehr auf und griff nach seiner Hand. Er packte sie derart fest, dass ich das Gefühl hatte, er würde sie mir gleich brechen. »Ich ziehe dich rauf. Versuch, dich ein wenig abzustützen, irgendwo.«

Ich sah ihm in seine weit aufgerissenen Augen, die ich noch nie so dunkel, so durchdringend gesehen hatte, und nickte erneut.

Gemeinsam schafften wir es, mich irgendwie aus diesem freigeräumten Loch zu befreien. Meine Beine schrammten schmerzhaft an scharfkantigem Holz entlang, und ein paarmal dachte ich, dass ich sie mir daran aufriss. Etwas Warmes rann an meiner rechten Wade herab, doch es war mir egal.

Er hatte mich nach draußen gebracht, meine Beine gaben unter mir nach, und ich stolperte in seinen Arm. Er fing mich auf und gemeinsam gingen wir zu Boden. Es tat nicht weh, ich spürte es kaum, denn er hielt mich fest umschlungen und fing meinen Sturz mit seinem Körper auf.

Und ließ mich nicht los. Beruhigend und schützend hielt er mich in einer Umarmung fest und wiegte mich langsam vor und zurück. Mein Kopf lag an seinem Schlüsselbein, geborgen an seinem Hals, und ich konnte an der Vibration seines Körpers spüren, dass er etwas murmelte. Zittrig holte ich tief Luft und spürte seine Lippen an meinem Ohr, fühlte, wie auch er mühsam Luft holte und sein Körper sich anspannte. Er wollte mich nicht loslassen, und ich wollte es ebenfalls nicht. Ich drückte mich näher an ihn und konnte mit erschreckender Deutlichkeit jeden seiner Finger auf mir spüren. Es war so intensiv, so unmittelbar, als wäre kein Stück Stoff zwischen uns. Ich spürte seine Finger brennend bis auf die Haut.

»Ich dachte, ich hätte dich verloren.« Seine Stimme war leise und rau und gleichzeitig voller unterdrückter Gefühle. Sein Atem war warm in meinem Ohr und jagte mir eine Gänsehaut über den gesamten Körper. Ich versteifte mich in seinen Armen, und er strich mir beruhigend die Haare aus dem Gesicht, um mich ansehen zu können. Mein Körper war irgendwie mit seinem verbunden, und wir blickten uns ohne diese furchtbaren und unnötigen Mauern zwischen uns in die Augen.

»Ich hatte solche Angst um dich«, flüsterte er erneut und nahm mein Gesicht in beide Hände. Die Zeit schien stillzustehen, und alles um mich herum verdichtete sich auf diesen einen Moment.

»Du hättest schnell Ersatz für mich gefunden«, flüsterte ich zurück. Dieser Zweifel – er wollte auch in diesem Moment nicht weichen und stand zwischen uns. Der Zweifel baute erneut an der Mauer.

Er holte hörbar Luft, runzelte die Stirn und blickte dann weg. Schlagartig spürte ich die Kälte und den Regen, der auf mich fiel. Mir war kalt, und ich begann, unkontrolliert zu zittern.

»Verdammt, David, wir müssen sie ins Warme bringen.« Joannas Stimme drang in mein Bewusstsein. Sie kniete neben mir – ich wusste nicht, wie lange schon, wie viel sie mit angehört hatte, und irgendwie war es mir egal – und sah mich sehr besorgt an. »O Gott, du Arme … gleich wird dir wieder warm werden. Wir schauen sofort, ob auf dem Platz ein Arzt ist, aber zuerst müssen wir dich wieder warm bekommen.« Sie berührte mich an der Schulter, nur wenige Zentimeter entfernt von Davids Hand.

Ich nickte willenlos und zitternd und wehrte mich auch nicht, als ich spürte, dass David mich hochhob und auf seinen Armen wegtrug. Meine Hände baumelten um seinen Hals, ich hatte nicht die Kraft, mich festzuhalten. Wohin er mich brachte, war mir völlig egal. Ich wünschte mir nur Wärme. Mir war so kalt, dass mittlerweile meine Zähne aufeinanderschlugen.

Ich bekam noch mit, dass er mich ins Haus brachte, hinauf in mein Zimmer trug, wo Joanna und Josie mir die klatschnassen Sachen vom Körper zogen, mich mit Handtüchern warm rubbelten und mich ins Bett packten.

Sie versuchten noch, mir etwas Warmes einzuflößen – Tee? Whisky? –, dann wurde es erneut schwarz um mich herum.

Kapitel 24

Das Erste, das ich sah, als ich wieder aufwachte, war Davids Gesicht. Mit einem besorgten Ausdruck beugte er sich über mich. »Du bist wach«, stellte er fest und seine Stimme hörte sich brüchig an, leise. »Wie geht es dir?«

Ich horchte in mich hinein, brauchte einen Moment, um mich zu sortieren. Vorsichtig bewegte ich Arme und Beine. Mehrere Lagen von Decken lagen auf mir, ich hatte Probleme, mich darunter zu bewegen. Trotzdem war mir kalt, immer noch.

»Gut, glaube ich«, sagte ich und musste mich räuspern. Mein Hals tat weh, es kratzte. Vielleicht war das der Staub, den ich eingeatmet hatte. Schlagartig wurde mir alles wieder bewusst. »Wie spät ist es? Wie lange habe ich geschlafen?«

David blickte mir immer noch in die Augen. »Nicht sehr lange, es ist früher Abend. Du hast vielleicht zwei, drei Stunden geschlafen.«

Er sah, dass ich zu zittern begann. »Dir ist immer noch kalt, oder? Warte kurz, ich hole dir etwas Warmes zu trinken.«

Er verschwand, und ich hörte wenig später Stimmen von unten. Kurz wurde es lauter, ebbte dann aber wieder ab. David kam wieder, in der Hand eine dampfende Tasse mit einem Löffel darin.

»Hier, Josie hat darauf bestanden, dass du eine Brühe trinkst. Warte, ich helfe dir.«

Er setzte sich zu mir auf den Bettrand und fütterte mich mit der würzigen Brühe. Ich hatte mich halb aufgerichtet, dabei die Decken bis zum Kinn hochgezogen. Trotz der Brühe wurde mir nicht wärmer. Eine innere Kälte hatte sich in mir eingenistet, die mein gesamtes Bewusstsein einnahm.

Nachdem ich alles brav aufgegessen hatte, sah David mich beunruhigt an. »Das hilft dir nicht, oder?«

»N…nein«, stammelte ich. Ich wich seinem Blick aus, war mir aber klar, dass er mich nicht aus den Augen ließ. Es war seltsam, aber seltsam tröstlich.

Dann stand er mit einem Mal auf, verschwand erneut aus dem Zimmer. Ich hatte nicht viel Zeit, über sein Verhalten zu grübeln, denn er kam gleich wieder mit einem Bademantel über dem Arm.

»Komm, ich habe eine Idee, wie dir wieder warm werden könnte.«

Verständnislos blinzelte ich. »Was hast du vor?«

»Vertrau mir. Bitte.« Seine Stimme war immer noch leise, aber fest, und er streckte mir eine Hand entgegen. Ich zögerte für einen Moment, aber dann übernahm etwas die Oberhand. Ich kämpfte mich unter den Decken hervor, registrierte erleichtert, dass Joanna und Josie mich gestern nicht nur aus der nassen Kleidung geschält, sondern mir auch ein überlanges Shirt angezogen hatten. So war ich wenigstens nicht ganz nackt.

David half mir auf, dann wickelte er mich behutsam in den Bademantel ein und begleitete mich die Treppe hinunter. Mein Gang war der einer alten Frau. Ich fühlte mich wacklig auf den Beinen und musste mich an David festhalten.

Unten angekommen, sah ich mich nach den anderen um, konnte aber niemanden entdecken. Vermutlich waren sie alle auf dem Platz unterwegs.

Wir verließen das Haus, und instinktiv drückte ich mich Schutz suchend an ihn. Der Wind war immer noch stark und riss an mir.

David reagierte prompt: Erneut nahm er mich mit einer einzigen, schwungvollen Bewegung auf die Arme und trug mich weg vom Haus.

Erst als ich die weißen Kacheln sah, registrierte mein Gehirn, dass wir im Duschhaus waren. Er setzte mich in einer der Duschkabinen ab und half mir schweigend aus dem Bademantel und dem Shirt.

Nur Sekunden später prasselte ein warmer Wasserstrahl auf mich herab. David setzte sich ganz dicht zu mir auf den Boden.

»Gleich wird es wärmer, ich verspreche es«, murmelte er und strich mir Haarsträhnen aus dem Gesicht nach hinten. Das warme Wasser rieselte an mir herab.

Mit aufgerissenen Augen starrte ich David an. Er begann, sein T-Shirt auszuziehen, dann knöpfte er die Hose auf.

»W…wwwas … t…tuuust du da?«, stammelte ich. Noch immer zitterte ich, und die Worte kamen mir nur abgehackt über die Lippen.

»Der schnellste Weg, jemanden warm zu bekommen, ist Körperwärme«, sagte er ungerührt und stand auf, um die Hose sowie alle anderen Kleidungsstücke abzustreifen. Mit einem Mal stand er in der vollen, prallen Nacktheit da, die ich so gernhatte. Trotz der absurden Situation, trotz der Gefahr, in der ich mich noch vor wenigen Minuten befunden hatte, trotz der Kälte, die mich immer noch gefangen hielt und alles andere abdämpfte – trotz all dem spürte ich irgendwo ganz tief in mir den Wunsch, einfach nur in seinen Armen zu liegen, an seine nackte Haut gedrückt und seinen Lippen auf meinen.

»Dir muss endlich warm werden«, beschied er sanft.

Ich wehrte mich nicht, als er sich zu mir setzte. Ich hatte eine Gänsehaut und wusste nicht, ob sie von der Kälte, dem warmen Wasser oder seiner Haut herrührte.

Er zog mich ganz nah an sich, sodass ich beinahe schon auf seinem Schoß saß, und der Wasserstrahl hüllte uns ein, prasselte auf meine Kopfhaut, mein Gesicht, meine Arme und Oberschenkel. Jeder Wassertropfen brachte mir ein Stück mehr Wärme und vertrieb die Kälte langsam aus meinem Körper. Ich schloss die Augen und ließ für wenige Minuten keine anderen Empfindungen zu, als das Wasser und Davids Haut zu genießen.

Wir sagten nichts. Ich horchte nur auf seinen Atem, der sich allmählich beruhigte und regelmäßig wurde. Als ich die Augen öffnete und zu ihm aufsah, merkte ich, dass er mich die ganze Zeit beobachtet hatte. Unsere Blicke trafen sich.

»Besser?«, flüsterte er.

Ich nickte. »Ja«, flüsterte ich zurück.

»Gut.« Er strich mir vorsichtig mit dem Handrücken über die Wange. »Ich hatte noch nie in meinem Leben so viel Angst um jemanden wie heute.«

Ich blinzelte, unfähig zu entscheiden, ob ich ihm glauben konnte oder nicht. Er sah ernst aus, dunkle Augen, angespannte Muskeln, aber der bohrende Zweifel schob sich zwischen uns. Ich konnte nicht antworten und schluckte hart.

Er verlagerte seine Position, und seine Hand wanderte von meiner Wange unter mein Kinn, um es leicht anzuheben. Er wollte meinen Blick. »Du bedeutest mir so viel … ich hätte nicht gewusst, was ich ohne dich machen sollte.«

»Du hättest schnell Ersatz für mich gefunden«, wiederholte ich meine Worte von vorhin.

Er versteifte sich. »Nein«, presste er hervor. »Es gibt keinen Ersatz für dich.«

»Wie kann ich dir glauben«, murmelte ich. »Du hast mich nicht eben gut behandelt in den letzten Tagen.«

Nun blinzelte er, und er atmete hörbar und schnell ein. »Das habe ich nicht, du hast recht.« Er sah kurz weg, dann wieder zu mir. »Es tut mir leid, Emily. Ich bin … das hier … nicht gewohnt. Das Enge. Das Feste. Und dann die Bemerkung von Jo auf der Party … das alte Ehepaar. Das macht mir Angst … das ist neu für mich.«

Ich sah ihn verwirrt an. Was meinte er? »Was ist neu für dich?«

»Du!« Er stieß die Worte gepresst hervor, beinahe wütend.

»Ich? Was …?« Ich konnte nicht weitersprechen, meine Worte erstarben mir noch auf der Zunge.

»Ja, du! Verstehst du denn nicht? Du gehst mir seit Tagen nicht mehr aus dem Kopf, egal, was ich tue. Egal, wie sehr ich mich auch ablenke. Egal, wie sehr ich dich auch ignoriere.«

Seine Unterarme waren angespannt, ich konnte seine Muskeln sehen und spüren, wie diese Anspannung sich über seine Finger auf meine Haut übertrug.

»Warum musst du dich ablenken?« Gespannt sah ich ihn an. War das nicht genau die Frage, die mich umtrieb? Zu verstehen, warum er von einer Frau zur nächsten sprang?

Wütend funkelte er mich an. »Wie viel nackter möchtest du mich denn noch?«, stieß er hervor.

Und mit einem Mal wurde mir vieles klar. Vieles von seinem Verhalten erklärte sich durch sein »Nacktsein«.

»Oh ja«, flüsterte ich und rückte näher an ihn heran. »Du bist so schnell nackt. Du hast kein Problem, dich nackt zu zeigen.« Die Tatsache, dass wir uns beide sehr nackt aneinanderdrückten, wurde mir einmal mehr bewusst. Ich spürte den Druck seines Oberkörpers an meinen Brüsten und musste mich konzentrieren, meine Empfindungen in Worte zu fassen. Ich sah ihm intensiv in die Augen, und als er wegsehen wollte, war ich es, die sein Kinn packte und sein Gesicht wieder zu mir drehte. »Siehst du! Genau das meine ich. Du bist nackt – aber nicht, wenn es um dich selbst geht, wenn es um deine Gefühle geht. Du zeigst dich mir nie … komplett nackt. Schutzlos.«

Sein Unterkiefer in meiner Hand war hart, er biss die Zähne aufeinander, das konnte ich deutlich spüren. Ein Knurren löste sich aus seiner Kehle. Er sah mich wild an.

»Du hast mich nackter erlebt als jede andere zuvor«, flüsterte er heiser. Und dann küsste er mich, und sein Geschmack vermischte sich mit dem warmen Wasser, das zwischen uns und über uns lief. Ich wollte nichts anderes, als ihn küssen und von ihm geküsst zu werden, aber das hier war wichtiger als unsere körperliche Reaktion aufeinander. Die kannte ich bereits zu gut.

»Halt«, murmelte ich und drehte meinen Kopf weg. Seine Lippen landeten auf meinem Hals, was mir sofort einen Schauder die Wirbelsäule hinunterjagte. Verdammter Körper, er betrog mich schamlos. Er bekam mein Ohrläppchen zu fassen und saugte daran. Der Schauder intensivierte sich, und ich musste mich erneut drehen, um seine Liebkosung zu unterbinden.

»Hör auf«, keuchte ich. »Ich muss wissen, was das zwischen uns ist. Was bin ich für dich?«

Er unterbrach sich tatsächlich, und erneut konnte ich sehen, wie er sich in sich selbst zurückzog. Etwas von ihm verschwand hinter seinen Augen, und der David, den ich nicht wollte, trat zutage. Der falsche David, der maskierte David.

»Ich habe dir gesagt, dass du mir etwas bedeutest.« Seine Stimme klang gefasst und ruhig. Selbstsicher. Aber nun wusste ich, wie gespielt das war.

»Das reicht nicht. Mir nicht. Das reicht nicht, damit ich bleibe. Ich muss einfach wissen …«

»Was?«, flüsterte er, als ich nicht weitersprechen konnte, weil mich mit einem Mal die Angst überwältigte. Was, wenn ich den wahren David nie wiedersehen würde?

»Ich muss wissen, was du für mich empfindest.« Es war heraus. Das war doch die Kernfrage. Was empfand er für mich?

Er wollte sich wieder von mir abwenden, und erneut spürte ich, wie er mir entglitt. Nicht körperlich, wir pressten uns immer noch fest aneinander.

»Nein«, befahl ich schneidend. »Du wirst jetzt nicht wieder flüchten. Ich möchte, dass du nackt vor mir bleibst.« Ich wusste, wie idiotisch, wie komisch sich das anhören musste. Wäre das hier ein Bühnenstück, würde das Publikum beschämt hüsteln. Aber nie war mir etwas ernster gewesen. Wenn er sich jetzt nicht vor mir öffnete, dann war er Geschichte für mich.

Er zögerte immer noch, sein Blick huschte über mein Gesicht, immer wieder zu meinen Augen, wo er aber nicht lange blieb. Warum zögerte er? Wovor hatte er solche Angst? Was brauchte er noch, um sich mir ganz zu zeigen?

Und da entschloss ich, alles auf eine Karte zu setzen. Es selbst in die Hand zu nehmen. Er hatte mich schon zutiefst verletzt. Wenn er es noch einmal tun würde, war zumindest der Schmerz etwas Vertrautes. Was hatte ich noch zu verlieren?

Ich griff in sein Haar und zog sein Gesicht zu mir, sodass seine Stirn an meiner lehnte und ich ihm in die Augen sehen konnte. »Ich habe mich in dich verliebt«, gestand ich ihm. »Mehr noch – ich liebe dich«, sagte ich und ließ ihn los.

Er atmete ruckartig aus. Ich würde nichts weiter sagen. Nun war es an ihm.

»Ich …« Seine Stimme klang gepresst. Ich konnte einen zornigen Ausdruck auf seinem Gesicht sehen. »Herrgott noch mal«, fluchte er und packte mich. »Ich habe mich auch in dich verliebt! Heftig sogar.« Wir starrten uns an. Er schluckte. »Nein! Das trifft es nicht einmal ansatzweise. Ich habe noch nie so für eine Frau empfunden.«

»Noch nie?«, flüsterte ich ungläubig. Aber ich sah ihm an, dass er die Wahrheit sagte. Jetzt endlich war er nackt. Komplett.

»Nie! Und ich habe noch nie zugegeben, dass ich verliebt bin.« Das erste Grinsen seit Langem. Ich hatte es vermisst. »Zumindest habe ich es noch nie so gemeint. Gesagt habe ich es sehr oft. Zu oft.«

»Ich …« Er unterbrach mich.

»Nein, lass mich reden, ich glaube, es ist wirklich das erste Mal, das ich mit einer Frau über meine Gefühle reden kann. Ich bin darin nicht besonders gut.«

»Ist mir gar nicht aufgefallen«, sagte ich trotzdem und entlockte ihm erneut ein Grinsen.

Und einen Knuff. »Sei still, oder soll ich dich übers Knie legen?« Anzüglich hob er die Augenbrauen. Dann küsste er mich auf die Wange. »Ich bin nicht gut darin. Aber ich habe auch noch nie so für jemanden empfunden wie für dich. Du machst mich völlig wahnsinnig. Ich weiß nicht, wie ich auf dich reagieren soll, ich weiß nicht, was ich sagen soll, wie ich mich verhalten soll. Ich … habe ständig das Gefühl, alles falsch zu machen, was ich nur falsch machen kann.«

Suchend sah er mir in die Augen. »Warum du? Warum komme ich nicht los von dir?« Er lachte bitter auf. Irritiert beäugte ich ihn. »Glaub nicht, dass ich das nicht versucht hätte in den letzten Tagen.«

»Das habe ich deutlich mitbekommen.« Ich konnte den Schmerz nicht aus meiner Stimme verbannen, und ich merkte, dass er es auch gehört hatte.

»Es tut mir leid«, flüsterte er sanft und streifte meine Lippen mit seinem Mund. Mehr ein Hauch als ein echter Kuss. »Ich habe gemerkt, dass ich dir wehgetan habe. Und ich habe mich dafür gehasst. Und das hat mich völlig irritiert. Das Seltsame war, mich hat mein Verhalten selbst verletzt. Es war … komisch. Ich habe alles Mögliche getan, um von dir wegzukommen. Aber das Einzige, woran ich denken konnte, warst du. Ich wollte in diesen Momenten immer nur dich und konnte mich doch nicht überwinden, es dir zu sagen. Oder es dir zu zeigen.« Er lachte erneut auf, freudlos. »Und als dann dieses verdammte Haus einstürzte, und du dort mitten drin warst … als ich dachte, ich hätte dich verloren … ich habe noch nie so viel Angst gehabt.«

Er drückte mich enger an sich. »In diesem Moment konnte ich nicht einmal mehr mich selbst belügen. Mir wurde klar, dass du mehr für mich bist. Dass du das Wichtigste für mich bist.«

»Dass du in mich verliebt bist?«, hakte ich nach.

»Dass ich in dich verliebt bin. Oh ja, ich bin in dich verliebt.« Er sah mir wieder in die Augen und lachte. »Jetzt, wo ich es einmal gesagt habe, könnte ich es ständig wiederholen. Ich bin in dich verliebt.« Ein erneutes Lachen. »Ich. Bin. In. Dich. Verliebt.«

Eine Mischung aus Kichern und Schluchzen entfuhr mir. »Du kannst es mir gar nicht oft genug sagen.«

»Oh, das werde ich, glaube mir.« Er küsste mich vorsichtig. »Heißt das, dass du nicht gehst? Bleibst du bei mir? Bei mir, der in dich verliebt ist?«

Die Mauer war weg. Ich konnte in seinen Augen lesen, dass er sich meiner Antwort nicht ganz sicher war und dass auch ich ihn verletzen konnte.

»Ich gehe nicht fort. Ich kann gar nicht fort von dir«, antwortete ich.

Er strahlte mich an.

Kapitel 25

»David? Emily? Seid ihr hier drinnen?«

Joannas Stimme hallte durch das Duschhaus und war mir so unwillkommen wie noch nie.

»Wir sind hier, aber wenn du mich nicht unbedingt nackt sehen willst, dann würde ich an deiner Stelle nicht reinkommen.« David kicherte, und ich musste mitkichern.

»Was? Was treibt ihr da drinnen? Ach, ich will es gar nicht wissen. Der Krankenwagen ist endlich da. Wir haben wieder ein Telefonnetz.«

»Gut. Kannst du Emily trockene Klamotten bringen?«

»Trockene Kla…? Ach, auch da frage ich lieber nicht nach. Bin gleich wieder da.«

Ich hörte eine Tür zufallen.

»Auch wenn ich jetzt nichts lieber täte, als das hier weiterzuführen«, er sah zweideutig auf unsere nackten, verschlungenen Körper herab. »Aber die Stimme der Vernunft hat recht. Wir müssen dich durchchecken lassen. Dafür musst du dich leider erst einmal anziehen, und der Bademantel ist dafür wohl nicht genug.«

»Och Menno«, maulte ich halbherzig.

»Keine Bange, ich verspreche, ich ziehe dich später auch wieder aus.«

»Küss mich«, verlangte ich, woraufhin er meiner Aufforderung nachkam und bis zum erneuten Eintreffen seiner Schwester nichts anderes mehr tat.

»Klopf, klopf«, machte Joanna. »Ich lege euch die Klamotten hier vorne hin. Beeilt euch, ja? Der Krankenwagen hat nicht den ganzen Tag Zeit.« Ihre Stimme klang amüsiert.

»Na los.« David erhob sich, stellte das Wasser aus und hielt mir eine Hand entgegen. Wir mussten die kompletten Warmwasservorräte einer ganzen Woche verbraucht haben. Erneut fröstelte es mich, doch nur wenige Sekunden später lag schon ein flauschiges Handtuch um mich, mit dem er mich trocken rubbelte.

»Das würde ich am liebsten jeden Tag mit dir machen«, eröffnete er mir und entzog mir frech das Handtuch, um sich selbst trocken zu reiben.

»Ich werde dich davon nicht abhalten.«

Er beugte sich zu mir, drückte mir einen Kuss auf den Mund, dann griff er nach den Klamotten, die Joanna für uns bereitgelegt hatte.

»Hilft ja alles nichts«, murmelte er. »Später dann …«

Kichernd wie zwei kleine Schulkinder zogen wir uns gegenseitig an, eine andersartige Erfahrung, ein Rückwärtsstrip quasi. Joanna hatte auch an Jacken und eine Mütze für mich gedacht, und warm eingepackt verließen wir das Duschhaus.

Ich war immer noch etwas wacklig auf den Beinen, und David stützte mich auf dem Weg bis zum Krankenwagen. Er stand vorn auf dem Parkplatz mit blinkendem Rotlicht, und Matt unterhielt sich dort mit zwei sehr professionell aussehenden Rettungssanitätern.

Einer streckte den Arm nach mir aus, um mich in Empfang zu nehmen, und fragte: »Wie fühlen Sie sich? Wo haben Sie Schmerzen?«.

Er lotste mich auf eine Trage und leuchtete mir mit einem klitzekleinen taschenlampenartigen Etwas in beide Augen.

»Gute Pupillenreaktion«, murmelte er und notierte sich etwas auf einem Klemmbrett.

»Autsch«, machte ich und fasste mir an den Kopf. Das helle Licht hatte die dumpfen Kopfschmerzen jäh geweckt. Sie schossen mir quer durch das Gehirn.

»Sie haben da eine ganz schöne Beule an der Schläfe«, stellte er fest. »Scheint so, als hätten Sie einen ordentlichen Schlag abbekommen. Schauen wir mal, ob wir eine Gehirnerschütterung ausschließen können. Folgen Sie mit den Augen meinem Finger.« Er hielt mir einen ausgestreckten Zeigefinger vor die Nase und bewegte ihn von rechts nach links, von oben nach unten und wieder zurück. Brav gingen meine Augen mit.

»Gut, gut. Arm hier rein, bitte.« Eine Armmanschette wurde mir angelegt, dann pumpte sich diese automatisch auf und drückte mir für einen Moment das Blut ab.

»Leicht erhöhter Blutdruck, hmm, ja. Ich müsste mal an eins Ihrer Ohren, ja, genau so, danke.« Er steckte mir ein kaltes Fiebermessgerät ins Ohr, wartete kurz, nahm es dann wieder heraus. »Etwas niedriger, als es sein sollte, aber erstaunlich okay.«

David, der mir ins Innere des Krankenwagens gefolgt war, drückte meine Hand, die er seitdem nicht mehr losgelassen hatte. »Die Dusche war eine gute Idee«, flüsterte er mir in einem unbeobachteten Moment zu. Ich lächelte ihn an.

Ich musste noch abwechselnd meine Arme und Beine strecken, er horchte meinen Brustkorb ab, fragte zehnmal nach, ob mir etwas wehtat, begutachtete noch einmal die Schramme an meiner Wade, die von Joanna schon hinreichend versorgt worden war – wieso hatte ich eigentlich kein Dino-Pflaster bekommen, schoss es mir unsinnigerweise durch den Kopf – und gab mir ziemlich starke Schmerztabletten.

»Ich glaube, alles in allem hatten Sie heute mehr als nur einen Schutzengel. Ich habe das Haus gesehen. Ein Wunder, dass Ihnen nicht mehr passiert ist«, erklärte er zum Schluss mit ernster Miene. »Wir können Sie zur Beobachtung mit ins Krankenhaus nehmen, aber es sieht so aus, als wären Sie ohne Gehirnerschütterung davongekommen. Sollte Ihnen aber schlecht werden, oder sollten Sie anfangen, alles doppelt oder stark verschwommen zu sehen, sollten Sie unbedingt zum Arzt. So ganz lässt sich eine Gehirnerschütterung nicht ausschließen. Aber ich bin optimistisch.« Er zwinkerte mir zu und entließ mich. David stützte mich beim Aussteigen.

»Ach, Emily«, sagte Joanna, kaum dass ich ausgestiegen war. Sie fiel mir stürmisch um den Hals und drückte mich an sich. »Ich hab mir solche Sorgen gemacht. Komm, lass uns schnell wieder ins Haus gehen.«

Der Sturm hatte sich, wie von Josh vorhergesagt, abgeschwächt. Dennoch pfiff und wütete und regnete es immer noch und innerhalb von Sekunden war mir erneut kalt.

Im Haus wurde ich von Joanna sofort auf die Couch dirigiert, mit einer Decke versorgt, während Josie mir eine ganze Kanne Tee kochte und sich alle um mich herum scharrten. David wich keine Sekunde von meiner Seite. Er saß neben mir, hatte meine Füße auf dem Schoß, massierte sie und murmelte beiläufig etwas von Zirkulationsübungen.

»Was genau ist passiert?«, fragte ich endlich, nachdem ich die immer gleichen Nachfragen nach meinem Kopf oder anderen potenziell schmerzenden Gliedmaßen beantwortet oder abgewehrt hatte. »Ich erinnere mich nur noch an einen Knall, und dann hat mich etwas ausgeknockt.«

»Ja, im wahrsten Sinne des Wortes«, meinte David und sah mich besorgt an.

»Zum Glück ist David dir gefolgt und hat gesehen, dass du ins Haus gegangen bist. Wir hätten sonst nicht gewusst, ob da jemand unter diesen Trümmern liegt oder nicht«, sagte Joanna. »Du warst nur wenige Augenblicke drin, da ist die große Tanne hinter dem Haus einfach umgestürzt. Josh Männer hatten sich bis zu diesem Teil des Geländes noch gar nicht vorgearbeitet. Hätten wir gewusst, dass dieser Baum so ein Gefahrenpotenzial darstellt, dann hätten wir sofort auch die Häuser evakuiert. Oder noch besser: Die Häuser gar nicht erst als Schutz in Betracht gezogen.«

»Das Pärchen, das wir heute Morgen dort untergebracht haben, war da gerade draußen. Ich kann mir nicht vorstellen, dass drei Leute das unbehelligt überstanden hätten. Das Haus sieht aus, als hätte es eine Granate getroffen.« Matt verzog das Gesicht zu einem freudlosen Grinsen.

Ich schlug mir die Hand vor den Mund. »Scheiße«, murmelte ich dann. »Ich traue mich gar nicht zu fragen, aber … Versicherung?«

»Versicherung? Ob wir eine haben? Na, davon kannst du aber ausgehen. Das war eines der ersten Dinge, die wir sofort aufgestockt haben, als Christopher uns den Platz übergeben hat.«

Joanna sah ihren älteren Bruder an. Erst so langsam realisierte ich, dass ich heute hätte sterben können. Ein riesiger Baum war auf ein Holzhaus gekracht, hatte es mehr oder weniger in seine Einzelteile zerlegt, während ich arglos dort drinnen gewesen war. Ich hatte mehr als einfach nur Glück gehabt. Mit einem Mal begann ich unkontrolliert zu zittern. Der Tee schwappte mir aus der Tasse über die Hände. Ich konnte das Zittern nicht mehr unterdrücken.

David fluchte, dann nahm er mir die Tasse aus der Hand, reichte sie seiner Schwester, um mich sofort in den Arm zu ziehen.

»Ich glaube, ich bringe sie besser mal wieder zurück ins Bett. Das war zu viel für heute.«

Hektik brach aus. Stühle wurden nach hinten gerückt, um mir Platz zum Aufstehen zu machen. Josie zog die Decke fester um mich, und Joanna strich mir beruhigend über die Wange. »Du brauchst jetzt einfach Schlaf. Ruh dich aus, wir kümmern uns um den Rest.«

David packte mich am Arm, legte ihn sich um die Schulter und fasste mich um die Taille. Gemeinsam erklommen wir Stufe für Stufe in den ersten Stock, und als ich endlich oben angekommen war, fühlte ich mich, als hätte ich den Mount Everest bestiegen. Ich war todmüde, erschöpft bis auf die Knochen, und der hämmernde Schmerz in meinem Kopf meldete sich trotz Tabletten erneut.

Behutsam legte David mich ins Bett, und trotz der bleiernen Schwäche, die mich so urplötzlich überfallen hatte, hatte mein Gehirn noch die Kraft, sich über seine Sanftheit und Zärtlichkeit zu wundern. Er legte sich dazu, mich eng an sich gedrückt, den Arm um mich gelegt. Mit seinem beruhigenden Atem an meinem Ohr schlief ich ein.

Kapitel 26

Ich erwachte nicht exakt so, wie ich eingeschlafen war. Nachts musste ich mich gedreht haben, denn das Erste, das ich sah, als ich schlaftrunken die Augen öffnete, war Davids Gesicht. Er hatte seinen Kopf auf den Arm gestützt und sah mich lächelnd an.

»Guten Morgen«, sagte er und küsste meine Nasenspitze. »Wie fühlst du dich?«

Ich blinzelte ein paarmal, um sicherzustellen, dass ich auch wirklich wach war, dann krächzte ich: »Ganz okay … glaube ich.« Ich bewegte mich vorsichtig. Mein Kopf fühlte sich an wie in Watte gepackt, aber der konstante Schmerz von gestern war weg. Meine Wade pochte ein wenig, aber ansonsten schien es mir tatsächlich ziemlich gut zu gehen.

Davids Lächeln verschwand und sein Blick wurde ernst. »Das hier gefällt mir.«

»Du meinst, dass ich vermutlich aussehe wie eine wandelnde Vogelscheuche und du wie ein neugeborener Gott?« Tatsächlich wirkte er, als hätte er bereits eine Dusche, ein umfangreiches Beautyprogramm sowie ein Spa-Wochenende hinter sich. Er sah verboten gut aus, dafür hatte ich vermutlich vom Schlafen zerzauste Haare und Abdruckstellen vom Kissen im Gesicht.

»Nein, du Vogelvergrauler.« Er grinste. »Das hier. Dass ich mit dir aufgewacht bin. Das ist schön.«

»Mmm«, machte ich und schob mich ein wenig näher an ihn heran. »Wenn du dich nicht wie ein Idiot benimmst, dann kannst du das ab jetzt jeden Morgen haben.«

»Versprochen«, flüsterte er und hob mein Gesicht an seins. »Das werde ich nicht aufs Spiel setzen. Nie wieder.«

Sein Kuss war sanft, schmeckte nach einem Versprechen und war doch auch fordernd. Ich ließ mich nicht lange bitten. Seinen Vorsatz von gestern, mich auch wieder auszuziehen, erfüllte er gewissenhaft, und wenig später merkte ich dann doch, dass ich durch den Unfall mehr blaue Flecken davongetragen hatte als zunächst angenommen. Es hätte mir in diesem Moment gleichgültiger nicht sein können.

Nach einer großen Tasse Kaffee mit Schmerztabletten, einem Stapel Pancakes, der gefühlt immer höher statt kleiner wurde dank Josies unermüdlicher Arbeit am Herd, und zahlreichen Nachfragen nach meinem Wohlbefinden – die mir allmählich peinlich und auch etwas lästig wurden – hielt ich es drinnen nicht mehr aus. Ich musste den Ort des Geschehens sehen.

Gestern, nach meiner Rettung, hatte ich außer Kälte und David nicht viel wahrgenommen. Und irgendwie erschien mir alles noch wie ein sehr unrealistischer Traum. Ich musste es mit eigenen Augen sehen.

Auf dem Campingplatz war buchstäblich die Hölle los. Der halbe Ort musste sich hier versammelt haben. Der Parkplatz war gerammelt voll, die meisten Autos hatten einheimische Kennzeichen. Überall traten sich die Leute auf die Füße. Einige Gesichter kamen mir bekannt vor, so als hätte ich sie auf dem Fest neulich schon gesehen.

»Wahnsinn, oder?« David strahlte.

»Ja«, hauchte ich. »Was machen die alle hier?«

Er zuckte mit den Schultern. »Ich habe keine Ahnung. Die sollten eigentlich daheim sein und sich sturmsicher machen.«

»Wo ist der Sturm denn eigentlich abgeblieben?« Es war immer noch windig, die Bäume wiegten sich im Wind, und ich blickte skeptisch auf die sich bewegenden Riesen. So schnell würde ich nicht mehr in den Wald gehen.

David lachte. »Nur keine Sorge, der war heute Nacht ziemlich fleißig und kommt gegen Mittag wieder, wir haben hier nur eine kurze Ruhephase.«

Das Haus sah nicht so schlimm aus, wie ich nach den Beschreibungen der anderen erwartet hatte. Zwar lag mitten auf – mitten im – Haus eine große Tanne, die es quasi symmetrisch in sich zusammengefaltet hatte, aber das riesige Chaos war das irgendwie nicht. Ich hatte gedacht, ich würde das Haus in seine Einzelteile zerlegt sehen. Zwar lagen die Holzbretter kreuz und quer übereinander, teilweise mehrere Meter weit weg vom Haus, aber das Haus an sich war als solches noch erkennbar.

Nichtsdestotrotz – es war irreparabel beschädigt. Das konnte man nicht mehr aufbauen. Es musste abgerissen und neu gebaut werden.

»Ach du …«

»… große Scheiße, ja«, vervollständigte David meinen Satz. »Der Patient ist eindeutig tot.«

Ich seufzte auf. »So ein blödes Timing. Jetzt, wo es doch halbwegs gut läuft.«

Er zuckte mit den Schultern. »Nicht darüber nachdenken. Wir machen einfach weiter.« Er verschränkte seine Finger mit meinen. »Meinetwegen hätte das mit jedem Haus hier passieren können … völlig egal. Mir ist nur wichtig, dass dir nichts geschehen ist. Das hätte ich nicht ertragen.«

Ich blickte zu ihm und sah ihn wieder, den David ohne Mauern. Das flattrige Gefühl kam wieder, mit aller Macht und so dominierend, dass ich nicht anders konnte, als ihm um den

Hals zu fallen und mich an ihn zu drücken. Er wirkte kurz überrascht, dann umfasste er mich mit beiden Armen und hob mich hoch. Meine Beine umschlangen ihn. Von irgendwo her hörte ich ein anzügliches Pfeifen, und jemand klatschte doch tatsächlich Applaus, als David mich so zurück ins Haus trug.

Ich ließ erst los, als wir wieder in seinem Zimmer waren, und er schockiert rief: »Oh, nein!«

Ich drehte meinen Kopf hektisch in alle Richtungen. »Was denn? Was ist passiert?«

Er grinste breit. »Ich glaube, du bist doch eine kleine Vogelscheuche.«

Stirnrunzelnd löste ich mich von ihm. »Was?«

»Oder sollte ich dich lieber Vogelmörderin nennen?«

»Hä?«, machte ich und musste nun auch lachen.

Er deutete schmollend in eine Zimmerecke. Und dort lag er, platt wie eine Flunder, pinkfarben und mit einem Bändchen am Bein. Der Flamingo hatte das Zeitliche gesegnet.

Ich verzog das Gesicht zu einer Grimasse. »Also, wenn das jetzt ein Omen sein soll, dann weiß ich nicht, was das Schicksal mir damit sagen will.«

»Das sagt uns nur, dass wir mal wieder dringend in den Zoo fahren sollten. Und dass ich nicht mehr so sein möchte wie dieser schrille Partyvogel. Ich bin jetzt ein monogamer Vogel.« Verschmitzt sah er mich an. »Und deshalb möchte ich diesmal einen Pinguin-Luftballon.«

»Den bekommst du.« Ich lachte.

»Und jeden einzelnen Kuss von dir. Alle Küsse von dir.«

Ich küsste ihn.

»Und du bleibst auch wirklich hier?«, flüsterte er mir wenig später ins Ohr.

Ich blickte ihn ernst an, und mir wurde klar, dass ich es endlich gefunden hatte. Mein Ziel für die nächsten Jahre. Den Plan für mein Leben. Mein zielloses Leben war vorbei, und ich hatte den Ort gefunden, den ich in den vergangenen Jahren unbewusst gesucht hatte. Es fühlte sich … richtig an, wahrhaftig. Ich würde nicht weggehen. Hier hatte ich eine Aufgabe gefunden, die mich erfüllte, von der ich wusste, dass sie die Anstrengungen wert war. Dass wir alle zusammen etwas Großartiges schaffen konnten.

Und David.

»Oh ja, ich bleibe«, flüsterte ich zurück.

Dann küsste ich ihn erneut.